大家小书

大家小书

元曲十题

么书仪 著

北京出版集团
文津出版社

图书在版编目（CIP）数据

元曲十题 / 么书仪著. — 北京：文津出版社，2024.3
（大家小书）
ISBN 978-7-80554-899-9

Ⅰ. ①元… Ⅱ. ①么… Ⅲ. ①元曲—古典文学研究 Ⅳ. ①I207.24

中国国家版本馆CIP数据核字（2024）第011867号

总 策 划：高立志	策划编辑：王忠波
责任编辑：白 雪	责任印制：陈冬梅
责任营销：猫 娘	装帧设计：吉 辰

·大家小书·

元曲十题
YUANQU SHI TI

么书仪 著

出　　版	北京出版集团
	文津出版社
地　　址	北京北三环中路6号
邮　　编	100120
网　　址	www.bph.com.cn
总 发 行	北京伦洋图书出版有限公司
印　　刷	北京华联印刷有限公司
经　　销	新华书店
开　　本	880毫米×1230毫米 1/32
印　　张	10.75
字　　数	198千字
版　　次	2024年3月第1版
印　　次	2024年3月第1次印刷
书　　号	ISBN 978-7-80554-899-9
定　　价	59.00元

如有印装质量问题，由本社负责调换
质量监督电话　010-58572393

总 序

袁行霈

"大家小书",是一个很俏皮的名称。此所谓"大家",包括两方面的含义:一、书的作者是大家;二、书是写给大家看的,是大家的读物。所谓"小书"者,只是就其篇幅而言,篇幅显得小一些罢了。若论学术性则不但不轻,有些倒是相当重。其实,篇幅大小也是相对的,一部书十万字,在今天的印刷条件下,似乎算小书,若在老子、孔子的时代,又何尝就小呢?

编辑这套丛书,有一个用意就是节省读者的时间,让读者在较短的时间内获得较多的知识。在信息爆炸的时代,人们要学的东西太多了。补习,遂成为经常的需要。如果不善于补习,东抓一把,西抓一把,今天补这,明天补那,效果未必很好。如果把读书当成吃补药,还会失去读书时应有的那份从容和快乐。这套丛书每本的篇幅都小,读者即使细细地阅读慢慢地体味,也花不了多少时间,可以充分享受读书的乐趣。如果把它们当成补药来吃也行,剂量小，吃起来方便，消化起来也容易。

我们还有一个用意，就是想做一点文化积累的工作。把那些经过时间考验的、读者认同的著作，搜集到一起印刷出版，使之不至于泯没。有些书曾经畅销一时，但现在已经不容易得到；有些书当时或许没有引起很多人注意，但时间证明它们价值不菲。这两类书都需要挖掘出来，让它们重现光芒。科技类的图书偏重实用，一过时就不会有太多读者了，除了研究科技史的人还要用到之外。人文科学则不然，有许多书是常读常新的。然而，这套丛书也不都是旧书的重版，我们也想请一些著名的学者新写一些学术性和普及性兼备的小书，以满足读者日益增长的需求。

"大家小书"的开本不大，读者可以揣进衣兜里，随时随地掏出来读上几页。在路边等人的时候，在排队买戏票的时候，在车上、在公园里，都可以读。这样的读者多了，会为社会增添一些文化的色彩和学习的气氛，岂不是一件好事吗？

"大家小书"出版在即，出版社同志命我撰序说明原委。既然这套丛书标示书之小，序言当然也应以短小为宜。该说的都说了，就此搁笔吧。

前 言

"唐诗、宋词、元曲、明清小说"这种约定俗成的说法,代表了诗、词、曲、小说这四种文体成熟、鼎盛的朝代分别是唐、宋、元、明清。

唐诗、宋词和明清小说意思明确,只有元曲的情况稍显复杂。

臧晋叔(名懋循,1550—1620)《元曲选》序言:

> 世称宋词元曲。夫词,在唐李白陈后主皆已优为之,何必称宋。惟曲自元始有。南北各十七宫调。而北西厢诸杂剧亡虑数百种。南则幽闺、琵琶二记已耳。

臧晋叔是直接把元杂剧称为"元曲"。而"元曲"的来源和内涵应该是百度百科说得比较清楚:

元曲原本来自所谓的"蕃曲""胡乐",首先在民间流传,被称为"街市小令"或"村坊小调"。随着元灭宋入主中原,它先后在以大都(今北京)和临安(今杭州)为中心的南北广袤地区流传开来。元曲有严密的格律定式,每一个曲牌的句式、字数、平仄等都有固定的格式要求。虽有定格,但并不死板,允许在定格中加衬字,部分曲牌还可增句,押韵上允许平仄通押,与律诗、绝句和宋词相比,有较大的灵活性。

元代是元曲的鼎盛时期。一般来说,元杂剧和散曲合称为元曲,杂剧是戏曲,散曲是诗歌,属于不同的文学体裁。但也有相同之处,两者都采用北曲为演唱形式。因此,散曲、剧曲又称为乐府。散曲是元代文学主体。不过,元杂剧的成就和影响远远超过散曲,因此也有人以"元曲"单指杂剧,元曲也即"元代戏曲"。

本书的书名是《元曲十题》,主体上是对元杂剧的各个方面的研究,仅仅在最后收了一篇白朴散曲《天净沙》的赏析。

实际上,本书的题目、内容,大多发表于20世纪80年代各类学术刊物,为了方便现在仍然对元杂剧研究有兴趣的学者，特把它们集中起来修订出版，并希望得到读者的批评指正。

么书仪，2019年6月1日

目录

第一题　元杂剧与正统文学 / 001

第二题　"文学史"叙述中的关汉卿评价变异 / 019

第三题　关汉卿思想和创作的二重性 / 033

第四题　怎样读《西厢记》/ 055

　　附一：崔莺莺的爱情观 / 067

　　附二：红娘形象的复杂性 / 075

　　附三：《西厢记》在明代的"发现" / 084

第五题　白朴剧作的社会内涵 / 107

　　一、李千金性格的市井特色 / 110

　　二、《梧桐雨》中的"沧桑之叹" / 121

　　附四：《梧桐雨》与《天宝遗事诸宫调》/ 146

　　附五：《墙头马上》和元杂剧中的卓文君 / 153

第六题　元杂剧中的"神仙道化"戏 / 159

　　附六：度脱剧中的佛道缠夹 / 185

第七题　以史写心的元人历史剧 / 191
　　　　附七：纪君祥的《赵氏孤儿》/ 214
　　　　附八：《赚蒯通》的情节和主题 / 234

第八题　元杂剧中的社会剧刍议 / 241
　　　　一、多数"公案剧"其实是社会剧 / 243
　　　　二、《陈州粜米》中的"王法" / 248
　　　　三、《薛仁贵》中的"孝" / 252
　　　　四、柳毅和张生的世俗性格 / 257

第九题　元剧与唐传奇中的爱情作品特征比较 / 263

第十题　元杂剧的大团圆结局 / 285

附　录　元曲赏析四篇 / 305
　　　　一、关汉卿《窦娥冤》第二折 / 307
　　　　二、关汉卿《单刀会》第四折 / 312
　　　　三、白朴《梧桐雨》第四折 / 315
　　　　四、白朴散曲《天净沙》赏析 / 320

元杂剧与正统文学

第一题

文学有雅俗之别已久。

"雅"的含义是"正确""规范""高尚""文明"。在中国古代历史上，雅文学属于帝王和士大夫阶层。从关系着国计民生的诏命、奏章、卜辞、史传，到士大夫文人平时所写的书信、碑志，乃至于言志咏怀、娱乐遣兴的诗词文赋，也即我们平时笼而统之地称为"正统文学"的那部分都包括在内。

"俗"与"雅"相对，意为"凡庸""平庸""浅陋""鄙俚"。俗文学属于市井小民，多半是为了耳目声色之乐而作。优语、歌词、平话、说唱、戏曲、小说都属于这一范畴。

经史要籍从发端起始，即与治国平天下有关。如《易》可"以通神明之德，以类万物之情"，《诗》可"观风俗，知得失"，《史》可"慎言行，昭法式"，六艺之文可以"和神、正言、明体、广听"（班固《汉书·艺文志第十》）。由于它们一直被视为经世治国之术，有着劝化风俗的妙用，因此取得了正统地位。

几乎是在这些正统文学出现的同时，俗文学也问世了。《书经·舜典》中的"百兽率舞"、《国语·晋语》中优施以歌舞向里克进行讽示、司马迁《史记·滑稽列传》中"优孟衣冠"的表演，都记载了戏曲的原始形态。而《山海经》、刘安《淮南子》中的上古时代神话传说，则可视为志怪小说的远祖。

正统文学顺理成章地从诗三百、楚骚、汉赋、骈文、诗词发展下来。俗文学却总是东一下，西一下，琐屑零落，不成体系，这当然与"君子弗为"大有关系。

从整体来看，俗文学与正统文学处于殊途异域，所属文化层次、作者、接受者的圈子都大不一样，但在文学发展的历史上，俗文学与正统文学却并非永远是两条平行的河流，互不交叉。比如唐宋时期，正统文人下顾俗文学的情况，就曾经非常普遍：唐代赶考的风流举子客串写小说，拿去"温卷"；宋代文人经营笔记小说，刻绘了当时的风俗人情；元代，不少沉沦于社会底层的汉族文人写戏曲；明清不得志的文人写小说……就更使雅、俗文学一次又一次地呈现了合流交叉的趋势。

雅、俗两个层次的文学，由于各自都有着漫长的发展历史，因此，彼此都保存了比较稳定的相对独立性，之间的分野也非常清晰。如果说属于正统文学的诗词对俗间民歌的借鉴，一直不足以使它发生质的变化，那么同样，戏曲和小说无论曾经怎样向正统文学靠近，也未能使二者合而为一。

但是，元杂剧在文学史上是这样特别，它既属于俗文学的范畴，又沾上了雅文学的灵光，竟可以说它是处于俗文学和正统文学的交会点上。

从俗文学的发展线索看,它的远祖是先秦歌舞和滑稽表演,母体是唐宋之际逐渐趋于综合的民间技艺、表演、歌舞和说唱。而从文学的发展线索看,它又在目前已被公认的诗三百、骚、赋、骈文、诗、词、曲(主要指元杂剧)、小说的发展进程中,占据了一个重要的位置——从正统文学向俗文学发展的衔接点。也就是说,元杂剧既与俗文学血肉相连,又与传统文学之间无可怀疑地表现了一种割不断的联系,这就是元杂剧自身所具有的特征。

从这点出发,如果从正统文学发展的角度去观察,并把元杂剧的创作与诗词创作作为一个系列,观察元杂剧与正统文学的关系,那是很有意义的。

人们在研究元杂剧作为俗文学的特点时,可以从许多方面来进行论证。在我看来,元杂剧作为俗文学,有别于正统文学的特征主要表现为上述雅、俗两个方向不同的文学的融合,这个特征可以从三个方面进行阐述:一是创作队伍的构成,二是接受对象的变迁,三是内容上新的特质。

在实际上几乎成为老生常谈的"曲高和寡"的说法中,其实已经包含了接受美学的内容。不同层次的文学创作,其创作者和接受者都有不同。当阳春白雪的正统诗词,降而为下里巴人的杂剧时,创作者和鉴赏者普遍从仍然属于文人骚士范围的社会中下层文人,进入了下层市井这个广阔的对象世界。

如果仅仅从创作者队伍所属的阶层去判断他们的作品所属的层次，当然容易失于偏颇，但如果某一阶段或某一文学形式的创作队伍在构成上出现了不可忽视的变化，那么就势必要引起创作上出现质的变化。

据史料记载，元杂剧的作家，除了个别的如史樟、杨梓之流身为贵胄和达官之外，绝大多数和最重要的作家，都是"门第卑微，职位不振"的下层社会的下吏或书会才人，且常常有此双重身份。比如关汉卿（约1230—1307）曾任过"太医院尹"，但他的主要身份是以写杂剧为业的书会才人。马致远（约1251—1321以后）出任过"江浙省务捉举"，同时又是杂剧界公认的"曲状元"。白朴（1226—1306以后）出身于金朝仕宦书香门第，但以杂剧创作名于后世。"早卒"的高文秀（生卒年不详），编撰杂剧三十多种，曾为"东平府学生员"。庾吉甫（生卒年不详）做过"省部员外郎、中山府判"，至今有十五种杂剧的芳名留在《录鬼簿》中，为此，他被称为"倜傥"的儒生。宫大用（名天挺，约1280—1330）任过"钓台书院山长"，郑德辉（名光祖，生卒年不详）补过"杭州路吏"，他们都是元杂剧后期的著名作家。此外，李寿卿（生卒年不详）做过"将仕郎""县丞"，刘唐卿（生卒年不详）做过"皮货所提举"，赵公辅（生卒年不详）任过"儒学提举"，李子中（生卒年不详）曾任"知事""县尹"，李文蔚（生卒年不详）在江州当过"瑞昌县尹",张寿卿(生卒年不详)曾充任"浙江省掾"(以上均见钟嗣成《录鬼簿》)……

从这些元杂剧创作队伍的主要成员来看,有两大特点不应忽视:一是这些杂剧作家显然都受过正统的文化教育,因为元代充任"下吏"的角色,都是儒生。二是他们的"下吏"和"书会才人"的双重身份,决定了他们属于下层社会。

这里说"下吏"和"书会才人"是属于"下层社会"的下层知识分子,主要是因为"下吏"和"书会才人"在元代确实被认为在政治上是"卑微"的,在经济上是"不振"的,也还因为这些杂剧作家多是与倡优杂艺人为伍,混迹于勾栏瓦舍、城乡闹市,从这个意义上看,把他们归入"下层社会",也并非言过其实。

唐诗宋词作者基本上是赶考的举子,已仕或不仕的书生。中间虽有个别的僧尼歌伎,却不足以改变其构成的主体,又何况僧如贾岛(779—843)、伎如薛涛(生年不详,卒于832),也都不是一般的僧人、歌伎,贾岛屡试而不第,薛涛也是出身于书香仕宦之门,出入于幕府,绝非一般风尘女子……用今天的话说,他们实际上还都属于知识分子的行列。

宋词名家如姜夔(约1155—1209)、吴文英(约1212—约1272)等,虽然仕途失意,遭遇困穷,也还是依附于名公巨卿、投靠达官显贵，没有加入市井杂流的行列。如果说这些人还算是处于上流社会的中下层文人，那么元杂剧的多数作家就只能算是飘浮在下层社会中的下层文人了。其间的区别主要在于，前者仍然寄命于士大夫阶层，而后者却是栖身于市井社会。因此，应该说元杂剧作家队伍所处的社会地位，与正统诗文作者是颇不相同的，这种不同，对于创作显然产生了影响。

其次，从接受者来看，大赋是要呈献给帝王的，骈文的欣赏者也未能跨出达官显贵的范围。唐诗的唱和赠答，都是在儒士之间进行，作者和欣赏者基本上是一批人。像白居易那样，希望以诗歌"补察时政""泄导人情"，追求"士庶、僧徒、孀妇、处女之口，每有咏仆诗者"的广泛社会效果的人，毕竟是极少数的特例。宋词稍有不同，因为词有娱人的职能，接受者的范围要大些，宴饮会集、酒楼茶肆，歌伎唱词侑酒佐宴已成寻常之事，但这种地方又"往往皆学舍士夫所据"（周密《武林旧事·酒楼》），那么，词的作者和欣赏者也仍然可以说基本上是文人——得志的文人和失意的文人。像柳永那样，词可以普及到"凡有井水饮处，即能歌柳词"（叶梦得《避暑录话》）的情况，毕竟也是比较特殊的。

元杂剧则出现显著的不同。它的对象世界简直是官员、士庶、引车卖浆者流雅俗兼容，无所不包了。元代的内廷，以戏剧招待外使及官员。王恽（1227—1304）《秋涧先生大全集》中就有"……有诏。翼日，都省官与高丽使人每就省中戏剧者"的记载。身为下吏和书会才人的知识分子除了热衷于编剧演戏之外，也成为热心的观众，高安道（生卒年不详）的套曲《嗓淡行院》就描写了一个下级官吏去歌楼观戏。南戏《宦门子弟错立身》中有"积世簪缨""宦门之裔"延寿马，弃家追随东平散乐王金榜去"冲州撞府"流动作场，这虽是戏中的情节，也当有现实依据。此外，城中居民和庄农百姓，也成为杂剧的看客，如杂剧《蓝采和》中的许坚在洛阳梁园棚内待客卖艺，就以城中士庶百姓为招徕对象。元人陶宗仪（1316—1403后）的笔记《南村辍耕录》"勾栏压"条记载了松江府一个勾栏棚倒塌，压死四十三人，看客中有"搏银为业"的沈氏子，还有一僧二道……杜善夫（生卒年不详）《庄家不识勾栏》散套，详细描述了一个乡下人进城去勾栏看戏的经过……可见，元杂剧的接受者完全冲破了正统诗词仅限于士大夫和儒士的范围，囊括了竟是以下层市民为主的整个社会。促成这种改变的根本原因，盖与杂剧的商品化有直接关系。而这一改变，又成为造成元杂剧不同于正统文学的新特征的重要原因。

当我们谈到元杂剧作为俗文学产生的新特征时，当然不能避开与正统文学的比较，这种比较常常是就其总体特征而言，很难包容所有的个体特征。

传统中国儒学，从一开始就把文学视作"顺美匡恶""感物吟志"（刘勰《文心雕龙·明诗第六》）的工具；立下"明道""言志"的宗旨。因此，尽管历代大大小小、得志和不得志的文人修养各异、成就不一，但从他们传世的作品来看，其内容和对叙事所取的观察角度竟可以算是大致相同的：作品的内容不出兼济和独善，作家用事的态度则都是对君主和家国鞠躬尽瘁，对百姓居高临下。辅佐国君时竭忠尽智，批评时劝百讽一，管理百姓时，则要"治"、要"牧"，为政以德，使"子民"能安居乐业，不生事，不造反。可以说，传统诗词文赋主要驻足于治国安邦和齐家修身。进而辅佐天子，退而放浪江湖，萦萦于知识分子的忧患、疑虑、喜怒哀乐、进退得失。

杂剧孕育、产生于市井社会，并非纯出于书生的构想；发展于勾栏瓦肆，远离了文人的书斋，面向整个社会，打破文人学士的一统天下。因此，它就受到另一个范畴的现实的制约和历史的规定。于是杂剧中就非常惹眼地出现了一个全新的、与以往的知识分子的世界完全不同的儒生的精神世界，那是一个充满了痛苦和没落情绪的世界，一个完整的世俗社会的世界。

元杂剧的主体是为下层百姓"立言"的那个世俗世界。这批作品继承并且发展了唐宋传奇的优良传统，更多地关注到社会的底层，对整个社会的观照更其全面和深刻。

比如《酷寒亭》杂剧中描写了小酒店主人——"南人"张保，"江西人氏……因为兵马嚷乱，遭驱被掳，来到回回马合麻宣差衙里，往常时在侍长行为奴作婢"时，被主人"蛮子前蛮子后"地辱骂，即使脱离奴籍之后，也仍然不能摆脱卑下的社会地位。一个显然是地位优越的"官人"（蒙古人？色目人？）吃了酒不给钱，还蛮横地问："你是什么人？"他受到欺侮还不敢或不愿直接回答自己是第四等级的"南人"，就说："也不是回回人，也不是鞑靼人，也不是汉儿人……我是个从良自在人。"他从内心鄙视异族统治者的粗俗："他家里吃的是大蒜臭韭，水答饼，秃秃茶食。我那里吃的？我江南吃的都是海鲜。"但他还是不敢不俯首听命——这是一个在异族统治之下敢怒而不敢言的小百姓，带点阿Q精神的自尊和自卑。

又如《生金阁》杂剧里的主角，庄农出身却"幼学经史"的书生郭成，拿着祖传的宝贝生金阁，想投靠达官显贵，换得"一官半职"，结果一下撞到"花花太岁为第一，浪子丧门世无对""若打死一个人，如同捏杀个苍蝇相似"的庞衙内手里，最后弄得家破人亡，丢了性命。这是一个想要依靠贿赂得到机遇和发迹，却又没有什么手段，甚至没有保护自己的能力的软弱书生的悲剧命运，其间蕴藏着多少百姓与官府、豪强之间的仇怨！

《朱砂担》中的小本生意人，货郎王文用，为躲灾求利，远离故里，一边感叹"你看那人间百姓，在红尘中都要干营生，两下里行船走马，各要夺利争名"，一边"戴月披星，忍寒受冷，离乡井"奔波于行旅。然而，他无论怎么忧愁、恐惧，也没能逃脱强盗铁幡竿的利刀——当作者把逐利商贾的生涯表现得如此艰难辛苦的时候，他们的喜怒哀乐、希望和痛苦也就透露出非常强烈的人情味。

《金凤钗》中的穷秀才赵鹗与他的妻、子及店小二之间的关系，完全以金钱为转移。当他穷得付不起店钱时，店小二对他说："秀才，看你这等也不能够发迹。"又挑唆秀才的妻子说："嫂嫂，你向他要纸休书，拣着那官员大户财主别嫁一个，我与你做媒人。"秀才娘子也说："哥哥，我心里也是这般说。"等到赵鹗得了头名状元的消息传来时，店小二马上"把媳妇裙儿当了一瓶酒"给他贺喜。及至又得知他失仪落简，获罪革职时，店小二便又追索房钱，妻子也大叫道："你这等模样，还不与我休书，快将休书来。"——以金钱为支撑点的世俗冷暖，正在取代被公认为传统美德的刘月娥式的"嫁鸡随鸡"的同甘共苦的伦理观念。

《神奴儿》《合同文字》表现了由遗产问题而引起纷争，以至于谋杀人命的社会问题；《东堂老》对于不能守住祖业的败家子弟进行谴责，对某种社会责任感进行了表彰；《看钱奴》《冤家债主》一方面对"富贵穷通，命中注定"表示不平，一方面又笃信"生死有命，富贵在天"的矛盾思想；《救孝子》《蝴蝶梦》对牺牲精神和善良行为表示歌颂；《金线池》《谢天香》描述了妓女生活的苦闷与悲欢；《调风月》《望江亭》演述了痴男怨女之间的情爱离合等等，都表现了下层百姓的好恶、崇尚以及道德观念的变迁。这个属于下层百姓的世俗世界，以新的观念、新的情感关心着、批判着市民生活，与正统文学划开了一条明显的界限。

元杂剧中儒生的自我表现，也有因时而异的新特点。元代的失意文人，不必再一生一世穷经和走举业之路，传统的兼济和独善，也失去了实际价值。内心没有了精神支柱、没有了追求的终极目标，因此元代儒生的心境比较晦暗。马致远的散曲《秋思》描写的景色"枯藤老树昏鸦，小桥流水人家，古道西风瘦马。夕阳西下，断肠人在天涯"，就恰切地表现了儒生灰色情绪的极致。

在受到压抑的儒生的精神世界中，性格的被扭曲是一个普遍的存在。希望维持自尊，却被整个社会所轻视，希望维持自信，却没有实现自身价值的机会。于是，怨愤和仇恨现实，就成为元人杂剧中儒生自我表现的基调。

当然，怨愤不平的情绪并不是只存在于元杂剧中，即使在科举盛行的唐、宋，能够蟾宫折桂的也毕竟是少数，所以，怀才不遇、怨愤不平原是一个古老的命题。但是唐、宋士子躬逢科举"盛世"，既不能说没有遭遇明君，也不能说生不逢时，文人又有自视甚高的习惯和文人相轻的毛病，便只好说自己命途多舛，把不遇的责任归之于个别和偶然因素的影响。因此，他们对于穷通的感喟，他们的怨愤情绪也就带有更多个人命运的色彩。

元代一度科举路断，人为地制造了读书无用，对汉族儒生来说，想要实现参政的愿望，要么靠有权势者汲引入官，如同赵孟頫（1254—1322）辈那样，要么靠在吏途上苦熬，这样的例子极多。但前者需要名气和机会，后者需要勇气和耐心。对于大多数身世并不显赫而又不屑与刀笔下吏为伍的清高之士来说，确是走投无路了。这样现实的存在，引起了几乎所有儒生的仇视和反感，他们毫无例外地都将谴责的矛头对准了当权者；杂剧作家笔下的书生们指责当权者卖官鬻爵的卑鄙，憎恨达官显贵垄断朝政的恶行，谩骂当政者的凡庸无能，斥骂用人者愚贤颠倒……这种批判的指向，对当权者的谴责和怨恨就比正统文学中的自叹自嗟，带有了更广阔的社会意义。而且，以它对问题认识的深刻程度和思辨特征而论，通常需要在与现实拉开一定的时间距离之后才可以实现，而元杂剧却提前实现了。

元杂剧中的这两个世界，应当说，分别来源于士子阶层和下层社会这两个不同的层面。属于这两个不同层面的元杂剧作家在构撰这两部分作品时，立足点时常是不同的，作品中表现出来的对这两个世界的现实的批判和思考也不相同。当然，不同的作家在这两个方面所获得的成就因而也不同。比如"教坊勾管"张国宾（生卒年不详）的作品更多地显示出他对下层社会的熟悉和理解，而儒生马致远的作品则更多地表现了他对士子的思想和生活的体验和眷恋。有时候在同一作家的不同作品中，甚至可以显示出这两个方面的共存和差异。比如关汉卿的《窦娥冤》揭露社会黑暗时毫不留情，在《调风月》中，对下层婢女燕燕的爱情要求和不幸倾注了深切的同情，这都证明了关汉卿与下层百姓感情上的息息相通，这可能得力于他的下层社会的经历和生活体验。而他的《陈母教子》却狂热地鼓吹"学而优则仕"的生活道路，对能跻身封建统治阶层羡慕不已，在《玉镜台》中，对刘倩英的不幸婚姻又采取了轻薄的态度，则完全取了士子的立场，显然表现了正统儒生的思维方式。当我们肯定关汉卿平民化的时候，常常遗憾他没能在任何时候都摆脱固有的、正统的思维逻辑和方式。但从另一个角度也可以认为：关汉卿的作品能够表现出正统文学与俗文学的衔接与融合这一元杂剧普遍的倾向，这正是他的创作的伟大之处。

　　元杂剧中相当一批作品所具有的前所未有的批判性（这里所说的批判，是带有否定意味的批判，不是劝百讽一式的批判）可以使我们相信，元杂剧的作家（也就是在元代科举路断、沉于下层社会的儒生）开始用一副新的眼光来观察、表现社会问题。特别是他们在表现下层百姓的疾苦时，改变了传统知识分子俯视众生的角度，表现出一种由切身的体验产生的对社会的洞察和判断；在表现对统治者的揭露和责难时，则改变了劝百讽一式的奴才作风，表现出对秦汉以来敢于形诸声色的优秀传统的继承；在抒写自身的怀才不遇时，改变了以往自怨自艾的无力空叹，表现出一种对个人的命运和社会弊病的较为深刻的认识和抗争。

元杂剧中两个世界的出现和元杂剧的作者审视、理解问题视角的变化，清楚地昭示了历史环境的变迁与置身其中的感受主体之间，有着多么直接和必然的因果关系，而这又恰恰是造就一个时代有特色的新文学的最重要的动因。雅俗共赏的元杂剧本身所具有的特征，无论是从思想倾向或从艺术特征上，都显示了两个不同层次文化的沟通，其中既有两种不同文化传统的对立和矛盾，也表现出它们之间的渗透与交织。

我们不应该再犯前人犯过的错误，企图将正统文学对元杂剧的影响、渗透，加以生硬的、简单的、难以避免某种误解地进行条分缕析的说明，如像元人赵孟𫖯将杂剧分为"行家生活"和"戾家把戏"，以"鸿儒硕士、骚人墨客所作"和"娼夫之词"（《元曲选·吴兴赵子昂论曲》）解释元杂剧作品的雅俗共存那样；或像明代曲论家王骥德（生年不详，约卒于1623）以"教坊乐工""撰成间架说白"而"供奉词臣作曲"（《曲律·杂论》）来解释同一杂剧作品中常常存在的语言和内容上的雅俗共存那样。这种渗透和融合，应当是一种构成上的根本问题，包括正统儒生的思维方式、正统文学的语言方式、表现方式与下层市民社会经验、感情方式的协调或不协调的结合。这种结合，是在元代那些有着双重身份、两种眼光的书会才人的灵魂的蜕变中，痛苦地完成的。

我们说过，雅俗文学合流，并不是在元代第一次出现。在唐代和宋代，也有由"士"与"民"这两个阶层的交流变动而引起的两种不同层次文学的合流。我们应该注意到，历史上出现的任何一次多层次文学之间的交会，都不是对等的"化合"，总有一个主和次的区分，总有一个谁化谁的问题。朱自清（1898—1948）先生对这个问题曾有过高论："原来唐朝的安史之乱可以说是我们社会变迁的一条分水岭。在这之后，门第迅速地垮了台，社会的等级不像先前那样固定了，'士'和'民'这两个等级的分界不像先前的严格和清楚了，彼此的分子在流通着，上下着。而上去的比下来的多，士人流落民间的究竟少，老百姓加入士流的却渐渐多起来。"（《论雅俗共赏》）这些说法我以为是有道理的。唐和宋都处于整个社会文化的上升、提高的时期，因此社会的变动都促进了"民"向"士"，下层俗民向上层雅士的流动和靠近。从文学交流上看，也是以俗近雅，或者叫以雅化俗，正统文学和俗文学即使有交会融合，也总是处于主导地位。

元代却正相反。士失其业，转而向下层市井讨生活，在"士"与"民"的流动中，下层百姓加入"士"的行列的人成为少数，却有大批的"士"流入民间。要运用他们手中掌握的正统文学为下层百姓服务，就必须非常理会和迁就俗士的趣味。换句话说，变成书会才人的儒生，要以杂剧卖钱，就必须考虑到接受者——市井俗人的欣赏水平、习惯和好恶，于是就出现了文学上的以雅近俗，或叫以俗化雅，正统文学也不得不做一点相对来说是脱胎换骨的改造。说得形象一点，元杂剧的"雅俗共赏"，不是像唐宋诗词那样，好像一些俗士挤到文学殿堂中来，接受熏陶和洗礼，却是将神圣的文学殿堂拆去了一面墙，招揽进来许多吵吵嚷嚷的平民百姓。

在元代，正统文学的衰败和通俗文学的兴盛都是事实。

从前者来看，说元代整个文学水平有所降低固无不可，但若从后者来看，正统文学的一部分神髓化入了俗文学，使广大市井小民提高了文学水平和鉴赏力，这未尝不可以认为是整个民族文化水准的提高。

"文学史"叙述中的
关汉卿评价变异

第二题

我这里所说的"文学史"是一个宽泛的概念，不仅仅包括近现代以来出现的文学史类的专书，例如《中国文学史》《中国文学发展史》《中国文学通史》《中国戏曲史》等等，也包括之前历来的文论、选本、曲论等等，因为它们也都带有文学史叙述的性质。

由高等教育出版社1999年出版的《中国文学史》（袁行霈主编），"元代文学"编下的第一章是"话本小说与说唱文学"，第二章是"关汉卿"。关汉卿是首位专章叙述的元杂剧作家。这部文学史称关汉卿"是元代剧坛最杰出的代表之一"，他有"如椽大笔"，"对元代社会的腐败与黑暗，他广泛反映，深刻揭露；对受迫害者的痛苦经历，他寄予莫大的同情，酣畅抒写；对弱小者抗击罪恶、见义勇为的意识和行动，他给予热情的颂扬"。这一描述，大体上是20世纪50年代以后，"当代"众多研究者和文学爱好者的看法。

这一看法有两个要点。一是关汉卿在元杂剧作家中位居第一，二是关汉卿作为一个"杰出""伟大"的作家，他的戏曲"揭露"了封建社会的黑暗、残酷、腐败，"关心""同情"受迫害者的命运，"颂扬"了抗击罪恶的行动。第一要点明确了关汉卿在元杂剧作家中的排列次序。第二要点关系到这一次序确立的根据。这两点说的其实是一件事。

但是，关汉卿在元杂剧作家中的排列次序，以及确立次序的根据,在元、明、清和20世纪前半期并不一律。

元代周德清(1277—1365)的《中原音韵》[1]和钟嗣成(约1275—1345以后)的《录鬼簿》[2],距离关汉卿生活的时代最近。他们虽然都把关汉卿排为第一,但依据的理由却和"当代"不同。

周德清是音韵学家,也是"善音律"的音乐家,他看重"韵共守自然之音,字能通天下之语,字畅语俊,韵促音调",认为戏曲一定要"能歌"。按照这样的尺度,他第一次把元杂剧作家做了"关、郑、白、马"的排列。钟嗣成是戏曲的内行,自称是"瞰蛤蜊"的"知味者",着眼点在于"门第卑微,职位不振"的"高才博艺"者。元代杂剧是为了演出而作,并不是兼顾阅读的案头文本。周德清和钟嗣成论曲,也主要是重视场上"装演"的效果。关汉卿是"梨园领袖""编修师首""杂剧班头",他的作品数量既多,上演率又高,这应当是他能在《录鬼簿》中名列前茅的主要原因。

---

[1] 中国戏曲研究院编:《中国古典戏曲论著集成(一)》,北京:中国戏剧出版社1959年版。

[2] 中国戏曲研究院编:《中国古典戏曲论著集成(二)》,北京:中国戏剧出版社1959年版。

明代皇族杂家朱权（1378—1448）的《太和正音谱》[1]、文士王世贞（1526—1590）的《曲藻》和曲家王骥德（生年不详，卒于1623）的《曲律》[2]，给元代戏曲家重新排队。在他们那里，关汉卿不再是元代戏曲作家的冠军。

《太和正音谱》在"古今群英乐府格式"中，把元代戏曲家和散曲家一百八十七人，分为三等：第一等十二人，关汉卿名列第十；除去散曲家之外，关汉卿位居马致远、白朴、李寿卿、乔吉（生年不详，卒于1345）、费唐臣（生卒年不详）、宫天挺、王实甫（生卒年不详）、张鸣善（生卒年不详）八人之后。朱权还特地说道"观其词语，乃可上可下之才，盖所以取者，初为杂剧之始。故卓以前列"，好像若不是看在关汉卿是最早的杂剧作家的分上，他连第十名也排不上。

王世贞的《曲藻》序中说："诸君如贯酸斋、马东篱、王实甫、关汉卿、张可久、乔梦符、郑德辉、宫大用、白仁甫辈，咸富有才情，兼喜声律，以故遂擅一代之长。"他也是把散曲家、戏曲家混合编队。剔除散曲家之后，排列的次序即是：马致远、王实甫、关汉卿、乔吉、郑光祖、

---

[1] 中国戏曲研究院编：《中国古典戏曲论著集成（三）》，北京：中国戏剧出版社1959年版。

[2] 中国戏曲研究院编：《中国古典戏曲论著集成（四）》，北京：中国戏剧出版社1959年版。

宫天挺、白朴。

王骥德在《曲律》叙述中的排列较为随意,"胜国诸贤,盖气数一时之胜。王、关、马、白,皆大都人也","作北曲者,如王、马、关、郑辈,创法甚严"。但是他在《新校注古本西厢记》卷六《附评语》中,有过认真的排列,他说:"元人称关、郑、白、马(笔者按:这是周德清的说法),要非定论。四人,汉卿稍杀一等,第之当曰王、马、郑、白。有幸有不幸耳。"也就是说,关汉卿被排在第五名。

上举的明代人的排列,虽各有不同,但也有相同点。一是关汉卿不再坐元杂剧作家的第一把交椅。二是在他们眼里,关汉卿绝对要逊色于马致远、王实甫,甚至白朴、郑光祖。这种评价的改变,至少与明代的戏剧状况,以及批评家的身份有关。

第一,元杂剧到了明代,基本上不再上演。明代的出版业较元代发达,元杂剧作品的出版,使之成为阅读的文本,"看戏"和"读戏"截然不同,品评的标准自然也就发生了变化。

第二,明代的文人士大夫,酷嗜戏曲者极多,讲究文采、崇尚辞藻的好尚也带进了曲论、曲评。犹如朱权重视"词语"、王世贞和王骥德讲究"才情"。因为是以诗文的路数来评判戏曲,由此,马致远、王实甫,甚至白朴、郑光祖,就被认为高于关汉卿。

到了清代，排列的次序和品评的标准有些"多样化"。粗粗罗列即有：李调元的"马、王、关、乔、郑、白"，焦循的"关、乔、马"[1]，刘熙载的"白、马、乔、关、郑、宫"[2]。

王国维（1877—1927）在《宋元戏曲考》的"元剧之文章"中说："关汉卿一空依傍，自铸伟词，而其言曲尽人情，字字本色，故当为元人第一。白仁甫、马东篱高华雄浑，情深文明；郑德辉清丽芊绵，自成馨逸，均不失为第一流。"他的次序是"关、白、马、郑"。由于王国维的说法不仅不同于历来，而且，他的评价理路对后世影响极深，所以，我们应当特别注意到他。

和元代相同的是，王国维也把关汉卿排在第一位；不同的是，他主要不是从场上"装演"的角度出发。和明代相同的是，他也以文本的品评作为依据；不同的是，他主要不是孤立地推重藻丽，而是引入西方有关戏剧的文体特征。他提出了四条衡量标准：一是提出了"悲剧""喜剧"的概念，在悲剧之中，认为关汉卿的《窦娥冤》、纪君祥的《赵氏孤儿》"即列之于世界大悲剧中，亦无愧色也"；二是

---

[1] 中国戏曲研究院编：《中国古典戏曲论著集成（八）》，北京：中国戏剧出版社1959年版。

[2] 中国戏曲研究院编：《中国古典戏曲论著集成（九）》，北京：中国戏剧出版社1959年版。

从戏曲的综合艺术的特征出发,将"动作、言语、歌唱"做通盘考察,由此观元剧之佳者,为关汉卿的《救风尘》、武汉臣的《老生儿》;三是文辞方面,推重"意境",主张"写情则沁人心脾,写景则在人耳目,述事则如其口出",优秀的例证有关汉卿的《谢天香》《窦娥冤》,马致远的《任风子》,郑光祖的《倩女离魂》;四是写景之工,推举的是马致远的《汉宫秋》。根据王国维确立的新的评价标准,关汉卿再次名列第一。不过,这显然不是对元代品评的简单回归。

20世纪文学史著作盛行。文学史在当时,被认为是代表了最高层次的研究成果,因此,我们可以从中找到关汉卿排列次序,以及确立排列次序根据的变更。

1928年,赵景深(1902—1985)著《中国文学小史》。"元曲五大家"依次的排列是:关汉卿、马致远、白朴、王实甫、郑光祖。其中对关汉卿的评述是:"关汉卿,大都人,以《窦娥冤》与《续西厢》著名。《窦娥冤》是极大的悲剧。"赵景深对元杂剧的评判,看重情节结构的安排、描摹情景的到位和悲剧情调的渲染。

1932年,郑振铎(1898—1958)著《插图本中国文学史》。第四十六章"杂剧的鼎盛"第五部分,开始的叙述是:"第一期的剧作家,以关汉卿、王实甫、马致远、白朴、郑廷玉、吴昌龄、武汉臣、李文蔚、康进之、王伯成等为最重要，而关、王、马、白为尤著。"他特别肯定了"《救风尘》之结构完整，《窦娥冤》之充满悲剧气氛，《单刀会》之慷慨激昂，《拜月亭》之风光绮腻"。

1949年1月，刘大杰（1904—1977）的《中国文学发展史》下卷问世，这"下卷"应当看作出版于1941年的"上卷"的继续。他说"初期的元剧作家""大略可以分成为王实甫与关汉卿两派"。王实甫一派"注重词藻""趋于雅正"，"这种文雅性，虽不利于舞台，虽不能为大众所欣赏，但却为后代的批评家及读书阶级所赞美"。"关汉卿一派所受古典文学的影响较浅……但都有舞台的效果和迎合民众的趣味"，"现出一种俚俗性"。刘大杰在感情上，可能更喜欢王派的"浪漫的情调""贵族的精神"，因此，才会把"王派作家"排在"关派作家"之前。但是，他也理智地说："我们说关汉卿是元杂剧的代表作家，并不是夸张。他是剧坛的通人……若纯粹的就戏曲的立场而言，关派的作家与作品，是更富于戏曲的性质、生命与精神的。"

赵景深、郑振铎、刘大杰的说法各有不同，但仔细考察，他们对元杂剧作家的品评标准、次序排列，基本上遵循的是王国维。他们的看法，可以说代表了20世纪前半期学界的主要观点。50年代以后，大陆的文学研究，在视角和观点上，发生了很大的变化。关汉卿的文学史地位迅速上升，他的元杂剧第一的位置，变得不可动摇。

关汉卿这一"当代形象"的确立,与1958年的纪念活动相关。那一年,他被"世界和平理事会"确定为该年度纪念的"世界文化名人"之一。为了纪念他,中国出版了《关汉卿戏曲集》,并由剧作家田汉创作了话剧《关汉卿》。

1958年4月,郑振铎在《关汉卿戏曲集》代序中说:"关汉卿乃是这个时代的最伟大的一位杂剧作家,他的一生都是为这个戏曲运动而奋斗着……他为人民而控诉着当时的黑暗统治,为了人民而写作。他和当时的人民是血肉相连、呼吸相通的。人民的喜怒哀乐,也就是他的喜怒哀乐,并且,他把当时的人民的这种喜怒哀乐之情,写了下来而使之永远不朽!"在发表于1958年第二期《文学研究》上的论文《论关汉卿的杂剧》中,他更充分地表述了类似的看法。"对于元代的黑暗统治的愤恨和对于被损害、被侮辱的受压迫的无可控诉的小人物的同情和热爱",是关汉卿成为"真正的伟大的诗人和戏曲家"的主要理由。关汉卿被"比较一致"也不容置疑地塑造成"为13世纪被压迫的人民而战斗的一位伟大剧作家"(戴不凡《响当当的一粒铜豌豆》)[1]。

有着文化部副部长和学者的双重身份的郑振铎所发表

---

[1] 1958年,杨晦认为当时对关汉卿评价有简单化、理想化的倾向,说关汉卿在那个时代的生活,"是跟猪在泥坑打滚的情形十分近似的呢"。这个说法,在当时被看作"异端邪说"而受到激烈的批评。

的新观点，并非来自新的史料的发现，而是时代思潮和价值观变迁所引发的阐释更易。根据的是50年代开始成为主流的评价古典作家的标准，这就是"现实主义"和"人民性"。主流研究对关汉卿人格和创作所做的重新塑造：是否同情人民苦难、是否揭露黑暗统治、是否支援弱小者的抗争，成为关汉卿，同时也是所有古典作家排列次序的根本依据，反过来，也成为分析关汉卿、研究关汉卿作品的纲要和出发点。

郑振铎显然是修正了他1932年的《插图本中国文学史》（见上文）和1938年的《中国俗文学史》的观点。在后面这部《中国俗文学史》中，他曾经对关汉卿的说法是："在杂剧里，我们一点看不出关氏的生平和他的自己的情绪来。他的全副力气是用在刻画他所创造的人物的身形、行动和思想、情绪上去了。但在散曲里，我们却可看出一位深情缱绻的人物。他也许和柳耆卿是同流，终生沉酣在歌伎间的。他为他们写下许多的杂剧，也为他们写下许多的散曲。"另外，他多少也离开了原先《插图本中国文学史》中与王国维一致的"悲喜剧""戏剧结构""意境描写"等视角。

1958年出版的刘大杰的《中国文学发展史》下卷这时也做了修改。第二十四章"关汉卿的杂剧"被提到"王派作家"的前面。而且，原先"王派""关派"对等的篇幅，也做了调整：关汉卿占一章，王、白、马三人合居一章；关汉卿名副其实地成为第一。对《窦娥冤》的叙述，也偏向了以"反抗罪恶势力"，"批判""封建社会制度"立论，同时也放弃了自己认为关汉卿是"风流荡子"（旧版《中国文学发展史》）的看法。

1958年，田汉的话剧几经领导和专家认真严肃的讨论，得到了认可。剧中的关汉卿，成为具有"现实主义精神"的"为13世纪被压迫的人民而战斗的一位伟大剧作家"。全部剧情都在说明，关汉卿为了受苦受难的人们，如何与"王法官员以至于天地神祇以及一切牛鬼蛇神决斗"。与主流研究的说法相同，关汉卿成了"斗士"。

"文革"以后的八九十年代，研究界中也有人意识到50年代确立的"当代关汉卿"形象存在着某些弊病，也曾经试图在评述上做出调整，希望对关汉卿的思想和创作的"复杂性"有所开掘。[1] 不过，50年代所形成的描述，其基本框架和主要观点，看来并未有大的改变。

事实上，这许多年中，关汉卿也并没有成为文学阐释

---

[1] 中国社会科学院等主持的"中国文学通史系列"中的《元代文学史》由邓绍基主编，我负责撰写关汉卿、王实甫、白朴等六个章节。我很希望能对那种已经成为一种模式的、对关汉卿的成说有一点突破。刊于《中国古典文学论丛》（人民文学出版社1986年版）第四辑的《关汉卿思想和创作的二重性》一文，也是着力于关注关汉卿的"复杂性"，论文涉及了20世纪50年代以来为了维护关汉卿的文学形象，文学史中一般避而不谈的作品和问题，诸如《窦娥冤》中的"天人感应"观念、肯定读书仕进的《陈母教子》等。

的"热门"对象。关汉卿的"当代形象"是不是有一天也会被"改写"、被"颠覆"?这个问题无法预测。不过,只要阐释的活动仍在继续,而有关关汉卿的问题,在某一天就可能和我们时代的思想、艺术问题相遇,"再评价"的"改写"也有可能再度发生。那时,我们在谈论这位13世纪的戏剧家的时候,更应该提出的问题是:哪个时代的关汉卿?谁笔下描述的关汉卿?

关汉卿思想和创作的二重性

第三题

和文学史上其他一些著名作家一样，关汉卿的作品存在着它们固有的矛盾，从而使我们可以发现他思想中的矛盾。同样也和文学史上其他一些著名作家一样，关汉卿的作品和他思想的矛盾的存在又有一种特殊性。如果我们在揭示这种矛盾时，不仅着重看到对立和统一，同时也注意它们的差异和层次，这样我们就会发现，在过去的一些评论中，在论说关汉卿剧作中的"精华""糟粕"时，在不同的程度上，多少存在着机械论和简单化。

其实，有关记载早已告诉我们，关汉卿有着复杂的"双重身份"，他既是属于上层社会的正统儒生，有"博学能文"的才学和"不屑仕进"的经历；又是属于下层社会的书会才人，有"混迹勾栏"的生涯和"面傅粉墨"的体验。这种双重身份，使关汉卿产生了既互相冲突又互相渗透的思想二重性——对封建传统观念的信守和一定程度的突破。

他的现存的作品，也为我们展开了两组很不相同的艺术画面。在一组画面里，下层百姓的朴素生活和他们的健康情感、愿望有真切的展示，这里的人物虽然遭遇坎坷，甚至命运悲惨，作品中却洋溢着抗争和乐观的基调。在另一组画面里，则着重揭示封建儒生的人生理想和社会理想，揭示失路儒生在那个艰难时代的忧郁和痛苦。

一方面，在一些作品中，表现了深刻的现实社会矛盾，对于豪门势要、贪官污吏宣泄了强烈的愤怒，并给弱者以深切的同情；另一方面，在另一些作品中，却又充满着"五言诗作上天梯，望皇家的这富贵，金殿上脱白衣"的陈旧说教。一方面，他的剧作中表现了一定程度的对传统士大夫知识分子生活观念和道德准则的超越；另一方面，又对"贞""孝""天人感应"等观念加以肯定，显示出他仍然保持着儒家传统的立场和视界。

对关汉卿创作的两个方面，既不应以只重视一方、回避另一方的办法来处理，也不能以习惯上的划分为"精华"与"糟粕"的机械方法来解决。我们只能把它们看成构成创作整体的不同侧面来对待：不仅考察每个侧面的各自状况，更主要的是探求它们相互之间的复杂关系，以达到对关汉卿创作的更深入、更准确的把握。

属于关汉卿创作的第一部分作品，有《窦娥冤》《救风尘》《拜月亭》《望江亭》《调风月》《鲁斋郎》《蝴蝶梦》《金线池》《谢天香》等。这是历来被批评者高度赞扬的作品，关于它们的思想和艺术，似已不必再有赘言。不过，这些作品的下述两个特征，是值得注意的。第一，在这些作品里，有一种鲜明的、执着于"现世"的人生态度，没有天堂地狱、轮回报应，也没有羽化登仙、隐逸遁世。作品中受压迫、遭受困厄的人物，尽管行路艰难，也并不企望到另一个世界寻求安慰，得到"净化"。相反，他们总是靠自己的有限能力，顽强地追求可能获得的合理结局和最好的出路。

他们并不寄希望于虚无境界，而普遍重视现世现报。这种积极的人生态度，显然更多地表现了下层百姓在实际生活中获得的韧性和乐观态度，因而闪射出一种强烈的、执着于现实生活的光彩。第二，这些作品又都表现出一种从下层百姓生活实际出发的是非观念，表现出一种通情达理、更实际、更富有人情味的伦理观。

对于像关汉卿这样的，适逢"文翰晦盲"，也就是"生不逢时"的知识分子来说，个人道路的阻滞和科举理想的破灭，是他们"走向勾栏"，与下层民众"结合"，从而获得对下层生活更多体验的主要因素。这种情况，并非仅只发生在关汉卿一人身上，可以说是元代杂剧作家的带有普遍性的现象。元杂剧的另一些代表作家如白朴、马致远等，也有类似的情况存在，他们既有"正统文化"的根底，又有沉入下层社会的生活经验，既受过儒家传统文化的浸润，也受到下层社会现实生活的影响。他们身上同样存在同一社会的两个不同层次的文化，并在作品中有相应的表现。例如白朴今存的两个剧本，恰恰体现了这两种不同的生活内容和倾向：《梧桐雨》中回荡着的由盛而衰的悲凉、凄怆的情绪，带有最典型的失路文人的气质，而《墙头马上》中虽是大家闺秀，但性格特征却泼辣、坦诚的李千金却有着浓郁的下层市井的民间色彩。马致远对现世人生的否定，对仙界肯定的倾向，源于他作为一个儒生的感受，而剧中那些真实的生活场景，那些如豪爽任侠的任屠（《任风子》）等人物的塑造，又与他接近下层市井生活有关。

但是，在这些作家中，关汉卿对下层市民生活的深入程度，对他们生活追求、感情愿望的熟悉程度，比上述作家都要大大前进一步。因而，他在一些作品中，在对待某些问题上，显示了白朴和马致远这样的作家都并未达到的、从下层市民的立场和视角来观察、判断事物的倾向。

他从实际生活的考虑出发，来赞扬窦娥（《窦娥冤》）拒绝再嫁张驴儿；出于同样的认识，对谭记儿（《望江亭》）的再婚予以肯定。《救风尘》中的赵盼儿和宋引章选择丈夫，一个看重"百纵千随"夫妻和顺，一个喜欢"打扇""温被"，有钱而体贴，标准尽管不同，却都反映了处于这种地位的妇女对未来生活的实际考虑。《谢天香》中的谢天香在被钱大尹收作姬妾以后，她虽然更爱柳永，但是在孤单寂寞中，却又很希望得到钱大尹的"亲近"。《调风月》中的燕燕在经受了小千户的欺骗以后，最后也还是同意做"小夫人"，而王瑞兰和蒋世隆（《拜月亭》）虽然曾经那样恩爱，而实际上他们却又曾经另外"接了丝鞭"……在这里，关汉卿没有做居高临下的、从抽象的封建道德教条出发的评判，也没有强调士大夫知识分子喜欢渲染的、带有更多理想色彩和极端特色的"郎才女貌""忠贞不贰"。关汉卿作品本身的描述，透露出作家的这样一种理解：现实处境使谢天香绝了与柳永团聚的念头，燕燕在她的地位上，也不可能企望得到更好的结局；王瑞兰和蒋世隆多年失去了音信，另嫁或另娶都并不意味着对他们之间感情的亵渎；而赵盼儿和宋引章的考虑也并非不可理解。他们都是从人的正常合理的生活要求和人世间错综复杂的现实关系出发的，努力为自己争取一种可能的最好前景。

值得注意的是，在涉及"贞""孝""天人感应"等封建观念时，关汉卿的剧作也显现出他在接受和处理封建统治阶级的伦理观念时表现的复杂性，一方面他没有能摆脱统治者的伦理观的控制与影响，另一方面他又依照现实的社会关系和生活实际，对这些观念产生了遵循、信守、突破、背离等错综复杂的现象。

例如，窦娥的确是有"贞""孝"观念的，因此，作为一个年轻寡妇，她不改嫁，信守"一马难将两鞍鞴"的信条，遵从"孝"道，侍养婆婆。不过，窦娥拒绝张驴儿，并不只是从"贞"的观念出发，她有更充分的理由：一是张驴儿父子乘人之危，以死相挟，逼迫成亲，引起窦娥的愤慨；二是婆婆没有和她商议，就不仅自己屈从了"村老子"，而且将她出卖给了那个"半死囚"，也使她感到屈辱；三是张驴儿一副地痞无赖嘴脸，一见面就要拉着窦娥拜堂成亲，满口粗言鄙语，更使她难以忍受。张驴儿是作为野蛮和暴力的象征出现的，在具体展示的矛盾和冲突中，窦娥思想性格中的贞节观念，逐渐融入了维护自己的人格、反抗暴行压迫的内容。这种描写的结果是，人们由于窦娥的正义行动而忽略了她的"封建"宣言，而且绝不会由于她观念的落后，对她维护自己尊严的行为加以否定。因此，孤立地抽出窦娥"一马难将两鞍鞴"的话来进行批评是不公平的。

窦娥为婆婆屈招并被开刀问斩，也并非只是为了行"孝"。窦娥丈夫死后，蔡婆和窦娥这老少寡妇相依为命。窦娥在遭遇飞来横祸之前就自认"八字儿该载着一世忧"，她认为自己今生今世应该做的是两件事：一是"将这婆侍养"，二是"将这服孝守"，在她看来，侍养婆婆和守孝都是她的责任，而这也是为了"早将来世修"。所以，直到她死后，还托付父亲："俺婆婆年纪高大，无人侍养，你可收恤家中，替你孩儿尽养生送死之礼。"这个观念成为她行为的出发点。在对待婆婆的态度上，不能说没有"孝"的观念，她自己说过"本一点孝顺的心怀，倒做了惹祸的胚胎"，窦天章也说她是"好孝顺的孩儿"。但窦娥的"孝顺"的实际内容，远比封建"孝道"的一般含义要丰富得多，而且有很大的区别，其中包含有善良、隐忍、责任心和牺牲精神等等，却唯独没有"孝道"中最主要的内容——绝对服从。她断然拒绝了婆婆带回来的张驴儿，讥讽苟且软弱的婆婆招了张老，直到公堂上窦娥被打得死去活来时，她还埋怨"须是你自做下,怨他谁?"她始终没有对婆婆的昏庸行为表示过"服从"和原谅。实际上,窦娥的形象,不是以她的"孝顺"打动读者或观众,却是以她的善良、隐忍、责任心和牺牲精神昭示于人。

从关汉卿的全体作品来看,关汉卿也并不是无原则地推崇"贞""孝"观念。譬如在《望江亭》中,关汉卿以歌颂和赞赏的态度,描绘了美貌而机智的谭记儿和知书达礼的士子白士中的再婚。关汉卿对一个孤身女子生活的艰难,包括闺中寂寞和不堪荒淫之徒的搅扰,都采取了同情和理解的态度。《拜月亭》中的王瑞兰的父亲把女儿"横拖倒拽出招商舍",从蒋世隆身边抢走之后,又将女儿再许新科状元,剧中并没有强调"烈女不嫁二夫"。《鲁斋郎》中的李四妻子和张孔目浑家,都被鲁斋郎抢去做了一段夫妻,及至他们经历了种种波折又重新团圆时,李四、张孔目以及他们的妻子,也都并没有去提及那段"失节"的伤心往事。关汉卿也并不像后来明代的《龙图公案》作者那样,在包龙图审理一件恶僧拐骗案时,叫他去责备一个受到污辱的女子:"你当日被拐,便应死,则身洁名荣。"

事实上,关汉卿剧作在"贞节"的问题上所取的态度,与当时和后来的话本小说等通俗文学相近。《喻世明言·蒋兴哥重会珍珠衫》中对因独守空闺,生活空虚的王三巧结识外遇并不予过分谴责,甚至最后还让蒋兴哥谅解了她,并且破镜重圆。《醒世恒言·闹樊楼多情周胜仙》和《喻世明言·陈从善梅岭失浑家》中对周胜仙、张如春"失身"也视若平常,予以原谅。这种并不强调"贞节"与爱情绝对统一的观点,与封建道德观念恰恰相悖,属于市民阶层的爱情意识,是一种更符合下层人民思想逻辑的、通达的伦理观。

《窦娥冤》中,还有涉及表现"天人感应"的情节。这种带有神秘色彩的观念,始于殷周时代的宗教迷信,在汉代就已为一些思想家理论化,成为一种哲学思想。关汉卿写窦娥临刑时发下誓愿,她说:"〔二煞〕你道是暑气暄,不是那下雪天,岂不闻六月飞霜因邹衍。若果有一腔怨气喷如火,定要感的六出冰花滚似绵……〔一煞〕你道是天公不可期,人心不可怜,不知皇天也肯从人愿。做什么三年不见甘霖降,也只为东海曾经孝妇冤。"这种"感天""动地"的描绘,似乎与"天人感应"的观念没有什么区别,但实际上又有明显不同。汉代董仲舒(前179—前104)在《天人三策》中说:"《春秋》之中,视前世已行之事,以观天人相与之际,甚可畏也。国家将有失道之败,而天乃先出灾害以谴告之;不知自省,又出怪异以警惧之;尚不知变,而伤败乃至;以此见天心之仁爱人君,而欲止其乱也。"由于他的"天人感应"论是基于"君权神授"说,所以,这一主张主要是阐发上天对于人君的钟爱与关怀,从而希望人君敬畏上天，百姓敬畏人君，以建立稳固的统治秩序。元代许多知识分子对"天人感应"是深信不疑的，他们认为天道人事相因，"人气内逆，则感动天地；天变见于星气日蚀，地变见于奇物震动"（王恽《秋涧集·玉堂嘉话》）。对于天变的具体内容，有这样的解释："天裂为阳不足，地震为阴有余。夫地道，阴也，阴太盛则变常。今之地震，或奸邪在侧，或女谒盛行，或谗慝交至，或刑罚失中，或征伐骤举，五者必有一于此矣。"（宋濂《元史·列传第四十七·李冶》）《元史·列传第五十四·王恽》中还记载了这样的"实例"："绛之太平县民有陈氏者杀其兄，行赂缓狱，蔓引逮系者三百余人，至五年不决。朝廷委恽鞫之，一讯即得其实，乃尽出所逮系者。时绛久旱，一夕大雨。"元代史书、笔记、文集、奏章中将天变与兵戈、饥馑、朝代更迭，特别是与冤狱相联系的记载不可胜数，难以枚举。这大量的记载又多半是强调上天对君主失政和人间不平的"警示"。

关汉卿的"六月飞雪"的情节，并不如有人所说的是"浪漫主义手法"，他也是相信这种奇异的感应的，不过，"天人感应"实质上是从一个方面对"君权神授"的证明，认为"天变"是上天促使君主自省。而《窦娥冤》涉及的是"匹夫至诚感天地"的问题，认为一个弱女子，一个"匹妇"的冤屈，也可以感动上苍，"皇天也肯从人愿"。关于

"匹夫至诚"问题,宋代著名理学家程颐有一种说法:"匹夫至诚感天地,固有此理。如邹衍之说太甚,只是盛夏感而寒栗则有之,理外之事则无,如变夏为冬降霜雪,则无此理。"(程颢、程颐《河南程氏遗书》卷十五《入关语录》)程说看上去似乎更有道理,但我们却不因此认为关汉卿笔下的"变夏为冬"出于"理外",而指责他的描写纯属"无理"。因为这些描写为作家对黑暗势力的愤懑抗议所充实,已经成为强烈的对正义呼唤的感情依托,化为一种美好愿望的象征,一种揭露和谴责的力量。这时,感情逻辑就压倒了对事理逻辑的确认。

由此,在关汉卿所创造的下层市民的生活画面里,既可以看到封建伦理观念的影响和统治,也可以看到对这些教条的突破和背离。这种突破和背离,主要是来自下层百姓,他们比较远离封建统治思想意识严格控制的中心,思想意识和行为规范并没有完全为这些教条浸透和制约,同时底层人民世世代代生活中淀积的某些可贵的思想因素,也对这些教条产生了"溶解"与抗衡作用。

关汉卿作品中对"贞""孝""天人感应"等观念的实际表现,对统治阶级的意识的"突破",主要表现在不同的着眼点上。作为封建伦理观念的"贞""孝""天人感应"的出发点是对于封建社会和家庭现存秩序的维护,而关汉卿作品中的"贞""孝""天人感应"则服从于下层百姓对命运的抗争。

是不是可以这样说：关汉卿在《窦娥冤》中描写的"贞"，主要是用来表现对苟且、懦弱的否定，对野蛮、暴力的抵抗。他在《窦娥冤》中描写的"孝"，又主要是用来赞美窦娥善良的本性和牺牲精神。"天人感应"的出现，是作为对"皇天后土"控诉的补充和表现对正义真理的寻求的愿望。因此，它们的实际内容，就更多属于下层人民朴素、健康的情感世界。从实质上看，这原本是应当受到肯定的、关汉卿对自己所属的文化构成的批判。而他的不被理解（这部分内容仍然被指责是"封建糟粕"，是思想和时代的"局限性"）的全部不幸是，在表述上没能创造出超越一般封建儒生思想的新的概念。当然，这又恰恰说明关汉卿还没有能力超越自己。

关汉卿的作品中，还有另一组画面，另一个世界，这就是儒生、士子的世界。这是他另一层身份，另一方面的经历和体验，另一种思想观念在艺术上的呈现。这第二部分作品主要包括《陈母教子》这样的表现读书人道路的十分典型的作品，也包括《单刀会》《西蜀梦》《单鞭夺槊》《哭存孝》这四个历史剧。不同的是，《陈母教子》对这一世界的展示是直接的，而那四个历史剧则是间接的，是关汉卿主观世界和情绪的折射。与表现下层市民生活的作品侧重对客观世界写实性描绘不同，这一类作品展开的主要是一个封建社会失路儒生"自我表现"的天地。

《陈母教子》是有些尊崇关汉卿的论者最不愿谈及的作品。因为它通篇充满着读书仕进的说教,它的思想和艺术价值,都不能与关汉卿的优秀作品相提并论。有人试图证明它并非关作,但由于论据不足,通常不被人们所采用。所以一般的说法是:作为一个封建社会的,即使是很优秀的作家,他的作品在"精华"之外,也都不可避免地存在"糟粕"和"局限"。唯杨晦先生在《论关汉卿》[1]一文中,曾提出另一种说法。他用一节的文字,谈到《陈母教子》和《蝴蝶梦》两剧之间的密切联系。他认为《蝴蝶梦》中"王老汉、王婆婆和三个儿子,他们的思想里是《陈母教子》里那一套想法,也是要走那一条道路的",指出了这两个剧在对待读书仕进问题上思想观点的一致。杨晦先生从关氏的成功之作《蝴蝶梦》与被视为充满封建糟粕的《陈母教子》中,看到它们之间的共同点,是颇有见地的。不过,他又指出"这两个剧本里,写出了两条道路的对比","关汉卿好像就有意用《蝴蝶梦》来批判《陈母教子》"……这些都似乎是出于对关汉卿进步思想倾向的维护,但实际上却还是表现了一种简单化的非此即彼的分析方法。

---

[1] 《文学研究》1958年第2期。

王季烈在为《陈母教子》撰写的"提要"中，以推测的口气说："汉卿生于斯时，殆以不得科名为憾，有所歆羡而为兹剧欤？"（赵琦美《孤本元明杂剧》）这个说法可能会受讥弹，但我以为这种推测颇有道理。与大多数元代士子一样，关汉卿虽然生活在科举路断的时代，虽然由于种种原因（这种种原因由于材料的缺乏，很难说得全面而清楚）"不屑仕进"，但是，对于被封建社会知识分子历来视为正道的读书仕进之路不仅羡慕而且以生不逢时，不能躬逢科举盛世为憾事。这一点，在他的杂剧中有充分的表现。

关汉卿剧作和大多数元杂剧一样，也是视状元得第为儒生事业所能达到的最高理想境界。除了《陈母教子》和《蝴蝶梦》之外，《谢天香》中的柳永、《拜月亭》中的蒋世隆、《鲁斋郎》中的李四和张孔目的儿子等，都持有"万言策诗书夺第一""五言诗作上天梯"的观念，并且都取得了"一举首登龙虎榜，十年身到凤凰池"的辉煌成就。而《陈母教子》则是这种读书仕进思想的集中体现。

《陈母教子》的整个内容，都是对达到仕进理想的过程的正面表现。陈母望子成龙，希望三个儿子都中状元（连"探花"都不行），还要招个状元做女婿。她教育儿子们不图分外之财，以清廉为本。在事业上"齐家治国安邦"，在个人前途上"改换家门"，求得富贵。这种"寒门将相"式的道路和理想，无疑是属于传统儒生士子的正统观念。《蝴蝶梦》在这一点上，确实与《陈母教子》没什么不同，也不存在矛盾。王老"本是太学中殿试"，三个儿子轻视"庄农生活"，只是"依文典""习礼义""攻考文书"，深信"文章可立身"，立志"受十年苦苦孜孜"，"博一任欢欢喜喜"，全家都企望着"集贤为秀士，跳龙门，折桂枝"——这与陈氏三子的道路并没有什么区别。但《蝴蝶梦》的思想、艺术价值确是《陈母教子》不能相比的，原因不在于是否对仕进道路进行否定或批判，而是在于《蝴蝶梦》的情节和主旨的转移。由于王氏一家遭到权豪势要的欺凌、压迫，王氏三子被投下狱，这意外的变故，使剧情转为善恶对抗、转为对邪恶势力的控诉与抗争，对善良而深明大义的王婆婆的表彰与歌颂。这样就使《蝴蝶梦》与《陈母教子》分道扬镳了。

关汉卿在《陈母教子》以及其他涉及这方面内容的作品中，不仅将读书仕进作为追求个人荣身致显的必由之路来描绘，而且将它作为"治国齐家"的社会理想加以歌颂。我们可以说关汉卿的这种思想在封建社会的儒生中是很平常的，很陈旧的，或者是"不能免俗"的，但仔细想想，又会觉得在他的那个时代，似又并不寻常。

说它"平常"，是因为中国封建社会一向标榜以儒术经邦治国。从汉代起，就确立了儒家学说的正统地位，历经唐、宋、辽、金，一直延续下来。说"不寻常"，是因为在元代，重振儒术，希望"有德行仁慈"圣明的君主，带来"河清海晏"(《陈母教子》)的太平盛世几乎成了一种可望而不可即的社会理想，一种以封建时代的太平盛世为模式的理想，一种虽然没有超出一个封建时代的士子的思想范畴，却具有一定现实意义的社会理想。

产生于7世纪的科举制度，为"学而优则仕"铺设了一条开满鲜花的道路。历经唐、宋六百余年的实践，它的魅力已经深入知识分子的心灵。对封建社会的士子来说，争取科举成功几乎是获得政治地位和荣身致显的唯一途径。它成为影响各阶层知识分子的思想方法、感情状态的最有决定性的因素。即使失意和退归林下的儒生，也往往并不从根本上对这条道路产生怀疑。因此，包括关汉卿在内的受到正统思想熏陶的元代知识分子写出诸如《陈母教子》这样"科举梦"式的作品来，并非是不可理解的。

蒙古贵族君临天下以后，中国封建社会一向认为天经地义的以儒术经邦治国的观念受到冲击。但是，这种观念却是根深蒂固的，因此，元初就不断有儒生向上进言：马上所得天下，不可以马上治。正如许衡（1209—1281）在至元三年（1266）所上奏议《时务五事·立国规模》中说："国朝土宇旷远，诸民相杂，俗既不同，论难遽定。考之前代，北方奄有中夏，必行汉法，可以长久。故后魏、辽、金历年最多，其他不能实用汉法，皆乱亡相继，史册具载，

昭昭可见也。"(苏天爵《元文类》)

许衡等人所说的"汉法",最主要的内容之一,就是以儒术选士。元世祖至元初年、四年、十一年、二十一年,朝廷中曾有四次关于科举取士的讨论(《元史·志第三十一·选举一》),却都因蒙古贵族的反对而没有结果。蒙古贵族垄断了几乎一切官府要职。他们认为"吏之取效,捷于儒之致用"(《苏平仲集·逸叟处士徐君墓志铭》),因此,他们阻挠汉族知识分子通过科举进入统治阶级上层,却要他们去做"吏",去应付官府的繁杂公务。元代儒生屈于簿吏者甚众,他们往往怀抱着治国安邦的理想在漫长的吏道上"白首下僚"。在这种情况下,朝廷里"以儒术选士"的谏议不绝,在野知识分子"士失其业"(胡祗遹《紫山大全集》卷二十)的呼声不断。汉族知识分子将自己的贫困潦倒归结于科举不行,将国家弊端百出归咎于摒弃儒术。如果说量才取人的科举制的诞生,是以它作为"九品中正官人法"重视家世族姓,维护世家士族地主利益的选任制度的对立物而取得它的进步性,那么,在元代,呼吁重振科举作为以种族歧视和种族压迫为根本原则的选任制度的对立面,它的实际内容应当说也具有反对民族歧视和民族压迫的进步意义。因此,在包括关汉卿在内的杂剧作家们的剧作中,重复多次地出现的或为儒生命运鸣不平,或宣扬科举之业的主题,在当时应当说是具有现实意义的。虽然这种命题并不属于下层市民的世界。

关汉卿展现的这两个不同的生活画面，在他的作品中，具有相对独立的特征。从表面看起来，有时觉得似乎很难将它们联系在一起。然而，在实际上，它们是关汉卿创作整体的两个互为对照、互相关联的侧面。它们不仅反映了关汉卿生活和思想的二重性，表现它们之间的矛盾和对立，而且也表现了这两个相距甚远的方面是如何互相渗透、互相影响、互为因果，并统一在一个整体中的。他的全部作品表明：他虽然对下层市民的思想生活有相当深入的了解和深刻的表现，但他又终究没有忘怀传统的知识分子的人生道路和追求；而儒生的传统观念，又常常不可避免地带进他对下层生活的表现中。

我们常常会产生这样一种不恰当的想法：对关汉卿未能完全转移到另一阶层，整个思想感情进行彻底变更感到惋惜。仿佛一个士子的身份与他作品的"糟粕"是必然联系在一起的。事实上，如同上面所论及的，反映士子理想的作品，未必全是"糟粕"（当然，它的艺术性不强应另当别论）。而儒生的身份、地位和反映市民生活思想也不是对立的。也就是说，关汉卿作品中成就最高的"精华"部分，不仅仅得力于关汉卿书会才人的生活经历，而且与关汉卿儒生士子的身份也有密切的关系。

在《窦娥冤》中，窦娥临刑前怒气冲天的抗议是关汉卿剧作中最为人称道的部分,"没来由犯王法,不提防遭刑宪。叫声屈动地惊天"这种强烈的感情当然来自民间强烈的是非爱憎。但像"天地也只合把清浊分辨,可怎生糊突了盗跖颜渊。为善的受贫穷更命短,造恶的享富贵又寿延。天地也做得个怕硬欺软,却原来也这般顺水推船。地也,你不分好歹何为地?天也,你错勘贤愚枉做天!"这样远远超出对一己所受冤屈的控诉,达到对当时社会普遍性现象的抗议,却表现了一个富于正义感的知识分子的更深一层的认识和概括。应当说,这样的成就是关汉卿身上两种不同的、存在冲突的文化中各自具有的"精华"成分互相渗透和补充所达到的感情高度和思想高度。

关汉卿作品中最动人的部分,是他生动地揭示了下层普通百姓的动人品格——不屈的反抗精神、乐于助人的侠义心肠、乐观而韧性的生活态度、敢作敢为的豪爽气概……真实的生活体验,使关汉卿的创作达到这样的境界:他对普通百姓、勾栏妓女既能描其貌、状其口,而且还能写其心。关汉卿没有辜负那个动乱时代的特别赐予,现实使他在观察世界时,多了一副下层普通百姓的眼光,所以当他关注市井百姓的命运,为他们的生离死别,为他们的哀戚欢乐所吸引时,他几乎成为他们中的一个,而忘记了自己原来的身份。但是,关汉卿对于市井百姓、下层人民高尚品德和乐观生活态度的深入把握和发现,又与他是站在一个儒生的立场上来观察问题有关。这是一种比较的观察和感受，关汉卿在两组事物和现象的参照和对比中，发现了自己所属的知识分子性格的致命软弱，而由于这种认识，又加强了他对下层百姓在生活面前刚毅、勇敢精神品质的惊服。如果他完全失去了这样一个视点，他对于另一个世界人物的品德、性格的感受，可能不会那么敏感、清晰，那么带有强烈的感情因素。譬如真正出身于下层勾栏的艺人兼剧作家张国宾，他就并不能达到关汉卿的思想高度和艺术水平。

然而，在许多时候，他不是以一个儒生的目光看待世界，却是以下层百姓的观念作为揆情度理的准绳。但是，在这两者中，居于主导地位的，恐怕还是儒生的眼界和观念。他在作品中虽然肯定了抗争者为争取现实中可能达到的合理生活所做的努力，却并不认为他们能有力量支配、决定自己的命运。在他的那些优秀作品中，即使是在抗争者靠智慧和勇气获得胜利以后，也总还是要有"救世主"去确认这种胜利。赵盼儿挫败周舍以后，还要有郑州守李公弼断案了结，否则周舍还要纠缠不休。谭记儿虽然骗取了势剑金牌，仍然要靠李秉忠"奉上司台旨"惩治杨衙内。窦娥的誓愿虽然一一实现了，但申冤昭雪还是要由廉访使窦天章做主……关汉卿仍然不能离弃英雄拯救世界的历史观。

上面对关汉卿思想、创作的二重性做了说明和分析。而事实上，对一个丰富的、伟大的作家来说，他的创作中所包含的各种思想倾向的错综关系，不同视角的交叉、现实和理想的冲突，都远比这种条分缕析要复杂得多。

怎样读《西厢记》

第四题

《西厢记》在中国的演剧史上，是"夺魁"作品。从元代开始到今天的七百多年间，它就一直在舞台上盛演不衰。

《西厢记》在文学史上，又是元杂剧中杰出的作品之一。明清以来，各种版本的《西厢记》刊刻迭出，注家蜂起，仿作、续作层出不穷，批评鉴赏流播至广。现在，可以找到的明清刊本还不下百种，也足以证明《西厢记》对于案头阅读者具有怎样的魅力。

对《西厢记》的阅读，由于读者所处时代、身份、文化水准、需求等的不同，阅读的方式和理解也各不相同。比如，台上的表演者对《西厢记》的"解读"，多半是不断地在"仍其体质，变其丰姿"（李渔《闲情偶寄》）上下功夫，以使观众能不断生出常看常新之感。台下的观众看重"听"的，便自去欣赏其情辞丽语；喜欢"看"的，自去揣摩它的关目安排、崔张的"至情至性"、红娘的丰富内心……这是广义的"阅读"。至于说到文本的阅读，就更是因人而异了，所以，怎样读《西厢记》原本就应该是没有一定之规的。

不过，话又说回来，不管一般读者的鉴赏，还是专家的研究，也都有共同之处。这就是赏"奇文"、析"疑义"、"拆碎七宝楼台"、条分缕析其结构。总而言之，是通过对作品词采、结构、人物形象等的分析，来把握它的思想艺术特征。而为了达到这一目的，阅读者其实拥有许多的通道。有时候，从"侧面"进入"本文"也是有效的方法。例如，我们可以从估价《西厢记》在当时剧坛所处的地位入手，也可以了解"西厢"故事在沿革中发生了哪些变化。另外，探寻明清对《西厢记》批评的关注点，以及思考《西厢记》在雅、俗文学的交叉点上所具有的特质，都是可以"进入"的通道。

估价《西厢记》在当时剧坛所处的地位，是为了更好地把《西厢记》的思想艺术特征加以廓清。这就需要把它与"元曲四大家"——关汉卿、马致远、白朴、郑光祖的作品加以对照。

在戏曲创作上，"写什么"和"怎样写"是两个重要的方面。关汉卿的杂剧创作更多地关注着下层百姓的生活和痛苦，他对市井百姓朴素的生活和他们在生活中遇到的苦难和不平，都有深入的表现。他的杂剧在揭示当时存在的社会矛盾时，说得上"深刻"和"犀利"，同时，对受压迫的弱者也有深切的同情，《窦娥冤》《蝴蝶梦》《鲁斋郎》《调风月》《望江亭》都属于这一类。

马致远的创作则显示出另一种特质，他用了许多笔墨去描写游离于现实生活之外的"神仙道化"剧，他往往从读书人感时不遇的角度否定红尘，又从隐逸的角度肯定神仙世界。他的"神仙道化"剧中，虽有对远离现实社会的隐遁生活的憧憬，却很少对依靠修行、达到宗教生活方式的向往，更多地表现了一个很难忘情于尘世的、失意的儒生对生活的感受。

白朴今存的作品不多，但在他取材于历史故事的戏曲《梧桐雨》中，仍然表现出他别具一格的对生活的感悟。《梧桐雨》通过对史料的取舍运用，借李、杨故事抒发了一种在美好的东西失去之后无法复得的哀伤和追忆，一种极盛之后的寂寞和悲哀，一种对盛衰无法预料的幻灭，一种沉重而无奈的沧桑之叹。

王实甫则更多地关心了婚姻问题，他今存的《西厢记》《破窑记》，都是对当时婚姻方式的不合理性进行了深入的观察和解剖，并提出了自己设计的"愿天下有情的都成了眷属"的婚姻理想。

同样是写爱情故事，王实甫与"元曲四大家"的处理和选择也呈现出各不相同的姿态，比如关汉卿笔下的爱情剧，多半是描绘弱势女子的爱情生活和她们对爱情的向往：妓女、婢女、无依无靠的青年寡妇、战乱中逃难的女子……她们对自己婚姻的考虑，常常与改变命运结合在一起，因此，爱情问题往往就会与超出婚姻之外的"深刻的"社会内容纠结在一起。白朴的爱情剧《墙头马上》的特点是把市井女子式的机敏、果决、大胆、泼辣，融入了大家闺秀出身的李千金的性格中。而郑光祖的《倩女离魂》中的张倩女，虽然身份也是官宦小姐，但她的性格中的执着和大胆的特点、她的感情方式和行动方式的本质，也是属于下层市井的范畴。

相比之下，王实甫的《西厢记》就完全不同了，他描写了一个从外表到内心都属于书香门第的贵族小姐对爱情的觉醒和追求，这种追求，是在丰富的内心世界的变化中完成的。《西厢记》以五本二十一折长篇巨制所具有的优势，细腻地演绎了崔莺莺和张君瑞的独特性格和曲折的爱情经历，人物性格的变化具有可信的逻辑性，从而避免了一本四折的元杂剧短篇体制可能造成的、即使是元杂剧作家高手有时也很难避免的人物性格的变化突兀、人物性格分裂和简单化。《西厢记》的特殊结构和特别的表现方式，使它具有了一种潜在的容量，也使它在元代剧坛上占据了一席重要的位置。当关汉卿被称为"梨园领袖"、马致远被誉为"万花丛里马神仙"、白朴的"闲中趣、物外景"、郑光祖的"锦绣文章满肺腑，笔端写出惊人句"（钟嗣成《录鬼簿》）各自受到不同方面的赞誉的时候，王实甫一曲《西厢记》就获得了这样的评价：

〔凌波仙〕挽王实甫

明　贾仲明

风月营，密匝匝，列旌旗。莺花寨，明飙飙，排剑戟。翠红乡，雄纠纠，施谋智。作词章，风韵美，士林中，等辈伏低。新杂剧，旧传奇，《西厢记》，天下夺魁。

钟嗣成《录鬼簿》

"《西厢记》，天下夺魁"，就应当是王实甫在当时剧坛上所赢得的殊荣，这殊荣不亚于今天获得了"梅花奖"。

王实甫《西厢记》的蓝本是董解元（生卒年不详）《董西厢》，《董西厢》的蓝本是《莺莺传》。在读《王西厢》之前，如果忽略了从《莺莺传》到《董西厢》的重构过程，对认识《王西厢》在文学史上的地位会是一种不小的缺憾。

《莺莺传》是唐代文人元稹（779—831）创作的传奇文，《董西厢》是金代儒生董解元写的诸宫调，从写始乱终弃故事的《莺莺传》，衍变到具有反抗封建礼教意味的《董西厢》，"西厢"故事经历了内容上的变革，而从传奇文到诸宫调，再到元杂剧，"西厢"故事又经历了从小说到说唱文艺再到戏曲的文体上的嬗变，这种衍变的依托，都离不开当时的文化背景。《莺莺传》是唐代儒生的创作，从当时社会的"骄子""白衣卿相"儒生的立场出发，张生与莺莺邂逅、不媒而婚、仓促分离的"艳遇"，被写成了一个可以与张鷟（约658—约730）《游仙窟》、温庭筠（约801—866）《华州参军》（又名《柳参军传》）划为同一系列的风流狎邪故事，其中以男子为中心的叙述方式和把莺莺定为"不妖其身，必妖于人"的"尤物"的议论，显然是作者对这个"始乱终弃"故事的阐释。元稹同时代的文人杨巨源（755，卒年不详）、李绅（772—846）、王涣（生卒年不详）的立场也大抵与元稹相同。

到了宋代，"西厢"故事就不仅成为文人诗歌中的俗典，而且进入了民间说唱领域。晏殊（991—1055）的词、苏轼（1037—1101）的诗、秦观（1049—1100）和毛滂（约1060—1124）的"调笑转踏"歌舞曲、赵令畤的鼓子词，都涉及过"西厢"故事。当然，直到此时，"西厢"故事还是在文人的圈子里辗转传播，即使它已进入了"歌舞曲"和"鼓子词"这样的俗文学领地，作者也还是文人的"客串"。因此，从元稹《莺莺传》中自叙的"贞元中"到赵令畤生活的北宋元祐年间（1086—1093），"西厢"故事虽然已经有了近三百年的传播史，但其内容的变革其实还很有限。"西厢"故事真正得到脱胎换骨的变化，是在北宋元祐之后到《董西厢》的作者董解元生活的金章宗（1190—1208）时代之间的大约一个世纪的时间里发生的。在这一个百年里，"西厢"故事从文人的圈子进入了民间，在流传中汲取营养——包括最生动的生活的滋润和最大胆的思想的提示，不仅使"西厢"故事的人物性格得到丰富、情节得到完善，而且作品的主旨也得到了具有飞跃意味的变革，获得了思想、艺术上完全不能与《莺莺传》传奇文等量齐观的新生命。

以流变的眼光看,《莺莺传》是"西厢"故事的起始,《董西厢》是"西厢"故事的定本,王实甫《西厢记》则主要是对这个故事的文饰和润色。了解这个变化的过程,可以有助于《西厢记》在文学史上的定位。

《西厢记》创作于元代,但它真正达到引起强烈的社会效果,还是到了明代的事情。

有明一代"西厢热"始终不衰,尤其以明代中期为最盛,诸多的《西厢记》鉴赏者为它作序跋、写题识、圈点、批评、剖析结构、品评人物、探究宗旨意趣、评论词曲韵律……可以算得是极尽了发微烛隐、阐幽探玄之能事。今存的明人批评本《西厢记》,集中出现在明代万历(1573—1619)、天启(1621—1627)、崇祯(1628—1644)时期,在当时就比较风行,现在看起来也较有特点的批评家有徐渭(1521—1593)、王世贞、李贽(1527—1602)、汤显祖(1550—1616)、陈继儒(1558—1639)、徐奋鹏(万历年间)等。其中,除陈继儒活到了天启年间以外,其他人的主要活动时期都在嘉靖(1522—1566)后期至万历前中期。明代批评《西厢记》热,也大致在这一时期。如此多的学者、戏曲家、鉴赏家对一部戏曲给予了这么多的关注,在元代诸多的杂剧作品中,《西厢记》是绝无仅有的一例。

现存明人《西厢记》批评本十多种,主要有王世贞、李贽合评的《元本出相北西厢记》，李贽的《李卓吾先生批评北西厢记》，陈继儒批评本《鼎镌陈眉公先生批评西厢记》，汤显祖的《汤海若先生批评西厢记》，徐渭批评本《重刻订正元本批点画意北西厢》，汤显祖、李贽、徐渭批评本《三先生合评元本北西厢》，凌濛初（1580—1644）批评本《西厢记》，徐奋鹏的《新刻徐笔峒先生批点西厢记》等等。在这些批评本中，有才高望重的学者如王世贞以诗律曲，对《西厢记》曲词诗意美的发掘；也有"道学家"陈继儒对《西厢记》所持的批评态度，从理智向情感转变的表现；有思想家李卓吾对《西厢记》故事情节和人物性格单一、平面化的不满，以及他对包含着丰富社会内涵性格的追求；也有戏曲作家徐渭、汤显祖从戏曲创作和演出的角度，运用戏曲艺术规律对《西厢记》进行剖析……这些可以看作明人的西厢面面观。

清代的《西厢记》批评比起明代虽有降温，但如批评大家金圣叹（1608—1661）对《西厢记》的批评也仍有非同一般的很个性化的议论，其中也有清人对戏曲文学追求的表现。

包含了批评家的读者同作家一样，都具有"历史性"，因此，阅读与批评也是一种社会现象。不同时代、不同身份的读者，都具有个体的和社会的特征，因而，他们对同一部作品的感受和理解，也不可能存在永恒的、固定不变的状况。《西厢记》为我们留下了这么多可以追寻的线索，使我们有可能去研究《西厢记》在同一时代的不同读者群那里曾产生过什么样不同的反应，也有可能去探讨《西厢记》在不同历史时代评价上不同的着重点和不同的对其思想艺术价值的褒贬抑扬，这对于了解作品本身，对了解一个时期的社会思潮与文学风尚，对了解作家与读者通过作品所形成的"交流方式"的时代特点，都是很有意义的。

元杂剧在文学史上的地位很特别，它既属于俗文学的范畴，又沾上了雅文学的灵光，正处于雅、俗文学的交叉点上。从俗文学的发展线索看，它的远祖是先秦歌舞和滑稽表演，母体是唐宋之际逐渐趋于综合的表演，如民间技艺、歌舞、说唱。而从正统文学的发展线索看，它又在目前已被公认的：诗三百、骚、赋、骈文、诗、词、曲、传奇、小说的发展进程中，占据了一个重要的地位——一个从正统文学向俗文学发展的衔接点。也就是说，元杂剧既与俗文学血肉相连，又与传统文学之间，无可怀疑地表现了一种割不断的联系。如果把《西厢记》的创作放在这个雅、俗文学的交叉点上来观察，既可以把它作为俗文学来观察它的特征，也可以从正统文学发展的角度，把它与诗词创作作为一个系列来研究，这都是很有意义的。

《西厢记》的曲词华美，并有诗的意境。"梵王宫殿月轮高，碧琉璃瑞烟笼罩"（第一本第四折）、"风静帘闲，透纱窗麝兰香散"（第三本第二折），虽然在格律上已与诗不同，但构成的意境仍然透出浓厚的抒情意味。"玉宇无尘，银河泻影；月色横空，花阴满庭"（第一本第三折），寥寥十六个字，就勾画出张生等待莺莺来烧夜香时静谧而落寞的环境。"落红成阵，风飘万点正愁人""系春心情短柳丝长，隔花阴人远天涯近"（第二本第一折），"彩云何在？月明如水浸楼台。僧归禅室，鸦噪庭槐。风弄竹声则道是金佩响，月移花影疑是玉人来"（第四本第一折），将雅、俗两种风格的语言，竟结合得天衣无缝。难怪明代著名的戏曲批评家都对《西厢记》的语言推崇有加，比如何良俊（1506—1573）说"王实甫才情富丽，真辞家之雄"（《曲论》）；王骥德说《西厢记》"色声俱绝，不可思议"（《曲律》）；沈德符（1578—1642）说"若西厢，才华富赡"（《顾曲杂言》）；徐复祚（1560—约1630）说《西厢记》的神髓所在是"字字当行，言言本色"（《曲论》）；凌濛初说"西厢为情词之宗"（《谭曲杂札》），说法虽然不同，但众口一词，都承认《西厢记》为北曲的"压卷"之作（《曲藻》），以上见《中国古典戏曲论著集成》。

当然，对《西厢记》的阅读和阐释，还有许多的立场和角度，比如晚近直到今天，对"西厢"故事都有许多重构，至于这种"重构"在文学史上的价值，就是另外的一个重大话题了。

附一：崔莺莺的爱情观

王实甫《西厢记》的最后一折〔清江引〕曲中写道："愿天下有情的都成了眷属"，阐述了作者富于理想的爱情观。

这种观点，在今天看来，也许是很寻常的。虽然在事实上，即使是在今天的生活中，长久以来所积淀的封建意识仍然有着潜在的作用，"有情"人也未必就能够成为"眷属"，天各一方、终生抱憾的事并不少见，但起码在理论上，它已为整个社会所承认了。

《西厢记》并不是表现这种爱情观的第一部作品，汉乐府诗《孔雀东南飞》和起于唐代的民间传说故事《梁山伯与祝英台》等早已宣示了这个主题。相比之下，《西厢记》中的崔莺莺与刘兰芝、祝英台的追求并没有本质的区别，不过，《西厢记》的优势在于通过几个主要人物把这种爱情婚姻观点的具体内容，表现得更加明晰和充分，使人物更具有思想深度。

《西厢记》中主要有三个身份不同、性格各异的人物：崔莺莺、张生和红娘，应当说这三个人物刻绘得都栩栩如生、各有特色。但三个人中，莺莺是最重要的角色，由于她处于矛盾的中心，她的身份、地位又给了她重重束缚，所以她每前进一步，都显示了更多的艰难曲折。为此，作者王实甫给了她足够的笔墨，使她的形象非常饱满，她的爱情观也表现得极为鲜明。金圣叹说"诚悟《西厢记》写红娘,只为写双文;写张生,亦只为写双文"("双文"即莺莺)是有道理的。

那么,崔莺莺的爱情追求究竟是什么呢?

首先,莺莺追求的是以爱情为基础的结合,而这种观点正是对封建婚姻制度的严重挑战。

莺莺在第一次上场时,只有一段唱词:"〔幺篇〕可正是人值残春蒲郡东,门掩重关萧寺中,花落水流红。闲愁万种,无语怨东风。"她显得那么心事重重而又无法诉说,究竟是什么"闲愁"呢?悲悼亡父吗?不像,因为当老夫人吩咐红娘陪小姐去佛殿"闲散心耍一回去来"之后,莺莺马上高兴了,她笑着、捻着花枝,与红娘聊天,欣赏着"寂寂僧房人不到,满阶苔衬落花红"。那么,使莺莺闷在心头而又羞于出口的"闲愁"究竟是什么呢?我们可以看看第一本第三折烧夜香时,莺莺红娘主仆的对话:

(旦云)此一炷香,愿化去先人,早生天界;此一炷香,愿堂中老母,身安无事;此一炷香……(做不语科)(红云)姐姐不祝这一炷香,我替姐姐祝告:愿俺姐姐早寻一个姐夫,拖带红娘咱!(旦再拜云)心中无限伤心事,尽在深深两拜中。

贴身侍女揭破了小姐的心事，莺莺默认了红娘的推测，承认婚姻问题是她的"心中无限伤心事"。但是，这"伤心事"却又并不是终身无托，急于"早寻一个姐夫"，因为在第一折的楔子中，老夫人就交代过："老相公在日，曾许下老身之侄——乃郑尚书之长子郑恒为妻。因俺孩儿父丧未满，未得成合。"也就是说，莺莺的婚事早已由老相国安排好了。按照门第、财产和权势作为标准的封建婚姻来衡量，这无疑是一门上好的亲事。既已终身有主，而又将嫁与官宦之子，还有什么"无限伤心事"呢？当我们看到第五本第三折郑恒争婚的时候，这个疑问就找到了答案。原来郑恒竟是这样一个无赖，既会造谣生事，凭空捏造说张生高中后做了王尚书家女婿，妄图于混乱之中骗娶莺莺；又会使野撒村，放风要将莺莺"着二三十个伴当抬上轿子，到下处脱了衣裳，赶将来还你一个婆娘"。难怪红娘叫他作"村驴屌"。

郑恒是老夫人的内侄，与莺莺是内亲，莺莺自然深知郑恒人品的卑劣，所以才会对自己的命运屡屡感叹和伤心。

莺莺对于郑恒的不屑，表现了她对门第、权威的蔑视，这个沉默少言而内向的姑娘，对婚姻另有追求，另有择婚的标准，她所憧憬的是一种充满爱情的婚姻。

佛殿初逢，张生为莺莺的美貌所倾倒，莺莺也有所感，因此临去时，她才有"回顾觑生"的行为，这种情感的开始,虽然未出才子佳人一见钟情始于外貌、气质的旧窠臼,但这毕竟是一种自然和真情实感的流露。不要轻看了这一"回顾",这已经违反了"非礼勿视"的礼教。然而,莺莺又绝不是个轻薄的姑娘,初次见面之后,张生就开始害单相思,"少可有一万声长吁短叹,五千遍捣枕捶床"时,莺莺并未动声色。等到红娘向小姐讲了那个"傻角"自报家门,临了还说了"并不曾娶妻"的傻话时,她笑着轻描淡写地嘱咐红娘:"休对夫人说。"应当说,这时她已经开始动了感情,对这个"傻角"对自己的钟情动了情。唯其如此,才会有之后的莺莺深夜烧香、张生墙角吟诗、莺莺隔墙酬韵,她的"兰闺久寂寞,无事度芳春。料得行吟者,应怜长叹人",是借诗倾吐了内心的苦闷和希望互通心曲的愿望。如果说"佛殿初逢"是对张生外貌的中意,那么,这里应当说是爱慕张生的文才了,因此,莺莺也开始被萌动的爱情搅得心神不安,也害起了相思病。自言:"自见了张生,神魂荡漾,情思不快,茶饭少进。早是离人伤感,况值暮春天道,好烦恼人也呵。"

我们不必责备莺莺的感情来得轻率,对于一个禁于深闺,可能在新婚之夜才能知道自己要与什么人终生厮守的封建时代的少女来说,看到了一个有才学、有感情、温文而清俊的少年,是足以引动她的芳心的。不过,莺莺此时也知道这种水中月、镜中花式的感情,不会有任何结果,只会带给她痛苦，所以，她才有"落花无语怨东风"这样的自怜自叹。

孙飞虎兵围普救寺，既给这无望的感情带来转机，也给了莺莺对张生更进一步了解的机会。张生的智谋又一次赢得莺莺的倾心。这时候，莺莺已确信自己没有看错人，张生不仅是"文章士，旖旎人"，"脸儿清秀身儿俊，性儿温克情儿顺"，而且还有用半纸书信"免除崔氏全家祸"的本领。

至此，我们可以认为，莺莺所追求的是一种以爱情为基础的结合，同时看重的是：相貌温雅而又富于感情，文才出众而又有应变能力，当然，最重要的还是心灵的沟通，心心相印，至于张生是个"白衣秀才"莺莺并不在意。

其次，莺莺对婚姻的具体方式并不看重。

按照老夫人"但有退兵之策的，倒陪房奁，断送莺莺与他为妻"的许诺，莺莺与张生的结合有望成为顺理成章的美事，虽然这种许婚方式本身就含有一种对莺莺人格的侮辱，并带有点赌博性质，但由于当时事出无奈，而后又恰恰是莺莺的意中人张生愿献退兵之策，莺莺自然不会去计较许多。若是老夫人没有"赖婚"之举，崔张的婚事也算是"父母之命"，合理合法，"一缄书"作"媒证"，"灭寇功，举将能"作"红定"，举行婚礼必定是"鸳鸯夜月销金帐，孔雀春风软玉屏。乐奏合欢令"。对这种正式的婚姻方式,张生和莺莺都没有反感,为了迎接这桩喜事,张生在那里净面洗脸、擦颊抹额、来回顾影、喜不自胜,莺莺也在描眉画鬓、拂拭罗衣、驰骋想象、喜上眉梢……也许他们都没有对婚姻方式本身发生过任何兴趣或怀疑,或者说他们并不看重这具体的外在的仪式,使他们兴奋忘形的是这桩婚姻的实质性内容——有情人将成眷属。

经过"赖婚""赖简"的波折,张君瑞命悬一线。经过"闹简"和"赖简"的矛盾斗争,莺莺也尝够了封建礼教的思想负担所给予她的痛苦,终于迈出了关键的一步,与张生"非法同居"了。

此次的结合,既无"父母之命",又无"媒妁之言",在佛寺陋室,那个"身卧着一条布衾,头枕着三尺瑶琴"的书生什么都没有,花红定礼、三媒六证、妆奁首饰、鼓乐宾客……一应全免,而且要红娘抱着"衾枕"悄悄地来,暗暗地走,全然是一副"私奔"模样。然而,身为相国千金的莺莺也并不在意这样的婚姻方式,她毅然地把自己的命运托给了这个寒酸的白衣秀才。她只是担心一件事,那就是在温存之际她对张生说的"妾千金之躯,一旦弃之。此身皆托于足下,勿以他日见弃,使妾有白头之叹"。只要张生忠贞不贰,她不在意婚姻的外在形式。她和张生在新婚的陶醉中忘记了一切。使他们兴奋和忘形的,仍然是这桩婚姻的实质性内容——有情人终于成了眷属。

最后，莺莺始终把爱情看得高于一切，置功名利禄于不顾。如果说莺莺嫁了张生这个白衣女婿，是她把爱情置于功名利禄之上的第一个明证，那么，她的这种思想观念在长亭送别和张生高中几件事中仍在继续发展。

私许终身的败露，并未使莺莺感到惶恐和后悔，倒是张生立即被夫人遣去求取功名给她带来了烦恼。恰才新婚，即将远别，莺莺的心情是复杂的。她怨恨"蜗角虚名，蝇头微利，拆鸳鸯在两下里"。此时的莺莺已不再是只会叹息"佳人自来多薄命"的懦弱千金，她的性格中已增添了尖利的棱角。老夫人曾对张生明言："俺三辈儿不招白衣女婿，……得官呵，来见我；驳落呵，休来见我！"莺莺却针锋相对地嘱咐张生："此一行得官不得官，疾便回来。"因为她笃信："但得一个并头莲，煞强如状元及第。"她并不在乎得官还是不得官。

张生走后，她一直在无穷无尽的相思中度日，自觉烦闷："虽离了我眼前闷，却在心上有；不甫能离了心上，又早眉头。忘了时依然还又，恶思量无了无休。大都来一寸眉峰，怎当他许多颦皱。新愁近来接着旧愁，厮混了难分新旧。旧愁似太行山隐隐，新愁似天堑水悠悠。"就连张生高中状元的喜讯，也没能给她带来欢乐。当她听说张生忙着去夸官游街时，她不高兴了，因为张生没有快马加鞭、星夜回归。她怨道："早是我只因他去减了风流，不争你寄得书来,又与我添些儿证候,说来的话儿不应口,无语低头,书在手,泪凝眸。"除了怨张生耽搁时日之外,她还担心张生富贵之后乱了方寸,功成名就,停妻再娶并不是什么新鲜事,那样的话,她的视之如生命的情感就有付之东流的危险。

像莺莺这样把爱情看得高于一切,说来容易,做起来也并非易事,她要看穿云路鹏程的功名地位,丢弃相府千金的名分和声誉,还要冒着张生有可能始乱终弃的危险……真是谈何容易,更何况还有母亲的责难、亲朋的鄙弃、社会舆论的无形压力等等,即使是在爱情观已经相当先进的今天,也并不是每个人都有勇气去面临这一切。反过来我们再去看七百多年前王实甫笔下的崔莺莺,就会感受到她的爱情追求具有怎样永恒的意义。她的反封建的行动,又具有怎样脱俗的光辉。

附二：红娘形象的复杂性

曾经有许久，我们都不能接受关汉卿《调风月》中的燕燕答应做小千户的小夫人这样的事实。因为第一，燕燕这个有志气的下层婢女的纯洁感情被小千户欺骗，我们不愿让她再回到小千户的身边去。第二，关汉卿是我们心目中的优秀作家，他塑造的燕燕应当是毫无瑕疵的，不应向恶势力妥协。其实，我们是在美好愿望的支持下，犯了以今律古的错误。

王实甫《西厢记》中的人物性格，都有着丰富性和复杂性，如剧中的张生和莺莺的思想性格，主要表现了对坚贞爱情的追求和对封建势力的抗争。然而，张生在痴心恋慕莺莺的同时所表现出来的轻狂、莺莺对红娘几乎不近人情的责难，以及他们在争取婚姻理想的斗争中表现出来的软弱……都表现了他们性格中符合他们身份、教养、经历、思想的复杂侧面。而历来以为是白璧无瑕的红娘，实际上也有其复杂性。

红娘有着多重身份：她是老夫人的奴婢，又是老夫人的耳目；她是小姐的贴身丫鬟，又是监视小姐的"行监坐守"，莺莺与红娘既是主仆关系，又是禁子和囚犯；张生开始把她当作传书递简的"鱼雁"，后来，她竟然成了张生的"军师"，救苦救难的观世音菩萨。红娘地位卑微却又往往是事件中带有决定性意味的重要因素,她以真诚和侠义肝胆征服了张生,以巧慧和对事情的透彻认识、大胆决策赢得了莺莺的信任,以不卑不亢、义正词严折服了老夫人,可以算得是智慧和力量的化身了。

由于她复杂的多重身份,她必须以复杂多变的手法,从最合适的角度去应付各种事变。她必须把握住张生、莺莺以及老夫人的内心秘密,采取相应的措施,还不能稍稍忘记了自己的奴仆身份。为了玉成张生和莺莺的好事,她要对上蒙蔽威严、多疑的老夫人,对下抚慰遇事便手足无措、还动不动就要寻个短见的软弱书生,中间还要对付小心眼特别多、顾虑重重的小姐。她对张生是坦率的,出谋划策、传书递简,凡事都可以讲在明处。她对小姐是讲分寸的,既要促成张生和小姐的好事,又要处处考虑小姐的尊严和脾气。她对老夫人则更多地表现了有胆有识、有勇有谋、敢于抗争。

除了她的复杂的身份造成的她思考问题、处理问题的避免简单化之外,她的性格内容也是为当时复杂的社会生活所规定,她也不可避免地受到封建思想意识的影响,因此,也造成了红娘思想性格的复杂性。

红娘是《西厢记》中讲"道学"次数最多的人,她用"非礼勿视、非礼勿听、非礼勿言、非礼勿动"嘲弄过张生的痴狂;用"人而无信不知其可也"指责过老夫人的背信弃义；用"孔圣之书""周公之礼"处分过跳墙前来相会的"花木瓜"张生……从她在这些场合的应对来看，她对四书五经、封建伦理教条是颇为熟悉的。当然，红娘在上述场合，都不过是把"道学"当作斗争的武器，从她的整个思想倾向来看，她当然并不信奉那些封建教条。可是，事实上也有些时候，红娘讲的"正统"的道理，却也并非全是反话，并非全是从"以子之矛，攻子之盾"出发的。例如老夫人"赖婚"以后，张生害了相思，红娘劝他说："你将那偷香手，准备着折桂枝。休教那淫词儿污了龙蛇字，藕丝儿缚定鹓鹏翅，黄莺儿夺了鸿鹄志。休为这翠帷锦帐一佳人，误了你玉堂金马三学士。"又如，莺莺"赖简"以后，张生一病几至不起，红娘探病时又数落张生"心不存学海文林，梦不离柳影花阴，则去那窃玉偷香上用心""功名上早则不遂心，婚姻上更返吟复吟"，这两段话，红娘倒都是真心真意地说的。

前者是由于老夫人反悔，红娘一方面看到"月底西厢，变作了梦里南柯"，一方面看到张生的短处无非是个白衣秀才，门第卑微，因此才劝他"以功名为念，休堕了志气者"，不要误了一世的前程。后者是因为莺莺变卦。老夫人本已"将人的义海恩山，都做了远水遥岑"，莺莺又反复无常，眼见得好事难成，因此，红娘重又对张生提起了"学海文林"。两段话都是劝勉、安慰、鼓励兼而有之。

在红娘看来，男儿钟情、志诚、为所爱的人害相思，都是值得敬重的，她因此才会为了促成崔张的结合竭力尽智。但是，显然她又认为"讲理性"、"善属文"、功名大业、出将入相是男儿的鲲鹏大志，立身的根本。尽管这种对追求功名的劝导，是作为爱情无望之后的补充形式出现，包含了对失望者的安慰，我们也不会因此就认为红娘是个利禄之徒。

对爱情、婚姻自主的热烈追求与"鸿鹄志"的结合，是元杂剧中反复表现的上层和下层社会的一种共同的生活理想。不仅《西厢记》是如此，《墙头马上》《竹坞听琴》《倩女离魂》《曲江池》等也都是如此。自由结合的婚姻，再加上"五花诰""七香车"作为补充，才算得上是圆满的结局。

应当说，这种观念虽然并不属于红娘那一阶层的劳动人民，然而她长期生活在这样一个"治家严肃"的相府内，千金小姐的闺阁中，这种被社会公认的观念，这种生活理想对她耳濡目染，以致也成为她确信不疑的真理，这是不难理解的。

红娘对于崔张的生活道路，有着如上所述的理解，对于她自己作为一个婢女的生活道路，也有她自己的理解。红娘在《西厢记》中不是可有可无的侍女，也不是一般的丫鬟。她是"撮合山"，是"军师"，是老夫人的对头，是崔张的保护神。没有她，我们很难想象崔张的爱情最终结局会怎么样。后人对她的肯定是充分的，特别是她义正词严地回绝了张生许以"金帛酬谢"，更表现了她路见不平、拔刀相助的侠义肝胆，这些都屡屡为后人所钦佩。但是，实际上，红娘还是要求酬谢的，只不过那是另一种性质的酬谢。这个问题，需要做些具体的分析。

红娘和张生曾经几次谈起关于酬谢的问题。第三本第一折中，张生要求红娘送信给莺莺时说："小生久后多以金帛拜酬小娘子。"被红娘狠狠地斥骂道："哎！你个馋穷酸俫没意儿，卖弄你有家私，莫不图谋你的东西来到此？先生的钱物，与红娘做赏赐，是我爱你的金资？"正因为当时红娘的行动是从正义和同情出发的，而张生却以庸俗的眼光去看一个婢女的侠义行为，所以红娘才会因为感到受了侮辱而大发脾气。

红娘不爱"金资"，不希图张生的"钱物"，但是在第三本第四折"佳期"之前，在张生表示"今夜成了事，小生不敢有忘"的时候，红娘答道："你口儿里漫沉吟，梦儿里苦追寻。往事已沉，只言目今，今夜相逢管教恁。不图你甚白璧黄金（王骥德《新校注古本西厢记》《张深之先生正北西厢秘本》和毛西河评注《西厢记》都作"我也不图甚白璧黄金"），则要你满头花、拖地锦。"晚上，红娘抱了衾枕，引着莺莺来到西厢，见张生面时又问他："张生，你怎么谢我？"张生因为心思全在莺莺身上，又不敢再提

"金帛",因此匆忙答道:"小生一言难尽,寸心相报,惟天可表!"红娘这里索谢的话,当然也可以理解为一般的开玩笑,但是,前面"满头花、拖地锦"却是说得极明白的。

对这六个字,明、清人都有不同的理解。比如《新校注古本西厢记》中王骥德注曰:"古注谓梅香好带满头花,长裙可遮大脚。故曰:则要满头花、拖地锦,谑言,本等服饰也。然拖地锦元剧屡用,不专以梅香言,盖红娘只要装饰之物为谢,故言不要白璧黄金,则要满头花、拖地锦也。"这里的"古注"自然迂腐而不可取,而且王骥德的解释也存在问题,不要"白璧黄金"却要别人送装饰之物,岂不仍然是要"图谋"别人的"金资""钱物"吗?清人毛西河(名奇龄,1623—1713)又有新解,他认为:"满头花,媒所带者;拖地锦,谢媒物。"红娘是要求"只以媒人待我足矣"。看起来,王、毛在承认红娘还是要谢仪这一点上是一致的,但对于红娘说的酬谢的具体内容是什么,却未能做出合乎逻辑的解释。

其实,与"满头花""拖地锦"意思相类的词汇在元剧中屡有出现。

关汉卿的《谢天香》中唱词有"则是深围在阃底,又何曾插个花头"(疑此处原为"花满头"),是谢天香言自己虽然名分为钱大尹的小夫人,实则并未成婚。《调风月》中有"你看三插花枝,颤巍巍稳当扶疏",是燕燕为即将成亲的莺莺梳妆。无名氏《桃花女》中"他又戴上一顶花冠，层层都是神道，妆的似天帝一般"，写桃花女出嫁时的头饰。白朴的《墙头马上》中"合该得五花官诰七香车，也强如带满头花"，这里"满头花"指盛装。看来，头上插花是元代女子的盛装，而且是一般妇女结婚时的装扮。

《调风月》第一折燕燕有唱词"许下我包髻、团衫、绸手巾，专等你世袭千户小夫人"，则"包髻""团衫""绸手巾"是小夫人有别于婢女的标志，第二折燕燕唱词有"本待要皂腰裙，刚待要蓝包髻"，可能"团衫"和"皂腰裙"是配套衣物。马致远的《青衫泪》第二折有"娘啊，你早则皂裙儿拖地"，说明拖地的长裙是妇女婚后的服装。白朴的《墙头马上》中"也强如挂拖地红，两头来往交媒谢"、乔梦符的《两世姻缘》中"拖地锦是凤尾旗，撞门羊是虎头牌"，都是用于结婚的场合，所以，"拖地红""拖地锦"当是结婚时的衣裙。

脱脱等撰《金史·志第二十四·舆服下》中记载："妇人服襜裙……上衣谓之团衫，用黑紫或皂及绀，直领，左衽，掖缝，两旁复为双襞积，前拂地，后曳地尺余……许嫁之女则服绰子，制如妇人服，以红或银褐明金为之，对襟彩领，前齐拂地，后曳五寸余。"看来，元剧中的团衫、拖地长裙都应是妇人的服式，而出嫁女子也是穿拖地的长裙，而且是红色的拖地长裙。元剧中的衣装当是反映了元代北方所延续的辽、金服饰的特点。因此,《三先生合评元本北西厢》中的眉批解道:"满头花妆杂,拖地锦裙长,皆娘子妆也。"是有道理的。脉望馆抄校《古今杂剧》后附的"穿关"中,凡婢女都穿"比甲袄儿",那是一种前短后长并不拖地的衣服,所以,红娘的"不图你甚白璧黄金,则要你满头花、拖地锦"当解为她希望成为张生的小夫人(妾)。

从元代的生活情况来看,奴婢和妓女都是失去了人身自由的人。她们若不能够自己(或者有人为她们)赎身脱免"奴籍"或者"乐籍",就只能在"奴籍"或者"乐籍"内婚配,"所生子女永为奴婢"(见陶宗仪《辍耕录》)和"乐户"。对婢女和妓女来说,从良、做小夫人就几乎是她们所能期望到的最好的命运了。所以,心高气傲的婢女燕燕,最终还是答应了做小千户的"小夫人",还得感谢主人的抬举。所以谢天香被钱大尹收作"小夫人","乐案里除了名字"(关汉卿《谢天香》),也得感激钱大尹的恩典。所以李行道(生卒年不详)的《灰阑记》中的上厅行首张海棠能"弃贱从良"嫁给马员外做二夫人,就感到很满意了。而小夫人、二夫人就是地位稍别于婢女和妓女,而又身兼婢、妓二任的侍妾。

关汉卿散曲《从嫁媵婢》中道是:"鬓鸦,脸霞,屈杀了将陪嫁。规模全是大人家,不在红娘下。巧笑迎人,文谈回话,真如解语花。"红娘所面临的也是这样的命运。这从《西厢记》第一本第三折中红娘自己曾说过的"愿俺姐姐早寻一个姐夫,拖带红娘咱",以及张生一见红娘就联想到"若共她多情小姐同鸳帐,怎舍得她叠被铺床",都可以看出,官宦人家小姐的贴身丫鬟从嫁作"媵婢"是当时的约定俗成。

再从红娘的感情意向来看,她对张生是很有好感的。她看重张生的"志诚",虽然有时竟成了"傻角";她又看重张生的忠厚,虽然有时竟成了"花木瓜""银样镴枪头"。还夸过张生"天生聪俊""文章魁首""洛阳才子"……以至于红娘曾有这样的"背躬":"据相貌,凭才性,我从来心硬,一见了也留情。"(第二本第二折)是不是可以这样认为:能够得到张生"满头花、拖地锦"的酬答,是红娘对自己命运的一种出于实际考虑的内心隐秘的期望呢?

这种分析,并不是对红娘人格的亵渎,红娘当初也绝不是为了希望当小夫人才为崔张的情事热心奔走的,即使她有如上所述的实际考虑,也是当时的社会传统所决定了的——红娘不作从嫁媵婢之类,又能有什么更好的命运等待着她呢?因此,这种分析当然也不会磨灭了她的侠义心肠性格的光辉。

所以,即使如红娘这样带有理想色彩的人物,也不能避免在她身上留下当时社会思潮、生活理想的印记,那都是事出有因的啊!

附三:《西厢记》在明代的"发现"

元杂剧《西厢记》在明代尤其是在万历之后,获得了很高的评价。成为被广泛阅读的戏曲作品,且出现许多的评点本。本文讨论这一现象与明代思想文化风尚,与出版业,以及与以市镇居民为阅读主体的文化消费状况之间的关系。

一

在当今大陆的各种重要的文学史和戏曲史[1]中,元杂剧作家王实甫都被放置在仅次于关汉卿的第二位。《中国大百科全书》[2]中的"中国文学"和"戏曲曲艺"卷,以及各种文学、戏曲词典中,往往也是关、王并列,他们的词目也都同属"大条"的规格。由于关汉卿流传至今的剧目有十八个(未排除少量归属有异说的剧目),王实甫今存只有三个;关汉卿被认为成功的戏起码有十多个,而王实甫实际上常被大家提起的只有《西厢记》。因此,《西厢记》以

---

[1] 如中国科学院文学研究所的《中国文学史》,游国恩等主编的《中国文学史》,郑振铎的《插图本中国文学史》,戏曲研究所张庚、郭汉城主编的《中国戏曲通史》等。

[2] 中国大百科全书编辑委员会:《中国大百科全书》,北京:中国大百科全书出版社1986年版。

一当十，它在文学史上的地位就被特别强调，而实际上坐了元杂剧的第一把交椅。

但是，王实甫和他的《西厢记》在元代并没有这样高的地位。元代泰定年间（1324—1328）人周德清在《中原音韵》自序中提到体现乐府完备的四位杂剧作家是：关汉卿、郑光祖、白朴、马致远，这被当时人认可的"关郑白马"，也就是后世所称的"元曲四大家"。应当说在元代人看来，王实甫不仅不能与"驱梨园领袖，总编修师首，捻杂剧班头"[1]的关汉卿相提并论，甚且赶不上白朴、马致远和郑光祖。而这种认识与元杂剧的实现方式有关。

关汉卿在元代杂剧界能名列第一的最重要原因，是他的写作与戏曲演出的关系的密切。他看重"躬践排场，面傅粉墨，以为我家生活，偶倡优而不辞"[2]的经验，在当时行院人家（戏班）按勾栏（剧场）的实际情景和条件来设计戏曲，使他的剧目动作性强，曲白本色自然，适合舞台的搬演，也适应当时戏曲观众的观赏习惯。王实甫的《西厢记》就不同了。它的长篇巨制的铺叙与当时勾栏的简陋不相契合，藻丽的曲词、温婉含蓄的风格，也可能不合当时戏曲的主要观众——市井百姓的口味……说起来，它更像是一部

---

[1]（明）钟嗣成：《录鬼簿》，上海：上海古籍出版社1978年版，第8页。

[2]（明）臧晋叔编：《序二》，载《元曲选》，北京：中华书局1979年版，第3页。

适合案头阅读、欣赏的文本。

明初永乐年间（1403—1424）人贾仲明（1343—1422以后）为《录鬼簿》中诸曲家写的吊词，其实就注意到了关、王剧作之间的这种差异。说关汉卿"驱梨园领袖，总编修师首，捻杂剧班头"，重点在于赞扬其剧作在舞台上成功地实现，而说王实甫"作词章，风韵美，士林中，等辈伏低。新杂剧，旧传奇，《西厢记》，天下夺魁"[1]，则更多地偏向于对《西厢记》文学性方面的肯定。贾仲明是元末明初人，生活在两个朝代的交界点上。他对关、王所持的不同的评价标准，显然并非是简单地要对关汉卿、王实甫排列名次，这和他既熟知元代杂剧的实现是在舞台上，也已看到某些戏曲文本可能会成为阅读的对象有关。

明代对元杂剧这一丰厚的文化遗产，采取了十分积极的态度。根据变化了的时代风尚和需要，对元杂剧的"接受"，显然有新的阐释与发现。由于从元到明音乐的变化，明代南曲已经崛起，元杂剧所用北曲"不谐南耳"已经成为事实，所以，明人为了将元杂剧搬上舞台，首先就要做翻改的工作。仅从祁彪佳（1602—1645）《远山堂剧品》[2]的记录上，就可以看到明人对翻改元杂剧的极大兴趣：

---

[1]（明）钟嗣成：《录鬼簿》，上海：上海古籍出版社1978年版，第8、13页。

[2]（明）祁彪佳：《远山堂剧品》，载《中国古典戏曲论著集成（六）》，北京：中国戏剧出版社1980年版。

徐渭《翠乡梦》南北二折

陈与郊《王昭君》南北一折

王骥德《倩女离魂》南四折

屠峻[1]《崔氏春秋补传》北四折

王湘《梧桐雨》南一折

李磐隐《度柳翠》北四折

无名氏《醉写赤壁赋》北四折

无名氏《蓝采和》北四折

无名氏《猿听经》北四折

无名氏《豫让吞炭》北四折

无名氏《锁魔镜》北四折

无名氏《城南柳》北一折

无名氏《秋夜梧桐雨》南北□折

无名氏《黄粱梦》北四折

这些连剧名都未做改动的对元杂剧的翻改，主要和首先要做的是将元杂剧改调，改成南曲也好、北曲也好、南北合套也好，总之是要适合已经变化了的音乐体制。这种改调牵涉音韵，有时并不只是限于音乐，也会涉及曲文的改动。因此，翻改的元杂剧，也就有了优劣和高下之分。

---

[1]《远山堂剧品》作屠峻，《谭正璧学术著作集》作屠本畯。

比如，祁彪佳夸赞徐渭《翠乡梦》的"《收江南》一词四十语藏江阳八十韵，是偈，是颂，能使天花飞堕"；议论《黄粱梦》的"此剧用韵更难"[1]等等，都反映了明人在接受前代遗产上的侧重点。

当然，明人最感兴趣的还是《西厢记》，而《西厢记》也的确具备可供不断翻改的潜在素质。今天可以知道的明人翻改、仿作、续作《西厢记》有：

> 李日华、崔时佩《南调西厢记》（今存）
> 佚名《锦翠西厢》（据《宝文堂书目》）
> 陆采《南西厢记》（今存）
> 王百户《南西厢记》（据《徐氏红雨楼书目》）
> 黄粹吾《续西厢升仙记》（今存）
> 屠峻《崔氏春秋补传》（据《徐氏红雨楼书目》）
> 周公鲁《锦西厢》（今存）
> 沈谦《翻西厢》（今存）
> 查继佐《续西厢》（今存）
> 卓人月《新西厢》（据焦循《剧说》）
> ……

---

[1]（明）祁彪佳：《远山堂剧品》，载《中国古典戏曲论著集成（六）》，北京：中国戏剧出版社1980年版，第141、194页。

从李日华（1565—1635）在世的万历时代，到查继佐所处的明末清初，明代的许多戏曲家都没有放弃把王实甫北杂剧《西厢记》翻改成一本在舞台上也能光彩夺目的《西厢记》传奇的努力，然而，结果却总是不能尽如人意。对李日华、崔时佩（生卒年不详）的《南调西厢记》（俗称《南西厢》），凌濛初说："改北调为南曲者，有李日华《西厢》……真是点金成铁手！乃《西厢》为情词之宗，而不便吴人清唱，欲歌南音，不得不取之李本，亦无可奈何耳。"[1]黄粹吾（生卒年不详）续作的《续西厢升仙记》（一名《升仙记》），从张生和莺莺终成眷属开始，写到迦叶尊者点化张生、莺莺、红娘悟道止。祁彪佳批评道："情缘尽处，立地成佛，以此为西厢注脚，亦是慧眼一照。"[2]以为《升仙记》充其量只是《西厢记》的注脚。今天已无存本的屠峻（万历年间）《崔氏春秋补传》也受到祁彪佳的否定："传情者，须在想象间，故别离之境，每多于合欢。实甫之以《惊梦》终《西厢》，不欲境之尽也。至汉卿补五曲，已虞其尽矣，田叔再补《出阁》《催妆》《迎奁》《归宁》四曲，俱是合欢之境，故曲虽逼元人之神，而情致终逊于谱离别

---

[1]（明）凌濛初：《谭曲杂札》，载《中国古典戏曲论著集成（四）》，北京：中国戏剧出版社1980年版，第257页。

[2]（明）祁彪佳：《远山堂剧品》，载《中国古典戏曲论著集成（六）》，北京：中国戏剧出版社1980年版，第71页。

者。"[1]陆采（1497—1537）改写本《南西厢记》俗称"南西厢"，自序云："李日华取实甫语翻为南曲，而措词命意之妙，几失之矣。予自退休日时缀此编，固不敢媲美前哲，然较之生吞活剥者，自谓差见一斑。"

李日华、崔时佩的《南调西厢记》，成了"点金成铁"的样品，虽有舞台搬演，也是"此地无朱砂，红土为贵"，很勉强的意思。黄粹吾和屠峻的续作都有画蛇添足、狗尾续貂的嫌疑。陆采的自我感觉再好，剧本也没能在舞台上流传开来。改写也好，续作也好，看来都没能取得可与王实甫《西厢记》相提并论的口碑。

二

然而，王实甫的《西厢记》在明代确曾风行一时，不是在舞台上，却是在案头上，具体的表现是，各种版本刊刻迭出，且批评、鉴赏、注释蜂起。这是由文人和书商共同推进的结果。据日本的《西厢记》版本研究家传田章（1933至今）的统计，今天可以知道的明刊《西厢记》共有六十八种（目次中刊刻年代可考的六十种，刊刻年代未详的六种，增补的两种），而对当时民间阅读《西厢记》的实况，也有具体的描述流传至今。比如弘治本《西厢记》刻

---

[1]（明）祁彪佳：《远山堂剧品》，载《中国古典戏曲论著集成（六）》，北京：中国戏剧出版社1980年版，第164页。

书牌记[1]云：

> 尝谓古人之歌诗即今人之歌曲，歌曲虽所以吟咏人之性情，荡涤人之心志，亦关于世道不浅矣。世治，歌曲之者犹多，若《西厢》，曲中之翘楚者也。况闾阎小巷，家传人诵，作戏搬演，切须字句真正（字真句正？），唱与图应，然后可。今市井刊行，错综无伦，是虽登垄之意，殊不便人之观，反失古制。本坊谨依经书，重写绘图，参订编次，大字魁本，唱与图合。使寓于客邸，行于舟中，闲游坐客，得此一览始终，歌唱了然，爽人心意。命锓梓刊印，便于四方观云。

"闾阎小巷，家传人诵"，说明《西厢记》在当时已经存在一个不限于读书人的宽阔的阅读面，"寓于客邸，行于舟中，闲游坐客"的随身携带，可以说明《西厢记》受到怎样的欢迎。"市井刊行，错综无伦"，所言当时的书商为了牟利而造成的粗制滥造情况的发生，也从侧面证实了《西厢记》作为"畅销书"的红火情况。

官至太常寺少卿的李开先（1502—1568），在他的《词

---

[1] [日]传田章：《增订明刊元杂剧西厢记目录》，日本：汲古书院1979年版，第4页。

谑》[1]一书的开篇,就记载了《西厢记》在民间阅读流传的故事:

> 《西厢记》谓之"春秋",以会合以春,别离以秋云耳。或者以为如《春秋经》笔法之严者,妄也。尹太学士直舆中望见书铺标帖有《崔氏春秋》,笑曰:"吾只知《吕氏春秋》,乃崔氏亦有《春秋》乎?"亟买一册,至家读之,始知为崔氏莺莺事……又一事亦甚可笑。一贡士过关,把关指挥止之曰:"据汝举止,不似读书人。"因问治何经,答以《春秋》;复问《春秋》首句,答以"春王正月"。指挥骂曰:"《春秋》首句乃'游艺中原',尚然不知,果是诈伪要冒渡关津者。"责十下而遣之,贡士泣诉于巡抚台下,追摄指挥数之曰:"奈何轻辱贡士?"令军牢拖泛(翻)责打。指挥不肯输伏,团转求免,巡抚笑曰:"脚跟无线如蓬转。"又仰首声冤,巡抚又笑曰:"望眼连天。"知不可免,请问责数。曰:"'先受了雪窗萤火二十年',须痛责二十。"责已,指挥出而谢天谢地曰:"幸哉!幸哉!若是'云路鹏程九万里',

---

[1] (明)李开先:《词谑》,载《中国古典戏曲论著集成(三)》,北京:中国戏剧出版社1980年版,第271页。

性命合休矣!"

尹太学在轿中就望见"书铺标帖有《崔氏春秋》",可知当时《西厢记》成为书坊的醒目广告;把关指挥熟谙《西厢记》,巡抚可以活用"西厢"的曲文与把关指挥调笑,可见官吏们对《西厢记》的熟谙程度。弘治本的牌记也好,李开先的笑话也好,都从侧面反映了《西厢记》在当时的阅读面和它所产生的深广的影响。

今存的明代《西厢记》最早的刊刻本是弘治十一年(1498)的"金台岳家刊本"。不过,今天可以知道的明代《西厢记》最早刊本是"周宪王本"[1]。周宪王本出现于"明初"[2],它比金台岳家刊本有可能早七十年。当然,这个本子是否存在过,研究界尚有异见。虽然如此,也还没有足够的证据说明"周宪王本"确是凌濛初"作伪"[3],因此,我们暂时可以不怀疑它的存在。退一步说,我们即使不提"周宪王本","金台岳家刊本"也不能说是最早的。从这一刊本的复杂的、显然带有商业色彩意味的书名——《新刊

---

[1] 再早的《永乐大典》所收《西厢记》为抄本。

[2] 见传田章《增订明刊元杂剧西厢记目录》,第1页。

[3] 郑振铎:《西厢记的本来面目》,载《西谛书话》,北京:生活·读书·新知三联书店1983年版,第217~223页。

大字魁本全相参增奇妙注释西厢记》[1]也可以知道这一点："新刊"，即有旧刊；"大字魁本"，当与通常字体本相对而言；"全相"即谓有全套插图，与无图本相异；"参增奇妙注释"，应是参订增加了原有的注释本，更何况弘治本有"牌记"留存至今，其中也明确指出此前有刊刻本存在"是虽登垄（登垄：牟取暴利）之意，殊不便人之观，反失古制"的弊端。

金台岳家是明代京师著名的书坊。从"商业广告"式的书名来看，这本《西厢记》设定了一个宽广的读者面："大字魁本"便于阅读，可令"闲游坐客，得此一览"，"歌唱了然，爽人心意"；"参增""注释"，应是为"闾阎小巷"中粗通文墨者设想，便于《西厢记》"家传人诵"；订正"字句"，配以"绘图"，除了观赏阅读之外，也有便于歌唱和"作戏搬演"的意思在内，这种设计，反映的自然是书坊的愿望，但也可以推测《西厢记》在当时的读者的可能范围。

传田章把"周宪王本"刊刻时间的上限定在明初洪熙年间，理由是"周宪王朱有燉是明太祖第五子周定王朱橚的长子"，"袭封周王是在洪熙元年（1425）"[2]，这理由显然很充分。

---

[1] 又称《岳氏刻本》《奇妙全相注释西厢记》。
[2] 见传田章《增订明刊元杂剧西厢记目录》，第2页。

在明末天启年间《西厢记》的各种刊本已经鱼龙混杂、充斥书肆的时候，凌濛初抬出"周宪王本"这个"元本"以与"赝本"对峙，他的"凡例十则"[1]第十则说：

> 此刻悉遵周宪王元本，一字不易置增损。即有一二凿然当改者，亦但明注上方，以备参考。至本文，不敢不仍旧也。
>
> 自赝本盛行，览之每为发指，恨不起九原而问之。及得此本，始为洒然。久欲公之同好，乃扬扢未备，兹幸而竣事，精力虽殚，管窥有限，间犹有一二未决之疑（如"病染"非韵，"心忙"宜仄，"打参"宜仄之类），或是本元有讹误。海内藏书家，倘有善本在此本前者，不惜指迷，亦艺林一快，余必不敢强然自信也。
>
> 即空观主人识

"周宪王本"的"出现"，起码可以说明两个问题。第一是在凌濛初看来，作为"读物"的《西厢记》的本子，明初，至少是洪熙年，或者之后（"洪熙"只有一年）已经出现（"凡例十则"的第九则特别说明，这"悉遵周宪王元

---

[1] 蔡毅编：《中国古典戏曲序跋汇编》（第二册），山东：齐鲁书社1989年版，第678～679页。

本"的《西厢记》"是刻实供博雅之助,当作文章观,不当作戏曲相也")。第二是作为读物的《西厢记》,最初的本子是"藩刻本"。

《增订明刊元杂剧西厢记目录》所收六十八种本子中,有两种属"藩刻本"。一种是存否尚属两可的"周宪王本",另一种是"雍熙乐府本"。"雍熙乐府本"初刻于嘉靖十年辛卯(1531)刊出。嘉靖十九年庚子(1540)又有郭勋所辑"楚府重刻本"刊行。初刻本今已不存,但"楚府重刻本"在日本"宫内厅书陵部"和"东洋文库"都有藏本。重刻本中载有楚愍王朱显榕写于嘉靖十年的《雍熙乐府》序[1],全文如下:

> 兹嘉靖辛卯,其好事者复有《雍熙乐府》之刻,所以博汇宋元以来与我朝词林之菁华,盖有取夫畅导性情之良,揄扬治化之盛,美哉刻欤,计二十卷。

序文一是标示了刊刻的时间,二是说明了选曲的旨趣。由于"藩刻本"并不参与商业的竞争,因此不必自夸刊刻的精良。但实际上,藩刻在明代官刻、坊刻的书中,质量

---

[1] [日]传田章:《增订明刊元杂剧西厢记目录》,日本:汲古书院1979年版,第8页。

是最好的。这是因为，藩刻的底本多是朝廷所赐精良的宋元旧椠，加上有条件不惜工本，良工佳纸，占尽天下之最，所以藩刻中颇多善本佳刻，这是书林的共识。凌濛初把"周宪王本"抬出来，对普通的坊刻本肯定具有不可否认的优势。由此也可以见出，明人在把《西厢记》当作案头读本加以刊刻时，一直很注意底本的选择，"元本"（即原本）所具有的威信，包括"可读性"在内，就应当属于王实甫创作的潜能了。

"洪武初年，亲王之国，必以词曲千七百本赐之"[1]的记载，说明了明初官刻词曲任务的繁重。各藩王前往封地时，要带走的皇帝所赐的一千七百本"词曲"，应当包括剧本和各种选本在内。这些本子可能既有校刻精良的宋元旧刊，也应有当时的官刻本。与这一赐书制度相应的是，明代政府刻书的机构极多：国子监、内府和中央政府各部院都颁行图书。这些官刻书籍，特别是戏曲刊本，相对于坊刻来说，具有一种权威性。臧懋循在《元曲选》序中特别提到采用了"御戏监本"，赵琦美的《脉望馆钞校本古今杂剧》也特别注明其中过录的"内府本"，都说明了这一点。这种强调，具有两方面的暗示，一为宫廷演出的剧本的"神秘性"，另一是官刻本在保存"元本"原貌上的可靠

---

[1]（明）李开先著，卜键笺校：《〈张小山小令〉后序》，载《李开先全集》，上海：上海古籍出版社2014年版，第644页。

性。这两点，正是包括《西厢记》在内的明代戏曲刊刻中一直贯彻的原则。

我很同意《增订明刊元杂剧西厢记目录》把明刊《西厢记》中刊刻年代可考的六十二种版本（目次中的六十种，加上增补的两种）的时期，分为三个阶段：

一、洪熙—隆庆（1425—1572）
二、万历—泰昌（1573—1620）
三、天启—崇祯（1621—1644）

第一段洪熙至隆庆，经历了洪熙、宣德、正统、景泰、天顺、成化、弘治、正德、嘉靖、隆庆十个朝代的更迭，时达一百四十八年。万历至泰昌，由于明光宗仅在位一月，所以这第二段的四十八年，实际上即是万历时期。第三段天启、崇祯二朝共历二十四年。明朝从开国到隆庆时期，已有二百零五年的历史，与下剩的万历、天启、崇祯三朝的七十二年相比，占据了四分之三的时间。从今天可以考知的《西厢记》刊本的分布来看，洪熙到隆庆的一百四十八年中，有刊本五种，今存两种。万历朝四十八年，有刊本三十一种，今存二十一种。天启、崇祯共二十四年，有刊本二十四种，现今大约存二十二种，无论刊本还是存本，都以占据明朝四分之一时段的万历、天启、崇祯时期的密度大。刊本流传与当时刊刻状况的关系，当然不能做绝对的判定，但是，以一般的情形而论，一个时期传存的刊本的密度，与那一时期事实上的刊本数量，应该是相应的。从某一版本的情形而言，它有可能流传至今，也有很大可能是当时的印数和销量都比较大的本子。即使把第一时段由于距今天较为遥远因而刊本更易流失的因素考虑在内，我们似乎也可以这样认为：明刊《西厢记》的盛期（包括各种版本的数量和刊本的印数），是在万历、天启、崇祯三朝，而以万历为最盛。很显然，这种情况的出现，与明代印书业的发达有直接关系。

三

明代的《西厢记》刊本，借助大量的坊刻而进入民间。这是文人的"导读"和书坊业的商业利益结合的结果。文人的"导读"，先是比较简单的注释和音释，后来便有了版本的校订，以及名家的批点，这是《西厢记》在明代"经典化"的过程。

今存最早的弘治刻本《奇妙全相注释西厢记》，是属于比较早的普及本。书坊商家为书配了插图，不知名的文人作了注释，注释的重点是对历史典故的解说：不仅解说词义，而且指明出处。至于文中的北方乡语和金元少数民族的语词，则都未作注释。这可能是金台岳家书坊在北京，读者是以北方人作为考虑对象的缘故吧。从释文将"鲛绡""西子""玉石俱焚""黄卷""比目鱼""翠花钿""褊衫""三宝""戒刀""禅宫""八拜""秋波""铁石人""汗衫""吓蛮书"等并不十分偏僻深奥的词汇都列入释义词目来看,弘治本设定的读者对象文化水准应该不是太高。

刻于万历二十年(1592)的熊龙峰刊余沪东校正《重刻元本题评音释西厢记》为福建建阳书坊忠正堂所刻。这个本子显然与弘治本不同。一是内容包罗万象。它虽然以考究版本,注重题评和字音为宣传,实则释义、题评、音释、插图、有关资料附录样样俱全。二是针对南方人的校正字音的"字音大全"和"题评"中的"北方乡语""北方言"的解释,显示了它的读者的地域设定特征——面向的是南方城镇居民。三是文人的加工除一般注释之外,扩大到版本选择、音释、题评等学术层面。上述三方面的变化显示:在这一百多年中(熊龙峰刊本比弘治本时间晚了近百年),《西厢记》的商业化的刊刻出版、流传范围和"学术经典化"的程度都有很大的提高。

所谓"学术化",也可以解释为文人对于《西厢记》的认可,并逐步加以"经典化"的过程。这主要表现为当时著名文人的批评本("题评""批点""评点")的大量出现。今天国内能够见到的最早"题评"本是万历八年(1580)徐士范序本《重刻元本题评音释西厢记》。但是,带题评的本子,显然不是从徐士范本才开始。万历七年(1579),金陵少山堂胡少山刊本《新刻考正古本大字出像释义北西厢》的版式介绍中，就有"线装二册，四周双边，本文有界十一行二十二字，科白细字双行低一格，断句、眉栏评语等小五字"的说明。其中的"眉栏评语"应当是指"题评"的内容。

胡少山本之后，出现了徐士范序本、熊龙峰本、刘龙田本等一系列"题评"本。这些本子都未署题评者的名姓。然而，以徐士范序本为代表的无名氏题评本显然得到了读者的欢迎，因而，推动了之后名家批评本的出现。于是，从万历年间开始的《西厢记》刊本的书单上，名家批评本便占据了举足轻重的位置。它们是：

起凤馆刊王李合评本《元本出相北西厢记》（王世贞、李贽合评）

容与堂刊李卓吾本《李卓吾先生批评北西厢记》

王起侯校刊徐文长批订本《田水月山房北西厢藏本》

以中绘图徐文长本

徐尔兼藏徐文长本

王伯良本《新校注古本西厢记》（沈璟批评）

陈眉公本《鼎镌陈眉公先生批评西厢记》

王敬乔三槐堂刊本《重校北西厢记》（李卓吾批评）

游敬泉刊本《李卓吾批评合像北西厢记》

谭阳太华刘应袭刻本《李卓吾先生批评西厢记》

徐笔峒本《新刻徐笔峒先生批点西厢记》(徐奋鹏评阅)

槃薖硕人本《词坛清玩槃薖硕人增改定本西厢记》(槃薖硕人评)

凌濛初本《西厢记》(凌濛初评)

汤若士本《西厢会真传》(汤显祖评)

孙月峰本《朱订西厢记》(孙矿评点,诸臣校阅)

乌程闵氏刻三色套印本《西厢会真传》(汤显祖、沈璟合评)

天章阁刊李卓吾本《李卓吾先生批点西厢记真本》

汤李徐合评本《三先生合评元本北西厢》(汤显祖、李贽、徐渭合评)

虚受斋刊徐文长本《虚受斋重刻订正元本批点画意北西厢》(徐渭评)

新订徐文长本《新订徐文长先生批点音释北西厢》

新刻徐文长本《新刻徐文长公参订西厢记》

魏仲雪本《新刻魏仲雪先生批点西厢记》

王思任本(王思任评)

从这个名单中，可以想象在万历、天启、崇祯年间，书林在《西厢记》刊刻上对于名家评点的热衷。这些名家，有后七子之一的王世贞，有著名的戏剧家沈璟（1553—1610）、徐渭和汤显祖，有工诗能文的陈继儒，也有激进的思想家李贽。他们或序跋、题识，或圈点、批评；在评点上，或剖析结构、品评人物，或探究宗旨意趣，或赏鉴曲词韵律……对元代的这部作品，可以说是极尽了发微烛隐、阐幽探玄之能事。对今存《西厢记》的诸种批评本的真伪，已有学者做过辨析，在至今尚未有足够的证据证实是伪托本的名家批评本中可以看到，作为学者的王世贞更关注《西厢记》的"文学价值"，他的评点多是发掘具体段落语言的精妙。他以诗律曲，以文辞的华美和诗意作为衡曲的主要标准，而显然忽略了戏曲的其他特征；戏剧家汤显祖的评析，除了剧作的思想内容之外，还特别重视结构和演出效果，因而对《西厢记》的关目安排上的疏密、虚实、动静，十分留心；而在思想家李卓吾的批评中，《西厢记》成为其以"情"反"理"，阐发"真情""童心"的文本……可以说，明代中叶的社会思潮状况、戏曲地位的提高，以及戏曲理论和批评的建立，所有这些，都被批评家从《西厢记》中找到了展开的空间。因而，名家评点本的大量出现，虽然体现了书坊重视名家评点的号召力和商业效应，但也说明《西厢记》确实可以提供从多方面驰骋的领域。

  但有一个现象需要注意，即今存的名家批评本，都是刊刻、出版于这些批评者去世之后。比如，王世贞卒于1590年，最早的起凤馆刊王李合评本《元本出相北西厢记》刻于1610年；徐渭卒于1593年，最早的王起侯校刊徐文长批订本《田水月山房北西厢藏本》刊于1610（？）年；李贽卒于1602年，最早的容与堂刊李卓吾本《李卓吾先生批评北西厢记》刻于1610年；汤显祖卒于1616年，最早的汤若士本《西厢会真传》刻于1624（？）年；沈璟卒于1610年，而他批评的、最早的王伯良本《新校注古本西厢记》刻于1614年。这一看来并非偶然的现象可能说明，这几位批评家在生前虽然都对《西厢记》发表过"批评"，但这些批评本却并非出自他们自己之手，而有可能是书坊商贾在他们去世之后的策划和以文字糊口的无名读书人的操作吧！据清人叶德辉（1864—1927）《书林清话》所云：

  元时人刻书极难，如某地某人有著作，则其地之绅士呈词于学使。学使以为不可刻则已，如可，学使备文咨部。部议以为可，则刊版行世，不可则止。故元人著作之存于今者，皆可传也。

  前明书皆可私刻，刻工极廉。闻前辈何东海云，刻一部古注《十三经》，费仅百余金，故刻稿者纷纷矣[1]。

可见,从元到明,书籍的刊刻出版,从官方行为变为市场行为,刊刻行世的书籍,已经不必由官府吏员进行批准,不必经历备文审查的程序,只要有销路,就会出现大量的商品书。又加上明代自洪武间废除书籍税之后,坊贾刻书一行就迅速发展起来。民间消费的书刊,除了实用类的医书和科举考试用书外,小说和戏曲应该是必然的选择。而具有丰富内涵,且由诸多名家从各个方面加以饶有趣味的解说和阐发的《西厢记》,就当然成为书坊的首选书类了,难怪李卓吾、徐文长、陈继儒的批评本不断地出现赝本呢!

离产生《西厢记》的年代越来越远,在明代许多学者、戏剧家的笔下,《西厢记》的价值、地位也越来越高。明代中叶以后,关汉卿已不再能和王实甫相比肩。明初朱权说王实甫作品"如花间美人","铺叙委婉,深得骚人之趣",而关汉卿如"琼筵醉客",不过"可上可下之才"[2],评价已与元代有很大不同;而到了万历前后,《西厢记》已成为"情

---

[1] (清)叶德辉:《书林清话》卷七,观古堂1920年刊本,第13~14页。

[2] (明)朱权:《太和正音谱》,载《录鬼簿(外四种)》,上海:上海古籍出版社1978年版,第125页。

辞之宗"[1]，北曲"压卷"[2]之作，是"法与词两擅其极"的"神品"[3]。关、王位置发生了根本性的改变，应该说，这种颠倒变化，实在是明人对《西厢记》"发现"的结果。

---

[1] （明）凌濛初：《谭曲杂札》，载《中国古典戏曲论著集成（四）》，北京：中国戏剧出版社1980年版，第20页。

[2] （明）王世贞：《曲藻》，载《中国古典戏曲论著集成（四）》，北京：中国戏剧出版社1980年版，第29页。

[3] （明）王骥德：《曲律》，载《中国古典戏曲论著集成（四）》，北京：中国戏剧出版社1980年版，第172页。

白朴剧作的社会内涵

第五题

白朴是"元曲四大家"之一。和写了《窦娥冤》的关汉卿、写了《汉宫秋》的马致远、写了《倩女离魂》的郑德辉一样，在当时和后世，都享有极高的声誉。

他不是多产作家，《录鬼簿》中只记有他的杂剧作品十六部；他也没有构思出奇特警人的故事，和元代大多数作家一样，这些作品涉及的内容大多取材于历史或传奇，《绝缨会》《赚兰亭》《斩白蛇》《梧桐雨》《高祖归庄》《东墙记》《幸月宫》《钱塘梦》《流红叶》《梁山伯》《崔护谒浆》《墙头马上》都不是取材于很偏僻的掌故或传说。那么，白朴剧作的独特魅力究竟在哪里呢？元代逝去七百多年后的今天，白朴的作品大多已经化蝶而去，只有《墙头马上》和《梧桐雨》流传至今，成为我们追寻白朴作品特质的依据。

《墙头马上》取材于白居易（772—846）诗歌《井底引银瓶》，《梧桐雨》取材于唐代李隆基（685—762）、杨贵妃（719—756）的爱情故事。若把白朴的杂剧和这些素材相比较就会发现，白朴剧作是从一个特殊的角度进入，着力地进行发挥，把元代人对于历史的感受、对人物性格的解释都融入了人物性格和故事情节，以此构成他的引人注目的特征。比如《墙头马上》中李千金的性格特质、《梧桐雨》体现的主题，都浮现出元代特殊的时代色彩。

一、李千金性格的市井特色

在元杂剧中众多的追求爱情自由的上层社会女子形象中，白朴《墙头马上》中的李千金占有一席独特的地位。一方面她与《西厢记》中的崔莺莺、《倩女离魂》中的张倩女、《拜月亭》中的王瑞兰一样，都是出身名门的大家闺秀，在思想性格上与她们有一致之处。但另一方面，李千金与崔莺莺等人物又有很大的不同，在她的身上所呈现出的新的性格因素就是：她的感情方式和斗争方式带有市井民间女子那种豪爽、率真、泼辣的特色，因而使她在争取婚姻自主的斗争中表现得更强烈、更坚决、更大胆。这两种属于不同社会阶层的、相异的性格特点的相互结合和互相渗透，使这个形象呈现出一种独特的、引人注目的色彩。

在元杂剧中，与《墙头马上》相类的、同样是以上层社会女子爱情婚姻为主题的作品为数不少，如《西厢记》《倩女离魂》《拜月亭》《举案齐眉》《㑇梅香》等。它们都是以女子为主角的旦本戏，剧中的主人公都是出身于官宦人家或书香门第。其中有晋国公之女裴小蛮、相国千金崔莺莺、府尹之女孟光。她们虽然都有优越的生活环境，但精神、行动上却往往受到比一般下层市井女子更为严重的禁锢。因此，这些作品几乎都是在戏曲的一开始就描写这些锦衣玉食的女子内心的不幸：不能迈出闺阁，连自家花园也不能随意涉足；自己的终身大事无权过问，要靠父母之命、媒妁之言来决定。但是，她们又都对爱情和婚姻的自由有着向往和追求，这使她们不同程度地冲破各种桎梏和束缚，终至"有情人终成眷属"。

比如《拜月亭》中的王瑞兰、《㑇梅香》中的裴小蛮、《西厢记》中的崔莺莺都是私下以身相许，《倩女离魂》中的张倩女竟然灵魂脱壳，追随进京赶考的王生而去。但是，她们一方面勇敢地悖逆了封建礼教，一方面却又觉得自己是违犯了"天条"，总是感到不能够理直气壮。她们所受到的严格的封建礼教的教育和她们内心的对于感情的正常要求发生了矛盾，因此在感情方式和行动方式上就往往显示出与她们的出身、教养相一致的软弱，例如崔莺莺在争取自由的过程中，表现了很多的软弱和犹豫，并因此而增加了波折和磨难。王瑞兰虽然满心的委屈，却只敢在无人处诅咒她的狠爹爹，祈祷着有一天能与自己的丈夫团圆。

在宋元之际的话本小说中，也有描写市井下层女子悲欢离合的故事，如《崔待诏生死冤家》《闹樊楼多情周胜仙》《快嘴李翠莲记》等，这些作品中的女主人公，在要求掌握自己的命运这点上，与上述元杂剧是一致的，但是，她们的性格特征与名门闺秀们却又有明显的区别。这种区别包括爱情对象的选择标准、婚姻理想、感情状态与表达方式，以及不同的斗争方式、手段等。

首先，话本中的下层市井女子在选择配偶时，往往看重人品。所谓"人品"，在她们看来，最重要的是忠厚、诚实，同时又包括她们那一阶层所不能缺少的手艺和谋生的本领。裱褙匠女儿璩秀秀倾心于崔宁，因为崔宁为人诚实，又有手艺（《警世通言·崔待诏生死冤家》）；周胜仙看中开酒店的范二郎，是因为看中他有生意，而且是个"伶俐子弟"（《醒世恒言·闹樊楼多情周胜仙》）。明代拟话本也有类似的情况：名妓莘瑶琴嫁给了卖油郎秦重，是因为他"知情识趣"、忠厚老实（《醒世恒言·卖油郎独占花魁》）……

而上层社会有文化有教养的女子则往往着眼于才貌双全：不仅要做夫妻，而且要能成为"知己"。她们常常以卓文君自许，除了钦佩卓文君（生卒年不详）敢于决定自己终身的大胆之外，还称许她选择的司马相如（约前179—前118）是才子，才子、才女在一起吟诗、弹琴，可谓知己知音，而这正是封建社会仕女们最理想的结合。话本《苏小妹三难新郎》（《醒世恒言》）中的苏小妹阅卷选婿；千户之女王娇鸾对周廷章说"妾本贞姬，君非荡子，只因有才有貌，所以相爱相怜"（《警世通言·王娇鸾百年长恨》）；杂剧《拜月亭》中的王瑞兰憧憬"恭俭温良好缱绻""梦回酒醒诵诗篇"；崔莺莺爱张生"外像儿风流青春年少，内性儿聪明冠世才学"，因而惺惺相惜。这都表现了这些贵族少女在爱情婚姻的标准上所带有的她们出身、教养的印记。这种择婚标准都是反对封建统治阶级历来以金钱、地位、门第、权势为联姻的条件,也都是对抗当事人双方没有自主权的"父母之命、媒妁之言"的择婚方式,因此都带有一定的反封建礼教的进步意义,但这二者彼此之间又有区别。

其次,上层社会女子受到更多封建道德规范的熏陶和束缚,身上有更多封建道德的负担。而相对来说,市井女子的这种负担就轻得多。因为她们自己就属于社会下层市民,因此在爱情的追求中,像门第观念、社会地位方面的考虑就极少。甚至在贵族女子看来至关重要的贞节观念,在她们的思想上也比较淡薄。比如周胜仙始终钟情于范二郎,这种感情并不因为她的失身于朱真而受到影响。拟话本中的《蒋兴哥重会珍珠衫》,强调的也是双方的感情,贞节观念也显得不很重要。与此不同的是,杂剧中的闺阁少女们,常常自觉或不自觉地表现出封建道德意识在她们身上的影响。她们在对爱情的追求中,不仅要冲破外界各种力量的阻碍,而且常常需要克服自身(包括理智上和感情上)的重重矛盾。她们怕违犯了闺训、怕失了体统、怕触犯了各种教条、怕封建家长的发现和干涉……王瑞兰在义妹面前隐瞒自己的心事,崔莺莺瞒哄红娘,躲躲闪闪,遮遮掩掩,内心和行动上的矛盾,理智和感情上的矛盾……她们在追求的同时,有时候就像是吃了智慧果犯了原罪一样,自己的内心也常常失去平衡。

最后,在感情状态、表现方式上,这两类女子也迥然相异。当然,这中间有具体人物的性格不同的问题,但从元明之际重要的话本、杂剧作品看,大体可以归为相异的两类:如璩秀秀在王府失火随崔宁逃出以后,径直对崔宁说:"你记得当时在月台上赏月,把我许你,你兀自拜谢,你记得也不记得?"看到崔宁只会一味应"诺",她又说:"比似只管等待,何不今夜我和你先做夫妻?不知你意下如何?"直率而毫无忸怩之态。而周胜仙在茶坊中看中了范二郎,就借和卖糖水的吵闹,故意把自己的姓名、住址、尚未出嫁等情况说给范二郎听,以为日后之约。坦率大胆、快言快语成为她们表达感情的特点。

有着沉重负担的上层社会女子就不同了,她们往往缺乏大胆表现自己感情的勇气,情感状态又比较曲折、纤细。因此,与自然景物的感应,就往往成为她们寄托愁怀、抒发抑郁的手段,见花兴叹,望月伤心,或因伤春而牵动对爱情的要求,或因感秋而叹息青春易逝、终身无着。比如崔莺莺一出场,就忧郁地感叹着残春天气:"花落水流红,闲愁万种,无语怨东风。"她对张生的感情,也是在内心的矜持、矛盾中曲折地成长起来的。"心中无限伤心事,尽在深深两拜中"式的寄托、言语动作的暗示,甚至有时顾此言彼和言不由衷,都是崔莺莺传情、试探的方式。传书递简、隔墙酬韵、月下听琴、花园烧香,不仅点染了才子才女们锦心绣口的风雅情趣,而且构成他们表达感情隐晦含蓄的特殊方式。

《墙头马上》中的李千金则与上述两类形象构成均有异同。她的思想性格的主要侧面,与崔莺莺、王瑞兰、裴小蛮等闺阁女子有着许多共同点,但在感情方式和行动方式上,却又有着璩秀秀、周胜仙等人快言快语、直爽泼辣的特征。

李千金是宗室小姐,她的婚姻理想,表现在她首先倾心于裴少俊的外貌:"呀,一个好秀才也。"夸赞他:"把乌靴挑宝镫,玉带束腰围,真乃是能骑高价马,会着及时衣。"之后又钦慕裴少俊的"多才",把他比作"画眉的张敞风流,掷果的潘安稔色","凭着满腹文章七步才,管情取日转千阶"。这种标准,不外是书生有才有貌、风流儒雅。可见,李千金在生活理想上,带着明显的封建士大夫阶层的思想意识,对自己和所爱的人的未来,她所向往的"五花诰准应当,七香车谈笑取",正是典型的官宦人家小姐所追求的理想目标。在这点上,她比认为"但得一个并头莲,煞强如状元及第"的崔莺莺还要略逊一筹。

当嬷嬷问她"你看上这穷酸饿醋什么好"时,她回答说:"龙虎也招了儒士,神仙也聘与秀才,何况咱是浊骨凡胎。一个刘向题倒西岳灵祠,一个张生煮滚东洋大海。却待要宴瑶池七夕会，便银汉水两分开！委实这乌鹊桥边女，舍不的斗牛星畔客。"她之所以不认为嫁给白衣秀才是辱没了自己，并非不看重门第，而是因为她认为有才的儒生不会久居人下，终究会"日转千阶"，这都恰恰反映了李千金没有摆脱门第观念的束缚。她赞扬卓文君，也不仅仅限于肯定她私奔的大胆，还在于欣赏卓文君有眼力、能识人，"她一时窃听求凰曲，异日同乘驷马车"，归根结底，还是向往门当户对的婚姻和锦衣玉食的前程。

　　李千金也是看重名节的。当裴尚书让她石上磨簪、银瓶汲水、"问天买卦"以决定她的去留时，银瓶坠到井里，玉簪也磨断了。裴尚书让她"随你再嫁别人去"，她回答说："谁更待双轮碾四辙。恋酒色淫邪，那犯七出的应拼舍，享富贵豪奢，这守三从的谁似妾。"这虽然也可以理解为一种斗争手段，说明裴尚书即使根据"七出"之条也没有任何理由驱赶她出门，但是，标榜自己恪守"三从"，也可以说是反映出她的道德观念。她对裴尚书骂她"不贤达，败坏风俗""男游九郡，女嫁三夫"特别不能容忍，不仅在当时就做了"我则裴少俊一个"的辩白，而且，直到后来裴尚书上门赔礼时，她还在质问这件事。李千金在事发之后，一再申明"妾是官宦人家，不是下贱之人""相公便把贱妾拷折下截，并不是风尘烟月""我本是好人家孩儿，不是倡人家妇女"，都流露了她作为宗室小姐对自己出身、门第的优越感。在这点上,她与那些追求爱情自由的闺阁小姐苏小妹、王娇鸾、崔莺莺等是基本一致的。

但是,李千金比起崔莺莺、王瑞兰等柔弱女子来,她的性格又有显著的特色,这不仅是表现在李千金在冲破封建礼教、封建习俗的束缚上,她的斗争精神比起其他作品中的上层女子更强烈、更坚决、更大胆上,而且可以说她的性格中渗透了市井下层妇女的某些性格因素。

例如李千金初遇裴少俊一见倾心之后,便主动表示了自己的爱慕,接着便传诗递柬,约裴生当晚在后园相会。她直言不讳"即待要暗偷期,咱先有意,爱别人可舍了自己",一切都是主动、明朗、坦率、开诚布公的。当晚在相会时,即与裴生私订终身之约。当嬷嬷撞见了他们的私会,说是要将裴生送官究办时,李千金并不畏惧惊慌,也并不认为自己做了什么不名誉的事情,而是想方设法与嬷嬷周旋,一会儿要以死殉情"绣房里血泊浸尸骸。解下这搂带裙刀,为你逼的我紧也便自伤残害,颠倒把你娘来赖",一会儿又与裴生、梅香合伙赖嬷嬷"致命图财",这种半是撒赖、半是威胁地对付嬷嬷的做法,毫无疑问地不可能发生在崔莺莺、王瑞兰的身上。在嬷嬷指出的两条路面前,李千金毅然选择了私奔,她舍弃了一切,毫无顾忌地与裴少俊连夜出走了。她的直言快语,她的果决的行动,使在崔莺莺们看来充满着困难险阻的一切,都变得简单而明了了。

在这方面，她没有或者少有崔莺莺们的软弱与犹豫。

七年以后，当裴尚书在后花园发现她时，她并不羞怯于说明身份，因为她久已希望结束这种"不明白"的日月，然而裴尚书不能相容。面对裴尚书的辱骂，她毫不相让地给予了勇敢的回答。在这场唇枪舌剑的论辩中，她不仅在道义上，而且在气势上也没有居于下风。比起崔莺莺长亭含泪送张生进京应试，并不敢有违母命；比起王瑞兰委屈地同意再嫁新科状元来，李千金在坚持自己的权利上，在与破坏、阻挡这种爱情实现的势力的斗争中，是要扬眉吐气得多了。直到裴少俊高中，裴尚书父子登门赔情，请她回去团圆时，她仍然不能原谅裴家父子，不肯善罢甘休。她伶牙俐齿地、尽情地把裴尚书揶揄、奚落了一番，把裴尚书当初对她的辱骂都当面翻出来，加以淋漓尽致的讥讽，以牙还牙、以眼还眼。甚至在嘲弄裴尚书时，也没有忘记讥讽那个曾经不敢违抗父命的丈夫"读五车书，会写休书"，毫不"敦厚"、毫不"蕴藉"，这哪里有闺阁风范？简直就像是市井女子口无遮拦的嬉笑怒骂。

李千金的这种市井女子式的大胆泼辣，看起来与她的出身、教养，与她的爱情理想等是不相协调的。因此，在阅读剧本时，有时候我们觉得她的感情颇纤细，有时候又觉得她颇粗犷；她在一些时候表现出大家闺秀的多愁善感，而在另一些时候，又更多地表现出下层民间女子式的机敏和泼辣。但是，就其爱情理想与婚姻观念等思想性格的主要侧面上看，李千金仍然与崔莺莺们的追求相同，而她的性格的另一面，则主要表现在感情方式和行动方式上。这种看起来是协调中的不协调，不应该看作人物性格塑造上产生的断裂，而应看作特定的社会背景下，人物性格中出现新因素的表现。

李千金这种独特性格的出现，从社会根源上说，可以理解为与宋元以来商业经济发达、市民阶层扩大、市民意识影响增强有关。市民阶层扩大、市民意识影响增强导致了对上层社会的冲击，影响到思想观念、生活方式都产生了某种变化。与市民阶层最接近的俗文学——话本，最先灵敏地反映出这种变化，如南宋皇都风月主人所编的《绿窗新话》中的《张浩私通李莺莺》就写了书生张浩与东邻官宦小姐李莺莺的爱情故事。李莺莺初次与张浩见面即面许终身的直率，逾墙与张浩相会的大胆，对父亲当面说自己"先已许张浩，父母若更不诺，儿有死而已"的直言不讳，投井自尽以示生死不渝的坚决，都开了李千金性格的先河。

当然，即使是在元杂剧中，李千金式的性格也不是孤立的，比如《竹坞听琴》中性格开朗的女尼郑彩鸾，《倩女离魂》中钟情而敢于行动的张倩女，《望江亭》中智慧而且勇敢的谭记儿……在性格上都有与李千金相近的地方。但是，由于郑彩鸾在实际上并没有遇到许多严重的阻挠和压制，因而性格没能充分地展开；张倩女的大胆行动，又是借助于灵魂脱壳的奇幻情节来展现的，更多地表现了作家的一种性格理想；而谭记儿的勇敢和泼辣虽然有比较突出的表现，却都集中在骗取势剑、金牌的一折中，在其他场合，她还是表现得沉静而端庄的……所以，她们的这种新的性格特点，都不及李千金的鲜明和引人注目。

这一性格的出现，从作家来说，是诸如白朴这样的作家，在元代社会身为书会才人，因而有条件更多地接近下层市民的生活所促成的。白朴出身于士大夫家庭，从小受到正统的儒家思想教育，而且，从不很充分的材料可以看出，他一生主要的活动，始终没有脱离这个范围，因此，他的目光大体上也是停留在上层社会，他塑造的李千金身上表现出封建道德、观念的烙印是很自然的。但是，生活在元代的白朴，又与另外一些正统的士大夫儒生不同，他长时间从事属于下层社会的杂剧创作，这使他有可能与市民，特别是下层市井女子——勾栏歌伎有一定的往来（例如，他的《天籁集》中就有赠伎的词作），加上他曾经有一个时期生活困难，这也使他对于市民生活和思想有一定的了解，他也才有可能塑造出李千金这样带有下层市井特色的性格。而这一切都表现出白朴对于诸如李千金这一类原本属于上层社会的女子的性格变异的敏感和理解力。

二、《梧桐雨》中的"沧桑之叹"

《梧桐雨》是白朴保存至今的两部杂剧之一，也是元杂剧中一部重要的、有代表性的作品。

《梧桐雨》写唐代帝王李隆基和后妃杨玉环的情缘故事。它对于前此的李、杨故事所做的改造和处理，以及由此所凸显的主题思想和所包含着的丰富的社会内涵，是生活于元朝这一特殊年代的特殊作家群中的一员，对这个历史故事所做的新的阐释，从中我们可以看到社会情绪的反映与折射。

在我国历史上，唐代是和汉代并称的"盛世"。李隆基在唐王朝中扮演着一个特殊的角色。他在位的四十余年，既经历了唐王朝最后的盛世，又开始发生由盛而衰的变化。他在这个变化中应负的罪咎，一直成为史家争论的题目。他又是一个有才情的皇帝，甚至成为后世戏曲艺人供奉的"梨园祖师"。他还有"风流韵事"，包括他与杨玉环、梅妃之间的纠葛。他与杨玉环的结局又是一个悲剧，并且和他政治上的悲剧结合在一起，因此，关于李隆基，特别是他和杨玉环的故事，在唐代就开始成为文人写作的重要题材。这类作品越来越多，并且后来还有许多民间传说，出现在许多俗文学作品和野史笔记之中，如《长恨歌》（唐白居易）、《长恨传》（唐陈鸿）、《梅妃记》（唐曹邺，一说著者不详)、《高力士外传》(唐郭湜)、《明皇杂录》(唐郑处诲),《杨太真外传》(宋乐史)和已经佚失的《拂霓裳转踏》(宋石曼卿)、金院本《击梧桐》、宋元南戏《马践杨妃》,元杂剧《梧桐雨》和已佚失的《唐明皇游月宫》(元白朴)、《哭香囊》(元关汉卿)、《罗光远梦断杨妃》(元岳伯川)、《杨太真霓裳怨》和《杨太真浴罢华清宫》(元庾天锡)。明清之后,以李、杨故事为内容的传奇更多,其中著名的有《彩毫记》(明屠隆)、《惊鸿记》(明吴世美)、《长生殿》(清洪昇)等。

上述作品,从材料的撷取、思想内容的倾向,到艺术上的表现,都不是一致的。这中间白朴的《梧桐雨》占有重要的地位。这不仅因为它第一次把李、杨故事变成戏曲,搬上舞台;也不仅因为它有较高的艺术水平,如同历来评论家所赞许的那样;而且还因为,它对这一故事的处理,作品揭示的主题,都有其他作品难以替代的独创性。

对白朴的《梧桐雨》,前代评论家常常称誉它的艺术成就。关于这一点,直到现在也没有太多的争议,有争议的是关于它的主题思想。新中国成立以来的研究者,对《梧桐雨》的主题思想有过各种各样的归纳,其中有两种最具代表性。一是以为《梧桐雨》与《长恨歌》相似,是歌颂李、杨之间真挚不渝的爱情;一是以为《梧桐雨》描写的是不以李、杨主观愿望为转移的离合悲欢的生活关系,借此评价李隆基的政治得失。持后一种观点的人并且认为白朴对李、杨关系，不仅没有同情赞颂之意，而且，正是借这种貌合神离的"爱情"，说明被压抑、被污辱的女性，不能忠实于以她为玩物的男人。[1]

但是，持这两种观点的人，都遇到了他们难以解决的矛盾，持"歌颂爱情"说者，对白朴没有隐去杨玉环与安禄山（703—757）的"秽事"，没有像《长恨歌》那样，把李、杨爱情写得更纯洁、更美丽感到困惑和遗憾。最后就只好归结为白朴继承了女人乱国的观点，对杨妃鄙薄多于同情，造成主题上一定程度的矛盾。主张主题为评价李隆基政治得失者却又难以否认关于这位皇帝失政的描写在剧中并不占主要地位，也没能完满地解释作品中何以要用不少篇幅描写长生殿庆七夕和舞霓裳等铺叙李、杨之间的爱情生活。

我们如果不囿于上述两种意见，或许能获得更符合作品实际的看法。其实，《梧桐雨》的主题思想，既非歌颂李、杨的不渝爱情，也不是探讨总结李隆基失政的原因。在对这个问题做出回答之前，首先要考察一下李、杨故事的历史演变和不同作家、作品的不同处理情况。

---

[1] 参见1957年作家出版社《元明清戏曲研究论文集》中陈健文章《略论"梧桐雨"杂剧》和《东北人民大学人文科学学报》1957年第2、第3期上宋荫谷文章《论杂剧"梧桐雨"》。

从中晚唐开始，由于人们对安史之乱以后唐王朝每况愈下的不满和对肃宗（李亨）、代宗（李豫）、德宗（李适）昏聩无能的失望，因而对前几个王朝，包括李隆基的"开元、天宝盛世"，产生了越来越深切的怀念。又由于作为"上皇"的李隆基晚年在李辅国等的监视之下，几乎是处于被囚的境地，身边旧人都被远流异方，境遇凄凉，这种处境也更容易招致人们更多的同情。但是另一方面，人们也不可能忘记他当政后期耽于淫乐、荒废国政、用人不当而酿成安史之乱的错误，因而又对他进行嘲讽和批判。当然，有的作品着重怀念和同情，如杜甫（712—770）的《忆昔》、郭湜的《高力士外传》、白居易的《长恨歌》等，有的则侧重于讽喻，如元稹的《连昌宫词》、李商隐的《行次西郊作一百韵》、罗隐（833—910）的《帝幸蜀》、陈鸿（唐贞元、元和间）的《长恨传》等都是。

唐代描写李、杨故事的最重要作品是《长恨歌》和《长恨传》。它们虽然在故事内容、情节线索，甚至在事件描述上都很相近，但在具体处理上却有很大的不同。从《长恨歌》的主要内容看，白居易主要是为了赞颂李、杨爱情的忠贞不渝，因此，他有意不写李隆基实际是从他儿子寿王那儿把杨玉环夺过来的事实，却说"杨家有女初长成，养在深闺人未识"。虽然白诗中也有"汉皇重色思倾国""从此君王不早朝""缓歌慢舞凝丝竹，尽日君王看不足"之类的包含讽喻意味的诗句，但白居易对这类词句的使用极为节制，且还表现了一种惋惜之情。陈鸿《长恨传》却并未讳言"得弘农杨玄琰女于寿邸"（"寿邸"即李隆基的儿子寿王李瑁的府邸）。也没有像《长恨歌》那样，对爱情大加铺张和渲染，相反，对杨氏"善巧便佞"以及杨氏一门显贵异常的情况都不隐略。尽管陈鸿说他和白居易一样都是为了"惩尤物，窒乱阶，垂于将来者也"，但从两个作品的实际情况来看，陈鸿与白居易的着眼点并不相同。白诗主要写情，陈文意在讽喻。白居易为服从他写情的主旨，在故事的情节上进行了大体允当的剪裁，因而客观上达到了预期的效果。陈鸿在小说的前面，写了李隆基沉溺于对杨玉环的爱情，以致荒废朝政，纵容杨国忠"愚弄权柄"，导致"安史之乱"，讽喻的倾向十分明显。而且，实际上对李、杨爱情，基本上持否定态度，但是在小说的结尾，又以同情的笔调写了唐明皇遣方士上天入地寻找杨玉环的灵魂，以及二人不因生死异路而衰竭的爱情。这样，就使他"惩尤物""垂于将来"的意图受到削弱。

《长恨歌》与《长恨传》一重歌颂一重讽喻的不同描写方向，实际上对后世表现李、杨故事的作品有着重要的影响。宋人乐史的《杨太真外传》在主旨上与《长恨传》相近，他最后写了"史臣"的一番议论："夫礼者，定尊卑，理家国。君不君，何以享国？父不父，何以正家？有一于此,未或不亡。唐明皇之一误,贻天下之羞。所以禄山叛乱,指罪三人……"所谓"史臣曰",实际上就是乐史的观点。乐史也正是为了批评李隆基"绝逆耳之言,恣行燕乐,衽席无别,不以为耻",导致失政而写《杨太真外传》的。然而,和陈鸿一样,乐史在描写马嵬坡前六军不进,唐明皇不忍舍弃杨玉环时,在写唐军收复西京以后,唐明皇密令改葬杨玉环,视香囊而终日唏嘘的情景时,都流露了他的同情。

元人王伯成(至元年间)的《天宝遗事诸宫调》原本已不存。郑振铎先生认为,《雍熙乐府》和《九宫大成谱》中的描写李、杨故事的五十四支套曲均为《天宝遗事诸宫调》的组曲(《中国俗文学史》)。从这五十多支套曲看,《天宝遗事诸宫调》的内容是极为芜杂的。这似乎可以说明李、杨故事流传到元代时更变得纷繁复杂,也说明王伯成对自己的创作意图缺乏明确的把握。比如其中有讥刺唐明皇的倦于宵衣旰食、沉醉歌舞声色、用人不当因而招祸的;[1]也有描绘李、杨爱情的真挚、美丽的。[2]有的曲文表现出来对唐明皇有负长生殿密誓,以牺牲杨玉环换取自己平安的行为的遣责,为

---

[1] 见《雍熙乐府》卷四〔点绛唇〕《十美人赏月》和〔八声甘州〕《天宝遗事》。

[2] 见《雍熙乐府》卷一〔醉花阴〕《明皇告代杨妃死》和卷四〔赏花时〕《哭香囊》。

杨玉环作为替罪之羊呼冤;[1]还有些曲文却又写了唐明皇甘愿殉情的坚贞。[2]既有不少曲子描写李、杨之间的柔情蜜意,[3]又有一些曲子大肆铺陈安禄山与杨玉环的暧昧关系以及杨玉环死后,安禄山对她的思念。[4]作者既写了李隆基的宠杨妃、爱杨妃,也写了安禄山"偷杨妃""戏杨妃";杨玉环死后,唐明皇忆之、祭之、哭之,安禄山也忆之、梦之、泣之……总之,从这五十多支套曲可以看出,王伯成的这个作品,在思想内容上是极不统一的。而且,有的曲文在铺叙风流韵事中出现色情描写,格调尘下。《录鬼簿》说王伯成有《天宝遗事诸宫调》"行于世",贾仲明的〔凌波仙〕吊曲说"《天宝遗事诸宫调》世间无,天下少",对于这部内容枝蔓的作品来说,这种称誉实在显得过分了。

从上述情况可以看出,到元代为止的一些野史和文学作品(包括文人创作和民间传说色彩较浓的作品)中的李、杨故事,大多存在着不同程度的思想内容上的不一致。意在歌颂的,禁不住有所讽刺;旨在"垂戒"的,又往往流

---

[1] 见《雍熙乐府》卷十四〔集贤宾〕《杨妃诉恨》。

[2] 见《雍熙乐府》卷一〔醉花阴〕《明皇告代杨妃死》。

[3] 见《雍熙乐府》卷一〔抛球乐〕《杨妃病酒》,卷四〔点绛唇〕《十美人赏月》和〔翠裙腰〕《太真闭酒》。

[4] 见《雍熙乐府》卷一〔醉花阴〕《禄山戏杨妃》、卷四〔胜葫芦〕《贬禄山渔阳》、卷七〔墙头花〕《禄山偷杨妃》。

露出同情的赞赏。不过，大体上说，它们的主题仍可分为以《长恨歌》和《长恨传》为代表的两大类。至于像《天宝遗事诸宫调》这样内容芜杂，前后极不统一的作品是比较少见的。

白朴的《梧桐雨》是以《长恨歌》《长恨传》，以及《资治通鉴》等史书所提供的材料为基础，重新组织、剪裁进行创作的。在一些具体描写上，还可以看出同《天宝遗事诸宫调》之间的承续关系。[1] 它的主题思想，与上述两种基本倾向都有所不同。

白朴在这个剧本里，虽然有相当篇幅写到李、杨的爱情关系，但远不如《长恨歌》给人留下的印象真挚、动人。首先，白朴并没有像白居易那样，为了突出李、杨爱情的纯洁、真挚而隐去父纳子妃的宫闱丑闻，而是在开场的楔子和第一折里，就通过李隆基和杨玉环之口，两次做了交代。[2] 如果说陈鸿写"得弘农杨玄琰女于寿邸"还比较含蓄的话，白朴却更加明白地写杨玉环本已"选为寿王妃"，

---

[1] 例如《雍熙乐府》中〔村里迓古〕《明皇哀告陈玄礼》与《梧桐雨》第三折的曲文在不少地方极为相似甚至重复。详见附四《〈梧桐雨〉与〈天宝遗事诸宫调〉》。

[2] 楔子中唐玄宗自言："昨寿邸杨妃，貌类嫦娥，已命为女道士，既而取入官中，册为贵妃，居太真院。"第一折杨玉环云："开元二十二年蒙恩选为寿王妃……圣上见妾貌类嫦娥，令高力士传旨度为女道士……天宝四年册封为贵妃，半后服用，宠幸殊甚……"

六年之后"朝贺圣节"时，被李隆基看中，先"传旨度为女道士"，再进一步"册封为贵妃"。父纳子妃，在中国封建社会里，总是被看作一种宫闱丑闻的。《梧桐雨》的这种描写，也就使李、杨之间的关系一开始就给人以"不洁"的感觉。其次，白朴还写了白诗、陈文中都没有描写的安禄山和杨贵妃之间的"私情"，通过安禄山和杨玉环之口，也是两次做了交代。[1] 这自然又会产生李、杨爱情究竟是否真挚的问题。《古名家杂剧》本《梧桐雨》和孟称舜（生卒年不详）《新镌古今名剧酹江集》本《梧桐雨》的第一折都有这么一段杨玉环的独白：

> 近日边庭送一番将来，名安禄山。此人猾黠，能奉承人意，又能胡旋舞。圣人赐与妾为义子，出入宫掖。不期此人乘我醉后私通，醒来不敢明言。日久情密，我哥哥杨国忠看出破绽来，奏准天子，封他为渔阳节度使，送上边庭。妾心中怀想，不能再见，好是烦恼人也……

臧晋叔《元曲选》本《梧桐雨》中却缺少了上述引文中加点的十八个字。删去这十八个字，变成"不期我哥哥

---

[1] 楔子结末安禄山云："只是我与杨妃有些私事，一旦远离，怎生放的下心。"杨玉环道白见下面引文。

杨国忠看出破绽",这"破绽"就变成了指"猾黠,能奉承人意"。而且,没有"日久情密"一语,"妾心中怀想""好是烦恼人也"也就没有了着落。删改的痕迹比较明显。

臧晋叔删改元剧,研究者都曾指出过。《古名家杂剧》本第二折安禄山说的"想当初与贵妃私情甚密",也被删去。第二折中作者还写安禄山说:他要起兵到长安,"见了贵妃,夺了唐朝天下",臧晋叔把"见了"改为"抢了",这一字之差中颇有褒贬。恰恰是被臧晋叔删改的这些文字证明白朴笔下的杨妃其实是钟情于安禄山的,这绝不是作者的"疏忽"或"败笔",而是故意的点染。有人因为白朴写了"寿邸"和杨、安关系而责备他玷污了李、杨爱情的纯洁,这说明批评者并未真正理解白朴的主观意图。

《古名家杂剧》标明"明玉阳仙史编刊","玉阳仙史"是万历时人陈与郊(1544—1611)的别号[1],《古名家杂剧》的刊刻时间早于《元曲选》,一般认为,它的版本价值也比较高,也就是说,我们可以认为它可能更忠实于原本。

我们可以这样认为:白朴的《梧桐雨》并非要歌颂"美丽的爱情",除了上述白朴对某些情节和细节的处理可以说明这一点以外,作者在对李、杨关系的描写上,也暗示出他们思想感情的不同状态。第一折杨玉环一上场,就是处

---

[1] 陈乃乾编,丁宁、何文广、雷梦水补编:《室名别号索引》,北京:中华书局1982年版,第21页。

在对安禄山的思念之中，而李隆基倒是一厢情愿地"一心只想着贵妃"。在她和李隆基关于他们与牛郎织女哪个情长的议论中，也可以看出他们不同的心思和情绪。李隆基由于他的权势、地位，可以保证他"朝朝寒食，夜夜元宵"，"日日醉霞觥，夜夜宿银屏"，醉心于宠爱"貌类嫦娥"的妃子，因此，他认为人间欢爱，胜于牛女，"若论着多多为胜，咱也合赢"。而杨玉环对于牛郎织女一年一度才能相见的感念，最初是由于思念远在边庭的安禄山，接着又转为对"容貌日衰"、失去宠幸的忧惧。安禄山远在边庭，"不能再见"，同时又"但恐春老花残，主上恩移宠衰"，因此，杨玉环才会产生"妾想牛郎织女，年年相见，天长地久，只是如此，世人怎得似他情长也"的看法。她要求唐明皇立下誓约的情节，也使人觉得她不过是想取得一种更可靠的保证，而并不是双方爱情发展的结果。这同《长恨歌》中"七月七日长生殿，夜半无人私语时"的描写给人的感觉完全不同。

对马嵬坡兵变，《长恨歌》回避了李隆基最后同意处死杨玉环时的态度，却以"君王掩面救不得，回看血泪相和流"状写他的无可奈何和悲痛。在《梧桐雨》中，白朴却并不回避这个问题。李隆基虽然开始也为杨玉环辩护，认为她"无罪过，颇贤达"，希望将士看在自己的分上饶过她。但是，当高力士（684—762）提醒他"将士安则陛下安",指出他需要在自己的平安和杨玉环的生命之间做一选择时,他就只能说:"妃子,不济事了,大军心变,寡人不能自保。"凡此种种,都证明白朴虽然描写了李、杨爱情关系,但对他们之间的爱情却并未持热烈歌颂的态度,更没有像《长恨歌》那样,把他们的爱情描写得那么"至高无上"。

《梧桐雨》中也有讽刺的内容,主要触及唐明皇贪恋酒色、用人失当以致酿成大祸,但这部分内容是零碎的,常常是一带而过,在全剧的四折中,并没有哪一折有集中的描写。在这方面,它远不及后来的《长生殿》成功。再说,如果作者主旨是为了讽刺、批判,为什么整个第四折那么用尽心力来写他的主人公的"多少泪珠何限恨"?写李隆基那样思念杨玉环,实际是写思念昔日的美好光景呢。

从歌颂爱情或是讥讽失政的角度来论说《梧桐雨》的内容,必然都会遇到困难。用既歌颂又有讽刺来概括,也难以解释完满。我想,白朴在这个剧中,是要借李、杨故事抒发他的一种在词作中反复表现过的"沧桑之叹",一种在美好的东西失去之后无法复得的哀伤和追忆,表现极盛之后的寂寞给人带来的无可排解的悲哀,也是表达一种对盛衰无法预料和掌握的幻灭。

对《梧桐雨》主题思想所做的如上理解,是就作品整体所表现的总的倾向而言的。而且,指出《梧桐雨》的主题是在于抒发一种"沧桑之叹",并不就是否认剧中存在着复杂情况。事实上,《梧桐雨》中确有讽喻的内容,虽然并未贯彻始终;也有对李、杨爱情的占据相当篇幅的描写,虽然作者对这爱情的认识也存在着矛盾。而这些表现的某些方面,与作品总的思想倾向,有时也存在着某种脱节甚至相忤的现象。这种复杂状况,是导致评论者对《梧桐雨》的主题说明上发生困难的原因。

这种状况的产生,一方面是由于作品题材继承上的传统因素的强大影响。描写李、杨故事的作品在相当一段时间内所形成的两种基本倾向,必然会对白朴的创作产生影响,或者说,作者白朴会不由自主地受到它们的某种制约。同时,白朴为了抒发自己的"沧桑之叹",他也要借助于对这个故事中的繁华和爱情的描绘,来突出失去这一切之后的悲凉和凄切,因此,他也不可能完全避免似乎和其他作品相同的对李、杨爱情和李隆基失政的描绘。另一方面,又与《梧桐雨》的艺术上的特点有密切的关系。一般地说,戏曲和诗歌的一个重大不同点是后者可以以第一人称的方式直接抒发作者的感情,而前者则要通过人物、故事和戏剧冲突的结果来表现出倾向,这是代言体文艺样式的特点。

但在元杂剧中,我们不时会碰到作者竟然几乎是脱离剧情和人物,直接表达自己情感的情况。如马致远的《任风子》中，写屠户任风子倾慕"高山流水知音许，古木苍烟入画图。学列子乘风、子房归道、陶令休官、范蠡归湖"，这种与屠户的身份不相符合的曲文，其实是作者马致远的口吻和感受。这类例子在元杂剧中并不少见。这可能与杂剧兴起不久，有着传统诗家作风的杂剧作家们还不是很习惯那么严格地遵守代言体的写作要求有关。有的研究者曾说马致远的作品"带有强烈的抒情的风味"，还说"从许多剧中人物的思想感情里面，还可以看出作者自己的东西"。[1] 事实上，《梧桐雨》也有这个特点，它虽然描写一个历史故事，却着重在以它来表达作家的一种悲凉情感，并以此作为结构作品、剪裁材料、塑造人物的依据。

但《梧桐雨》终究还是代言体的杂剧，当作家尊重人物性格的独立性时，有时也不免会产生与作品总的意图并不吻合的距离。但是，虽然有这样一些复杂情况，从全剧的整体上看，仍然可以看到《梧桐雨》与前面两类作品在主题思想上的区别。

首先，我们来看《梧桐雨》对于李、杨故事素材的处理和情节的安排。《梧桐雨》的楔子，通过李隆基对失律边将安禄山的处理，在表现了李隆基的昏庸的同时，着重表现他手中掌握着的决定人的荣辱、生死的至高无上的权力。

---

[1] 徐朔方：《马致远杂剧》，载《元明清戏曲研究论文集》，北京：作家出版社1957年版。

第一、二折写长生殿乞巧和舞霓裳的盛大场面，目的还在渲染李隆基在耳目声色一切物质领域都达到了享乐的顶峰。第三折描写人所不能掌握的盛衰浮沉的变化，意在说明即使是像李隆基这样贵为至尊，可以决定他人生死荣辱命运的天子，也是在劫难逃。第四折就是在前三折和楔子的铺垫之后，作者借唐明皇之口来抒发他的感叹。从某种意义上说，《梧桐雨》的楔子和前面三折，都是为第四折做准备的。如果说第四折是"戏剧高潮"，那它并不是一种情节上促成的高潮，不是人物性格矛盾冲突的高潮，而是一种意境，一种情绪的高潮。

《梧桐雨》不是严格意义上的故事剧。不抓住这个特点，论说就会难以圆满。事实上，如果作为故事剧来要求，白朴对《梧桐雨》的剧情故事，是并未精心结撰的。这与他的另一剧本《墙头马上》具有浓厚的戏剧性和生动的戏剧冲突很不一样。《梧桐雨》的剧情发展，几乎都可以从《资治通鉴》上找到。甚至一些对白，都有随手摘取史书的痕迹。如楔子中安禄山对身世的自述，张守珪（生年不详，卒于739）决定把安禄山送京听取"圣断"时与安禄山的对话，李隆基与张九龄（678—740）在讨论处理安禄山时的不同意见，安禄山在回答李隆基问话时表现出来的"应对敏给"和"善巧便佞"，安禄山被杨玉环认为义子并大办洗儿会的情景，李隆基逃难时与百姓的对话，马嵬坡兵变时李隆基与高力士的问答，等等，都可以从《资治通鉴》和新、旧《唐书》中找到相似的语句，有的地方竟与史书上字句相同。

看来，白朴只是用史书上对这一历史事件的记载作为骨架来连缀剧情。对于某些事件本身就已具有戏剧性的地方，以及可以进行渲染、铺陈的地方，他都仿佛视而不见。比如，如果要强调李、杨爱情的话，那么，第三折马嵬坡生死之别，该是不宜潦草敷衍的。如果是为了讽喻明皇失政，养痈为患，那么飞驿送荔枝、杨氏一门的显赫、杨国忠耍弄权柄等事件，也不宜草率从事。但是，白朴在这些地方，都并未着意展开剧情，甚至有些对话也简略到和史书的记载无大区别。白朴着重渲染的是：唐明皇在未遭逆境之前的权势以及与此相联系的他在物质和精神生活上所得到的无可比拟的享受，他的显赫、欢乐都可以在激变中突然失去。第四折就是通过细腻的反复渲染，表现这种盛极而衰的零落、悲凉的境况和情感。

按元杂剧中故事剧的惯例，第四折都以大团圆作结。要么夫荣妻贵，要么父子团圆，要么得道升天，要么鬼魂复仇。总之，不管是否符合生活、艺术的逻辑，多半总得矛盾消弭，善恶有终。但是，《梧桐雨》第四折，剧情没有任何发展，全部曲词都是表现李隆基的内心活动，这在元杂剧中，只有《汉宫秋》可以与它比美。这一折共二十三支曲子。前五支，写李隆基的愁怀、伤感，与他寂寞、愁闷的根由：过去，他唾手而得的美人永无相见之日；过去视为寻常的筵宴、管弦、赏心乐事，均成旧梦；他在神明鉴察之下的誓约终于没有履行；他谢位辞朝，已经不再有支配一切的权力，连修一座杨妃庙这样的事都无力办到……这其中有忆旧，有伤逝，有相思，有愧悔，而中心则是对包括杨玉环在内的已经失去而不可复得的一切美好东西的怀念。

第六至第十支曲子，着重写李隆基对杨玉环的追忆。因为他昔日的良辰美景都是和杨玉环一起度过的，如今物在人亡，因此，他"见芙蓉怀媚脸，遇杨柳忆纤腰"，可叹昔日"追欢取乐"的日子一去不复返了，只落得"翠盘中荒草满，芳树下暗香消"。

从第十一到第二十三支曲子是用具体形象对他的哀愁和凄凉心境描绘的进一步深化。白朴从不同的角度，采用多种手段，刻画了这种孤寂、愁闷和哀伤。"忽见掀帘西风恶，遥观满地阴云罩"，"滴溜溜绕闲阶败叶飘，疏剌剌刷落叶被西风扫，忽鲁鲁风闪得银灯爆。厮琅琅鸣殿铎，扑簌簌动朱箔，吉丁当玉马儿向檐间闹"——由于唱出这些曲文的人物是在怀念他曾经爱恋的死者，所以，这些对秋夜寒风的描写，就会给人一种幽清、飘忽、迷离的梦幻感。紧接着写唐明皇昏昏然睡去，在梦中见到了他朝夕思念的杨玉环，并请她到长生殿赴宴，往日的荣华富贵又重新浮现在他的眼前。不料，方说一句话，就惊醒了。梦醒之后，更觉尘世幽冥永为异路，失望之余，孤独之感就更强烈了。从第十六支曲子开始，白朴几乎是脱离了唐明皇所感受的具体的人和事，用种种对自然界凄凉景象，特别是对"秋夜梧桐雨"的描写，创造了十分阴冷、凄恻的意境。

以夜雨梧桐写愁思，并非白朴的首创，唐人温庭筠〔更漏子〕下阕就有"梧桐树，三更雨，不道离情正苦。一叶叶，一声声，空阶滴到明"。温词写的是难耐的离情别绪，后代词人以夜雨梧桐状写种种愁思的也不乏其例。白朴用梧桐秋夜雨的意境来写一梦初醒的人的心情，就更显得凄怆、缠绵和曲折。这种情景，使得由盛而衰带来的怅惘、悲哀油然而生，也使人自然产生沧桑变化无法预料，荣辱命运无法掌握的悲凉幻灭。白朴在这一折中，大概是倾尽了他的心力才智。他把他的文学修养和某些重要的生活经验和思想情绪，都凝聚在对这种意境、感情的雕刻之中。他所表达的，实际上是由于社会生活激烈变化和自己经历的波折所产生的沧桑之感。这就是《梧桐雨》的主题。

《梧桐雨》所表现的这种思想情绪，是有着深刻的时代特征的。

宋辽金元之际，社会动荡特别剧烈。白朴出生并长期活动的北方在一百多年间两经改朝换代,先为宋朝君臣所弃,被女真贵族统治百年之久。继之,又为蒙古人所占领。战乱兵燹,政权更迭,人们的生活命运常常发生升降、浮沉的剧烈变化。特别是蒙古人入主中原以后,在这个社会中,汉族知识分子地位迅速下降,他们的进身之路被阻塞,生活困窘。所有这一切,都很容易使人们,特别是敏感的知识分子产生对个人荣辱无法逆料、对个人命运难以把握的怅惘消极的心理状态,也很容易使他们在对人生如梦、荆棘铜驼的感慨中去追忆和美化往昔的"盛世"。翻开元代诗词作品集子,其中不乏记录这种沧桑之叹的作品。如金朝遗老元遗山的《秋夜》:"九死余生气息存,萧条门巷似荒村。春雷谩说惊坯户,皎日何曾入覆盆。济水有情添别泪,吴云无梦寄归魂。百年世事兼身世,尊酒何人与细论。"就是这种伤时念乱的慨叹。即使一些为元代统治者所宠遇的士大夫文人,如南宋王孙赵孟頫,也时常流露出"同学故人今已稀,重嗟出处寸心违""沧州白鸟时时梦,玉带金鱼念念非"的无可奈何的今昔之感。

白朴在《梧桐雨》中所表达的这种思想情绪的产生,除了与当时的时代和社会状况有密切的关系以外,还与白朴的生活经历不可分割。天兴元年(1232)十二月,白朴的父亲白华随哀宗东逃,白朴与母亲留在汴京。次年正月,发生了崔立之变,金朝旧臣和随驾官员的家属遭到范围极大的屠戮和清洗。四月，元兵又纵入大掠。在长达数月的贼梳兵枇之后，上自王室，下达黎民，普遍蒙受灾难，其中，妇女的命运最为悲惨。白朴的母亲张氏在这场浩劫中具体遭遇虽不可考，但似乎也未能幸免于难。因为汴京陷落后，白朴是作为受难的"落巢儿"依赖元遗山逃难北渡的，而且，白朴的挚友王博文在《天籁集》序中也有"仓皇失母"的说法。对白朴这段经历，王博文曾做如下的记载，"明年春，京城变，遗山遂挈以北渡，自是不茹荤血。人问其故曰：俟见吾亲则如初。尝罹疫，遗山昼夜抱持凡六日，竟于臂上得汗而愈"。"不茹荤血"，可能是白朴对仓皇变乱中失母的痛苦所致，又可能是对远行在外、存亡未卜的父亲的牵挂，也可能是在汴京见到太多鲜血的缘故。总之，亲人的生离死别，逃难中的恐惧颠沛，都超过了年方龆龀的白朴的承受能力，并在他的心灵上留下深刻的创伤。这些，都影响了白朴的性格，也影响了他的创作。王博文说他"自幼经丧乱，仓皇失母，便有山川满目之叹"，"山川满目之叹"也就是"沧桑之叹"了。王博文的这种分析是可信的，并且为白朴词中大量的表现对繁华消歇、生死无定、陵谷迁变的感叹所证实。

除了幼年的这段生活遭遇之外，白朴成年以后的生活道路也是坎坷不平的。白朴"学问博览"（王博文《天籁集》序），却生不逢时。他一生多半过着依附于达官贵人的生活。先是随父亲依附史天泽，后来可能改投吕道山（见《天籁集》中〔沁园春〕《吕道山左丞觐回》），他曾在江州"坐困"三年，处境竟然落到十分狼狈的地步。于此前后，他在江南一带居住留滞时，曾有不少表现在建康（今南京）、镇江、维扬（今扬州）、杭州等地的览胜怀古的词作。在建康，他目睹为南唐张贵妃所立祠堂今已荒废，遂感叹"满目山围故国，三阁余香，六朝陈迹"，发出"去去天荒地老，流水无情"（〔夺锦标〕《清溪吊张丽华》）的无可奈何的叹喟。在〔水调歌头〕中，这种情绪得到更进一步的发展：金陵的"龙蟠虎踞"，使他想起六朝兴废，继而产生"新亭何苦流涕，兴废古今同"和"赋朝云，歌夜月，醉春风"的消极情绪。他的〔念奴娇〕《题镇江多景楼，用坡仙韵》，突出表现的思想也是"桑梓龙荒惊叹后，几度生灵埋灭。往事休论，酒杯才近，照见星星发"。与此相类的作品还有感叹"怅无情一枕，繁华梦觉，流年又、暗中换"的〔水龙吟〕等等。这些词作，有因吊古伤今而产生"兴废古今同"的情绪，有因繁华消歇而对过去生活的留恋怀念，有对不可测的人世动乱和个人命运的悲观，以及"华表鹤来，铜盘人去"的叹息。这些，都未超出"沧桑之叹"的范围。它们与《梧桐雨》表现的情绪是相通的。

生活在这样的时代，又具有这样的生活经历的白朴，当他面对李、杨的故事时，吸引他注意力的首先不是他们的爱情关系，他也无意于从政治上去探究唐明皇的失败。引起他强烈共鸣的，倒是这个皇帝由盛而衰的特殊遭遇和由此产生的心境。唐李德裕（787—850）《次柳氏旧闻》中载："兴庆宫，上潜龙之地……及即位，立楼于宫之西南垣，署曰：花萼相辉。朝退，亟与诸王游，或置酒为乐。时天下无事，号太平者垂五十年。及羯胡犯阙，乘传遽以告，上欲迁幸，复登楼置酒，四顾悽怆，乃命进玉环。玉环者，睿宗所御琵琶也……一少年心悟上意，自言颇工歌，亦善《水调》。使之登楼且歌，歌曰：'山川满目泪沾衣，富贵荣华能几时？不见只今汾水上，惟有年年秋雁飞。'上闻之，潸然出涕……不待曲终而去。"打动白朴的，正是这种"山川满目泪沾衣"的感情，这种疲倦于现世而依恋于既往，而既往又难再的惋惜。应当说，白朴在《梧桐雨》中通过对唐明皇的形象塑造，特别是对他的内心活动、心理状态的细腻刻画所表达的，正是上述的这种思想情绪。当然，白朴写得更细腻，更复杂，更缠绵，也更动人。

《梧桐雨》问世以后，一直获得不同时代人们的盛誉。元末明初的贾仲明在〔凌波仙〕吊曲中，称赞包括《梧桐雨》在内的白朴剧作是"洗襟怀剪雪裁冰。闲中趣，物外景。兰谷先生"。明人朱权称白朴作品"风骨磊魂，词源滂沛，若大鹏之起北溟，奋翼凌乎九霄，有一举万里之志，宜冠于首"。这些批评多半是从曲词上着眼的。清李调元《雨村曲话》云："元人咏马嵬事无虑数十家，白仁甫《梧桐雨》剧为最。"清梁廷枏的《曲话》认为："《梧桐雨》与《长生殿》亦互有工拙之处。"李调元所说"咏马嵬事无虑数十家"，如果都指杂剧，今天都已荡然无存。或许李调元见到过，那么他说的"白仁甫《梧桐雨》剧为最"就不是随意而发的。梁廷枏的"互有工拙"的评语，也是颇有见地的。王国维在《录曲余谈》中，称《梧桐雨》为元剧三大杰作之一，与《汉宫秋》《倩女离魂》并称。他的着眼点，不仅仅限于曲词，还兼论戏剧剧情、人物和剧中表现的意境。他赞赏《梧桐雨》与《汉宫秋》为两大悲剧，肯定它们"写情则沁人心脾，写景则在人耳目，述事则如其口出"。王国维在《宋元戏曲考》中论元杂剧的特点是"摹写其胸中之感想与时代之情状，而真挚之理与秀杰之气，时流露于其间"。且不论王国维这些评论是否完全正确，他看重《梧桐雨》的意境，就是很有见地的。

前面说过，元代相当一部分知识分子对现实失望，容易产生怀旧的情绪和盛世难逢的感伤。而且，宋辽金元之际，战乱频仍，征伐无定，人们对世事变化的迅速、莫测都感受得具体而深切。元人诗词散曲中，涉及李、杨故事的，除少数作品外，大多和《梧桐雨》一样，往往不再有犹如晚唐作品中那样的品评得失的意思，而多半把这个故事当作历史陈迹来凭吊,借它来抒发他们自身的感受。[1]如李齐贤的〔人月圆〕《马嵬效吴彦高》:"五云绣岭明珠殿,飞燕倚新妆。小鞞中有,渔阳胡马,惊破霓裳。海棠正好,东风无赖,狼藉春光。明眸皓齿,如今何在,空断人肠。"很明显,词意为感叹时光流逝,沧桑变化于须臾之间,盛况难再而"空断人肠"。清王奕清《御选历代诗余》记载:"昔于临潼骊山之汤泉,见石刻元人无名氏一词,云:三郎年少客……马嵬西去路,愁来无会处,但泪满关山,赖有紫囊来进,锦袜传看。叹玉笛声沉,楼头月下,金钗信杳,天上人间。几度秋风渭水,落叶长安。"(《全金元词》作金人仆散汝弼所作〔风流子〕词)这位无名氏也是借咏李、杨故事,抒发"秋风渭水,落叶长安"的沧桑之叹。在白朴的词中,也不止一次地提及李、杨故事,如"见说开元天子,曾到清虚仙府,一曲听霓裳……"(〔水调歌头〕《咏月》),"忆真妃,春睡足,按霓裳。马嵬西下回首,野日淡无光"(〔水调歌头〕《十月海棠》),"伤心记得,开元游幸,连昌别馆。力士传呼,念奴供唱,阿郎吹管。怅无情

---

[1] 如马致远散曲〔四块玉〕《马嵬坡》"睡海棠,春将晚,恨不得明皇掌中看。霓裳便是中原患。不因这玉环,引起那禄山,怎知蜀道难",其中的用语,似乎并不怎么认真。张小山散曲〔落梅风〕《天宝补遗》"姮娥面,天宝年,闹渔阳鼓声一片。马嵬坡袜儿得了看钱,太真妃死而无怨",则不仅没有评判,而且,连"凭吊"也说不上,简直是游戏笔墨了。甚至还有的以妓女比杨妃(白朴散曲〔醉中天〕《佳人脸上黑痣》),就更没有任何严肃的东西了。

一枕，繁华梦觉，流年又、暗中换"（〔水龙吟〕么前三字用仄者）。这些词都看不出有对这个流传的故事中的当事人得失功过的品评或讽喻之类的痕迹，也没有对李、杨爱情的赞赏。它们表现的主要是与《梧桐雨》相似的"怅无情一枕，繁华梦觉"的"沧桑之叹"。这种思想感情，在白朴咏六朝的怀古词作中，表现得更为明白："璧月琼枝新恨，结绮临春好梦，毕竟有时终。莫唱后庭曲，声在泪痕中。"（〔水调歌头〕诸公见赓前韵）六朝名胜也好，李、杨故事也好，白朴凭吊古迹，追忆历史，都是为了抒发"山川满目之叹"，这也是一种借他人酒杯，浇自家块垒。《梧桐雨》的思想、特色及其时代色彩，也正表现在这里。

附四:《梧桐雨》与《天宝遗事诸宫调》

王伯成的《天宝遗事诸宫调》今已不存,但明朝嘉靖人郭勋所编的《雍熙乐府》和清代乾隆(1736—1795)时周祥钰等编的《九宫大成南北词宫谱》中选载了《天宝遗事诸宫调》的五十四套曲文,连缀起来,大致可以看出《天宝遗事诸宫调》的规模。

在《天宝遗事诸宫调》和白朴的《梧桐雨》中,常能找到相同的故事情节。而且,两个作品的曲文在不少地方有着极为相似之处。

《天宝遗事诸宫调》中〔梁州〕《长生殿庆七夕》,描述长生殿七夕乞巧的排设,杨妃"待强捏些跷蹊旖旎,别施量些分外妖娆",意在邀宠的矫情虚意、智巧心灵的表现,以及把牛女与人世情爱做比较的议论,基本上与《梧桐雨》第一折的内容一致。而且,《古名家杂剧》本和孟称舜《酹江集》本《梧桐雨》中还保留着的,被臧晋叔《元曲选》删去的杨妃与安禄山"醉后私通""日久情密"的记述,在《天宝遗事诸宫调》中〔墙头花〕《禄山偷杨妃》和〔醉花阴〕《禄山戏杨妃》中也有细致的铺陈。

《天宝遗事诸宫调》中〔胜葫芦〕《明皇击梧桐》描写的御园排筵、杨妃登翠盘舞霓裳、仙音院奏乐、宁王吹玉笛、花奴羯鼓、天子击梧桐的具体情况,都与《梧桐雨》

第二折内容基本相同。

《天宝遗事诸宫调》中〔集贤宾〕《杨妃诉恨》、〔新水令〕《忆杨妃》、〔赏花时〕《明皇梦杨妃》三个套曲中所描绘的唐明皇寂寞寥落的心情，对杨妃以及昔日良辰美景、赏心乐事的回忆，以及"玉阶前疏雨响梧桐"的凄凉景象的描绘，都与《梧桐雨》第四折情调一致。

如果说这两个作品都是写李、杨故事，可能采用相同的故事来源，因而它们的一些情节相同或相似还不足为奇的话，那么，《梧桐雨》第三折则不仅是基本内容可以从《天宝遗事诸宫调》中的〔醉花阴〕《明皇告代杨妃死》、〔村里迓古〕《明皇哀告陈玄礼》、〔粉蝶儿〕《哭杨妃》、〔行香子〕《禄山忆杨妃》、〔端正好〕《玄宗幸蜀》曲中找到，而且曲词中也有许多酷似之处，举例如下：

《天宝遗事诸宫调》
明皇哀告陈玄礼

〔村里迓古〕六军不进，屯满马嵬坡下……气焰焰列虎兵，嗔忿忿驱狼将，一个个恶势煞。齐臻臻雁翅排，密匝匝鱼鳞砌，闹垓垓映日霞。呀，雄纠纠披袍擐甲。〔元和令〕陈将军怒转加，真个敢变了卦？龙泉三尺手中拿……〔柳叶儿〕可怜见唐朝天下，教寡人独力难加。将条素白练急早安排下,把娘娘咽喉掐,他是朵娇滴滴海棠花,卿呵,怎下的千军万马踏。

《梧桐雨》

第三折〔庆东原〕……一行人觑了皆惊怕,嗔忿忿停鞭立马,恶噇噇披袍贯甲,明飑飑掣剑离匣,齐臻臻雁行班排,密匝匝鱼鳞似亚……〔拨不断〕语喧哗,闹交杂,六军不进屯戈甲。把个马嵬坡簇合沙……〔胡十八〕似恁地对咱,多应来变了卦。见俺留恋着他,龙泉三尺手中拿……〔殿前欢〕他是朵娇滴滴海棠花……怎下的磣磕磕马蹄儿脸上踏!则将细袅袅咽喉掐,早把条长挽挽素白练安排下……

《天宝遗事诸宫调》和《梧桐雨》的内容和曲文的极其相似,绝非偶然的巧合,而且有些内容如李、杨关于牛女和人世情爱的比较和议论,都是前此的作品(包括《长恨歌》《长恨传》等)中所没有的。这明显地表现出《梧桐雨》和《天宝遗事诸宫调》之间的密切关系,当是一方受另一方的直接影响。要么《梧桐雨》在前,王伯成将包括《梧桐雨》在内的李、杨故事扩展,铺陈成洋洋大观、包罗万象的《天宝遗事诸宫调》,或者《天宝遗事诸宫调》在前,是白朴将《天宝遗事诸宫调》中的精彩部分重新创造、浓缩成四折短剧。据郑振铎先生推测：

> （王伯成）在当时的写作的时候，作者是凭着浩瀚的才情而恣其点染的。故白仁甫的《梧桐雨》《游月宫》，关汉卿的《哭香囊》，都不过是一本的杂剧，而伯成的《遗事》则独成为一部宏伟的"诸宫调"。在这部宏伟的"诸宫调"里，所受到的前人的影响一定是很不少的。例如，《哭香囊》的一节，当然是会受有关氏（关汉卿）的杂剧的影响的。……
>
> 从"天宝年间事一空，人说环儿似玉容"起，直说到"贪欢未能，惊回清梦，玉阶前疏雨响梧桐"，似为一个结束或一个"引言"。但说是附于"疏雨响梧桐"的一则故事之后的一个结束，大约是不会很错的。伯成的"疏雨梧桐"的节目，或甚得白仁甫的那一部《梧桐雨》的杂剧的暗示的罢；正如《哭香囊》的一个节目之得力于关汉卿的《唐明皇哭香囊》一剧一样。但很可惜的，"疏雨响梧桐"的遗文，我们却已无从得见了。[1]

---

[1] 郑振铎：《中国俗文学史》，北京：作家出版社1957年版，第132、139页。

郑振铎先生的这种看法，或许有他的根据。关汉卿的《哭香囊》已经不存，自然无从考察，但把《梧桐雨》和《天宝遗事诸宫调》的曲文做比较后，我认为，如果说《天宝遗事诸宫调》在前，《梧桐雨》在后，可能更为合理，有一种最明显的迹象，就是两个作品中的相似乃至相同的曲文，在情节和人物情态的描写上。《梧桐雨》显得严密，《天宝遗事诸宫调》却比较粗疏，甚至含混不清。例如：《梧桐雨》第三折中的〔胡十八〕曲文就比《天宝遗事诸宫调》中的〔元和令〕更符合剧情。两者都写陈玄礼"龙泉三尺手中拿"，〔元和令〕"龙泉三尺手中拿，把吾当险唬杀"，似乎是陈玄礼以剑胁迫玄宗，情理上不甚妥帖，而〔胡十八〕"见俺留恋着他，龙泉三尺手中拿，便不将他刺杀，也将他吓杀……"，"他"指杨贵妃，就明确而合理。因为陈玄礼是要"清君侧"，主张杀掉杨氏兄妹后，继续保驾入蜀，而并非要"造反"，若论二者的先后，由〔元和令〕改到〔胡十八〕的可能性更大些。由粗疏到严密，更合常情，王伯成才力虽然不及白朴，但总还不至于把曲词由好改糟，又如《梧桐雨》第三折中〔殿前欢〕曲："他是朵娇滴滴海棠花，怎做得闹荒荒亡国祸根芽……他那里一身受死，我痛煞煞独力难加。""独力难加"当是表现李隆基痛惜杨玉环的难免一死，这与前面他为杨玉环开脱说"他又无罪过，颇贤达……"是上下连贯的。而《天宝遗事诸宫调》中的

〔柳叶儿〕却作:"可怜见唐朝天下,教寡人独力难加。"这里的"独力难加"好像是在表现李隆基悲叹自己无力扭转"大唐天下"的乾坤。实际上,无论是在〔殿前欢〕还是在〔柳叶儿〕中,"教寡人独力难加"的前后曲文,都是涉及杨妃之死的,在这中间插入"可怜见唐朝天下",行文就显得突兀,意思也难以顺畅,而《梧桐雨》把"可怜见唐朝天下"放在高力士把杨玉环带下去行刑之际,曲文作:"教几个卤莽的宫娥监押,休将那软款的娘娘惊唬。你呀,见他,问咱,可怜见唐朝天下","见他,问咱"云云,意为,他若问我为什么如此无情无义,就让他可怜一下大唐的江山吧。潜台词是,如果不杀她,将士不安,江山也就难保了,相比之下,就觉得《梧桐雨》的曲文更顺理成章。

《天宝遗事诸宫调》中〔村里迓古〕套曲,是现存五十几个套曲中最接近代言体而又最富戏剧性、最生动的部分,它的精彩词句,几乎散见于《梧桐雨》第三折中(见前例),王伯成喜欢铺陈,这或许是诸宫调这一体裁本身决定了的,如杂剧中的"酒后私通""日久情密",寥寥数语,实则概括了《天宝遗事诸宫调》中的《禄山戏杨妃》和《禄山偷杨妃》二套曲子。以王伯成喜好铺陈的习惯推测,如《梧桐雨》在前,他大概不会把一折戏(第三折)的内容,压缩在一套曲〔村里迓古〕中的吧。又据上面对二者曲文的分析，我倾向于认为：是白朴利用了这个套曲的曲词，改造并扩展为《梧桐雨》的第三折。根据同样的理由，我以为这两个作品可能是《天宝遗事诸宫调》在前，《梧桐雨》在后。

附五：《墙头马上》和元杂剧中的卓文君

白朴《墙头马上》中的李千金，在争取婚姻自主的过程中，表现了非常突出的勇敢精神，第四折结尾，她在斥责裴尚书、申述自己权利的时候，以卓文君故事自况"告爹爹奶奶听分诉，不是我家丑事将今喻古。只一个卓王孙气量卷江湖。卓文君美貌无如，他一时窃听求凰曲，异日同乘驷马车，也是他前生福。怎将我墙头马上，偏输却沽酒当垆"，这段脍炙人口的唱词，最能表现李千金的反抗精神，因而素来为人所称道。

卓文君和司马相如的故事，最早见于《汉书·司马相如传》和晋人葛洪（约281—341）所著《西京杂记》，内中已有琴挑、私奔、当垆、白头吟以及司马相如作《大人赋》《子虚赋》等故实，晋人常璩所撰述巴蜀之事的《华阳国志》中又出现了"升仙桥"和司马相如题字明志的记载，宋人曾慥所编《类说》中《异闻集》内《相如琴挑》中又有了相如鼓琴时所唱《凤求凰》曲词。后世作品中，涉及此故事者，内容也多不出上述的范围。

对于卓文君和司马相如的爱情故事，历代文人毁誉不一，这反映了不同时代与不同作家的不同的伦理道德观念。对于卓文君寡居之时"夜亡奔相如"，并在临邛卖酒，故意羞辱卓王孙的举动，太史公并无微词（见《史记·司马相如列传》)。葛洪虽然说文君"越礼",但从行文中说"文君姣好,眉色如望远山,脸际常若芙蓉,肌肤柔滑如脂,十七而寡,为人放诞风流,故悦长卿之才而越礼焉"来看,主要还是抱了欣赏的态度,把这一故事当作风流韵事看待。唐诗有涉及这个故事的,也多是抱着对才子才女风流韵事赞赏的态度。这与唐以前对婚姻,特别是对"女德"的要求并不那么严格有关。

两宋是理性膨胀的时代,几代理学家在思想观念、伦理道德上都有诸多的建树。以天理克服人欲,以道心主宰人心,将人为的伦理法则置于人性之上。纲常于妇女更有苛刻的要求,"饿死事极小,失节事极大"便是将贞节观念发挥到极致。因此,对于寡而再嫁,且是"私奔""失身"的卓文君,见诸文字的记载就自然地采取了贬抑的态度。

蒙古族崇尚实际,文化观念与两宋相比,也只能说是处于比较原始的自然状态。他们不仅不懂得继承、发扬宋代的统治术,用以征服人心,钳制思想,而且他们从草原带来的习俗,还对两宋三百余年建立起来的封建思想进行了冲击和破坏。其中,对于贞节观念的破坏尤其明显和直接。比如王恽《秋涧集》卷八十一《中堂事记》中有:中统二年辛酉,五月十九日"上以王姬下嫁,午刻幸新桓□御营",夏六月"阿剌合赤妃子从嫁民户"的记载,从纲常观念看,"王姬下嫁"和"妃子从嫁民户"都是不可想象的事情。既然王姬、妃子尚可下嫁，不必从一而终，民间百姓，也就不必受那么多的约束了。这类贞节观念的松动在元代杂剧和民间话本中都有明显的反映，对卓文君的津津乐道，也是这种情况的一个侧面。

　　见于《录鬼簿》《元曲选目》《太和正音谱》等书记载的以司马相如、卓文君故事为题材的元杂剧有：关汉卿《升仙桥相如题柱》、孙仲章（生卒年不详）《卓文君白头吟》、范居中（生卒年不详）《鹔鹴裘》、屈恭之（生卒年不详）《升仙桥相如题柱》和元明间无名氏《卓文君驾车》等数种。这几种杂剧均已佚失，内容和倾向均已无从考察，但卓文君和司马相如常在元杂剧爱情剧中出现，往往成为青年男女争取婚姻自主所援引的依据，这就基本上勾画出卓文君故事在元剧中的面貌。《倩女离魂》中的张倩女，灵魂追随王文举一同往京师应举时，曾以文君自比道"则我这临邛市沽酒卓文君，甘伏侍你濯锦江题桥汉司马"；《举案齐眉》中的孟光，执意要嫁穷书生梁鸿时说"我又不曾临邛县驾车，他又不曾升仙桥题柱，早学那卓文君拟定嫁相如"；《竹坞听琴》中的尼姑与书生秦修然私订终身，不无自豪地夸耀"倒是我卓文君一曲求凰操，早把那汉相如引动了"；《菩萨蛮》中的热情少女萧淑兰，怨恨那个满脑子道学的张云杰"这文君待驾车，谁承望司马抛琴"……这几个剧（包括《墙头马上》）产生的时期不同，剧的成就高下也不一致，但它们都是歌颂、肯定女主人公对婚姻自主的大胆追求，肯定她们敢于反抗父母之命、媒妁之言而自择佳偶的行动。剧中人物在这点上以卓文君为榜样，称赏她自许终身的惊世骇俗的举动，赞誉她是能识豪杰于贫贱之时的巨眼英雄，这都证明了并不守贞节的卓文君在元代下层市民中，享有崇高的威望。

　　实际上，宋代把女子的"从一而终"叫作"贞节"，女子无才便是德，一生必须恪守的"德"，就是那个"节"字，脱脱等著《宋史·列传第二百一十九·列女》中记载的"列女"便多是"节妇"。元代贞节观念的淡化，使元杂剧作家们对婚姻爱情的设想也大胆起来，寡居的谭记儿自怜自叹道："我想着香闺少女，但生的嫩色娇颜，都只爱朝云暮雨，那个肯凤只鸾单？这愁烦，恰便似海来深，可兀的无边岸。怎守得三贞九烈，敢早着了钻懒帮闲。"(《望江亭》)直接用人性否定了天理。结果，她再嫁了青年士子白士中，成就了美满的姻缘。妓女们也可以在相识的士子中挑挑拣拣，不会因为她们身为娼妓遭到贱视(《救风尘》)；就连李千金这样的名门闺秀，竟也学了卓文君的样子去"私奔"(《墙头马上》)；闺阁女子萧淑兰主动去追求教侄子读书的馆宾先生，被馆宾先生指为："女人家不遵父母之命，不从媒妁之言，廉耻不拘，与外人交言，是何礼也。"(《萧淑兰》)

元代剧作家笔下的爱情剧，大多是对于追求爱情的男女青年进行肯定，对"父母之命""媒妁之言""三贞九烈"予以嘲弄。这些作品至今能使我们感受到元代社会下层市民中躁动着的新思想。难怪"有识之士"会叹息元代"礼崩乐坏""人欲横流""世风日下"呢！

到了明初，卓文君和司马相如的故事又被扭曲了。明初朱权的杂剧《卓文君》既欣赏司马相如存心勾引卓王孙的女儿，又将卓文君涂上层层封建伦理道德色彩。而无名氏《题桥记》则不仅把故事改成卓王孙同意文君嫁给司马相如，并有媒婆撮合，月老联姻，将一个"私奔"的故事，改成既有父母之命、媒妁之言，又是命中天定的姻缘了。这就完全失去了反抗封建礼教的意义，与上述几个元杂剧的主旨和卓文君在元剧中所具有的进步意义相悖谬，这可能与朱权这个封建藩王的身份、思想以及明代思想统治的加强有关。

元杂剧中的"神仙道化"戏

第六题

一

元杂剧中存在着相当数量的"神仙道化"戏，它们构成一种不可忽视的倾向。它们的出现与当时社会的政治、经济、风俗、世态有着密切的关系。对这部分作品的研究，不仅能使我们对元杂剧的面貌和其中某些重要作家（如马致远）可以有更完整的认识，而且，还可以从这一角度了解元代社会状况，了解元代社会上的各种复杂因素与文学创作的关系。

明人朱权的《太和正音谱》把元杂剧分为十二科，"神仙道化"戏是其中之一。朱权的分类法未必十分科学，但他是这种分类的起始者。

按照他对"隐居乐道"和"神仙道化"两科的区分，前者应是描写山林隐逸的生活和思想，后者应是演述道教的度脱和飞升的故事。但是，事实上，这两方面的内容，在元杂剧中，常常混杂在一起。所以我们这里在借用他的"神仙道化"的说法论述这部分戏的时候，同时也要论到"隐居乐道"也就是"林泉丘壑"那一部分戏。

元杂剧（包括元明之际的杂剧）中的"神仙道化"戏的数目，向无精确的统计。从钟嗣成《录鬼簿》记载的四百余本元杂剧中，考其题目，正名，可以断定其内容属于上述科目的，至少有四十本左右，约占总数的十分之一。就收在《元曲选》和《元曲选外编》的剧本统计，也有十七种之多，恰恰又约占十分之一。这十七种戏是：《陈抟高卧》、《岳阳楼》、《黄粱梦》、《任风子》(以上马致远撰)，《铁拐李》(岳伯川撰)，《庄周梦》(史九敬仙撰)，《张天师》(吴昌龄撰)，《七里滩》(宫大用撰)，《竹叶舟》(范子安撰)，《金安寿》、《升仙梦》(以上贾仲明撰)，《城南柳》(谷子敬撰)，《刘行首》(杨景贤撰)，《误入桃源》(王子一撰)，《桃花女》、《玩江亭》、《蓝采和》(以上无名氏撰)。其中《桃花女》一剧是表现阴阳术数的，可以姑置勿论。

上面列举的"神仙道化"戏中，有的敷演道祖、真人悟道飞升的故事，有的描述真人度脱那些精怪鬼魅、书生员外、屠户妓女的过程；有的戏以度脱者为主角，着重表现人间的无可留恋；有的以被度脱的对象为正末，意在表现出家皈道才是正路。不管故事的具体内容和表现的角度有多么纷繁的变化，这些作品大都是以对永恒仙界的肯定和对人世红尘的否定构成它们内容上的总的特点，反映的当然是一种消极的思想情绪。但如果我们不停留在对于这个一般的特点的说明上，而再做进一步的考察，我们便会发现，它们不仅不是一般的"宗教宣传品"，而且显然还有着更为重要的内容。它们确实是当时特定的社会状况、社会矛盾的产物。自然，由于作品出于元代不同时期的不同作家之手[1]，它们本身也不是划一的，特别是较早的作品和元明之际的作品。

元杂剧中的"神仙道化"戏的题材大多与以前的神话传说、志怪故事有关，但又绝不是简单的改头换面[2]。杂剧作家虽然借助于这些故事的人物和情节，但总是按照自己的生活体验和思想认识进行改造。例如：关于吕洞宾度人

---

[1] 马致远、岳伯川、史九敬仙当属元前期杂剧作家，他们的名字列于《录鬼簿》卷上，属于钟嗣成所说"前辈才人"一类。范子安和官大用的名字虽然与郑德辉等后期作家同属"方今才人想知者"一类，但实际上，他们两人的活动时代，都与"前辈才人"比较接近。由钟嗣成所说"先君与之莫逆"来看，官大用还应属于钟嗣成父辈的人。钟嗣成又说范子安"因王伯成有太白贬夜郎，乃编杜甫游春"，这显然带有竞赛或呼应的意思，那么范子安和王伯成应是活动于同时的作家，至少也是相去不会太远，否则，钟嗣成大概也就不会记下这一笔了。王伯成又与马致远是"忘年交"，那么，官大用和范子安从时代上看，与马致远前后的杂剧作家较为接近，而与元末明初的、名字出现在《录鬼簿续编》和《太和正音谱》上的贾仲明、谷子敬、杨景贤、王子一相距较远。

[2] 元以前的唐人小说，虽然在《玄怪录》《续玄怪录》《甘泽谣》中都有涉及仙佛神怪的故事，但大多继六朝遗习，颇多志怪性质。宋代的话本，据《醉翁谈录·小说开辟》把小说分为八类，其中有"神仙""妖术"两类，它们表现的内容，多与侠客、方术、阴阳术数有关。到了元代，一些杂剧作家的"隐居乐道"戏和"神仙道化"戏虽是从唐传奇、宋话本取材，但经过改造以后，在思想倾向等方面，与先前的志怪、神仙、妖术故事显然出现了很大的差别，而且还蔚然形成两大科类，这都是在此前没有出现过的新情况。

的故事，元以前就很流行[1]。根据那些吕洞宾的传说和诗，产生了如《岳阳楼》《城南柳》《升仙梦》这样的"神仙道化"戏。又如《竹叶舟》取材于唐代《异闻实录》中的故事；马致远的《黄粱梦》则显然与《醉翁谈录》中"神仙"类话本《黄粱梦》和唐代沈既济的传奇《枕中记》有关。传奇、话本中的这些材料到了元杂剧作家，特别是马致远等前、中期作家手中，就被削弱了其中的怪异、妖术成分，而不同程度地融入了反映现实矛盾的社会内容。话本《黄粱梦》已佚，我们无从比较。传奇《枕中记》从记录异闻的角度，描述道人吕翁借一个能使人顷刻于梦中经历宠辱、穷达和死生的瓷枕，使卢生悟道出家。而杂剧《黄粱梦》则抛掉了那个奇异的瓷枕，细腻而生动地刻画了"昨日上官时似花正开，今日迭配呵风乱筛"的宦海风波和人世升沉无常的不幸，有较多的对官场倾轧和知识分子出路问题的描写，包括了更多的社会现实内容。除了《黄粱梦》以外，还有不少剧作如《铁拐李》《任风子》等，也不仅仅是一般地描

---

[1] 宋郑景望《蒙斋笔谈》云："世传神仙吕洞宾名岩，洞宾其字也，唐吕渭之后。五代间，从钟离权得道。权，汉人。逮者自本朝以来，与权更没人间。权不甚多，而洞宾踪迹数见，好道者每以为口实。余记童子时，见大父魏公，自湖外罢官还，道岳州。客有言洞宾事者云：近岁常过城南一古寺，题二诗壁间而去。其一云：'朝游岳鄂暮苍梧，袖有青蛇胆气粗。三入岳阳人不识，朗吟飞过洞庭湖。'其二云：'独自行时独自坐，无限时人不识我。惟有城南老树精，分明知道神仙过。'说者云：寺有大古松，吕始至时，无能知者，有老人自松巅徐下致恭，故诗云然。"

写一个荒诞不经的故事,而是不同程度地对元代社会生活画面做了一定的描绘。由于这些戏所塑造的人物形象,所组织的戏剧冲突都是当时社会现实的直接或间接的反映,因此,正是在这个意义上,我们说大多"神仙道化"戏实际上是社会剧。

更值得注意的是元杂剧"神仙道化"戏中,"道化"和"隐逸"常常混杂、结合在一起的这个特点。"入道"与"隐逸"虽然都具有相同的消极避世的性质,但导致这种后果的原因,往往还有差别。弃俗入道的念头,常由对人生的短暂、对生死轮回的恐惧引起。而退隐山林的思想,则多是伴随着追求进身、追求兼济的理想的破灭而产生。而在元杂剧的"神仙道化"戏中,特别是前中期的"神仙道化"戏,"道化"和"隐逸"经常交织在一起。

在这些剧中经常出现的吕洞宾、王重阳、马丹阳等,他们虽然身份是神仙,但他们提出的对人生否定的教训,却常是文臣武将的宦海悲剧,比如:《岳阳楼》中的吕洞宾劝人"参透玄关,勘破尘寰。待学他严子陵隐在钓鱼滩,管甚么张子房烧了连云栈。竞利名,为官宦,都只为半张字纸,却做了一枕槐安"。《黄粱梦》中的钟离权则说"俺闲逍遥独自林泉隐,您虚飘飘半纸功名进。你看这紫塞军、黄阁臣,几时得个安闲分,怎如我物外自由身"。

这些与《陈抟高卧》中描写的高隐陈抟(生年不详,卒于989）的看法倒是一致的。陈抟对达官显宦的下场曾做过这样的总结："三千贯、二千石，一品官、二品职，只落的故纸上两行史记。无过是重裀卧、列鼎而食，虽然道臣事君以忠，君使臣以礼。哎！这便是死无葬身之地，敢向那云阳市血染朝衣……"

这里，吕洞宾等"道祖"们提出的效法的榜样，往往并非是宗教色彩很浓的道士，却经常是著名的退隐儒生。经马丹阳指点而出家学道的任风子，倾慕的是"高山流水知音许，古木苍烟入画图。学列子乘风、子房归道、陶令休官、范蠡归湖"（《任风子》）。这些道祖所提倡的生活，也常常是以隐士生活作为准则的"甘老江边，富贵非吾愿，清闲守自然。学子陵遁迹在严滩，似吕望韬光在渭川"（《城南柳》），"卧一榻清风，看一轮明月，盖一片白云，枕一块顽石"（《陈抟高卧》）的隐修生活。

这样，无论是《七里滩》中的严陵，《陈抟高卧》中的陈抟，还是那些道祖吕洞宾、王重阳们，他们在剧中的实际身份都往往既是道士，又是文士和隐士。这种隐逸与道化的结合，在元代前中期的"神仙道化"戏中比较明显，而尤其在马致远的"神仙道化"戏中最为突出。正因为有这种结合，才使马致远等人的"神仙道化"戏更具有现实生活内容，在很大程度上成为我们上面说到过的带有神仙道化色彩的社会剧。

二

元杂剧中相当数量的"神仙道化"戏的出现以及这些戏的思想倾向,与元代社会的黑暗、新道教的风行、知识分子中隐逸思想的普遍存在都有直接的关系。

元代社会的黑暗和动荡,研究者已经讲过许多,这里不再赘述。在黑暗的社会中,知识分子的强烈苦闷和绝望的思想情绪,是"神仙道化"戏涌现的直接原因。

元代废除科举,堵塞了一般知识分子的进身之路。"学成文武艺,货与帝王家","出将入相"美梦的破灭是一个新的存在。宋遗民郑思肖(1241—1318)曾说:元代人分十等"七匠、八倡、九儒、十丐",儒生的社会地位竟沦落到"倡"与"丐"之间。虽然对这种记载的可靠性一向有争议,但元代一些知识分子受到歧视、处境悲惨却是于史有征的。促使知识分子感到苦闷、绝望的另一个原因,是他们原来信仰的思想教条和道德准则在现实面前的动摇和崩溃。

元代统治者"以弓马之利取天下",他们带着处于社会发展低级阶段的"以成吉思合罕家族为中心的奴隶主贵族的统一帝国"(佚名《蒙古秘史》序)的剽悍和野蛮,闯进了封建制度已经非常发达、封建伦理道德已经很是完备的中原。他们还没有那么多的信仰,如同汉族人对于程朱理学的深信；他们还没有那么多的敬畏，犹如汉族人对于君权的崇拜；没有朝仪，没有礼乐，没有学校……直到元世祖至元初时，"凡遇称贺，则臣庶皆集帐前，无有尊卑贵贱之辨。执法官厌其喧杂，挥仗击逐之，去而复来者数次……"（陶宗仪《辍耕录》卷一）他们屠戮成性，"胜国初，欲尽歼华人，得耶律楚材谏而止，又欲除张王赵刘李五大姓，楚材又谏止之"[1]。他们不懂农业的重要性，以致世祖三令五申"禁征戍军士及势官毋纵畜牧伤其禾稼桑枣"（《元史·本纪第四·世祖》）。甚而至于宋朝皇帝的陵寝也在元统治者的纵容之下被发掘，遗骸丢了漫山遍野，与牛马骨相杂，被番僧筑塔镇压，以示让其永世不得翻身（事见《辍耕录》卷四以及元郑元祐《遂昌山人杂录》）。理宗的头骨被番僧做成了饮器。南宋的皇帝、皇妃像流犯一样被赶出皇宫内院。汉族的知识分子们，惊讶地看着这些"无父无君"的强者，几乎毁灭了一切庄严神圣的事物，亵渎了一切神明、偶像。忠信礼义、伦理道德，一切都沦丧殆尽，简直是天翻地覆了。然而，这些"大逆不道"的行为，却并未受到天谴神责，相反，这些"无法无天"的异族的"乱贼"，反而江山越坐越牢，成了一切的主人。于是，他们的精神失去了平衡。物质上的困顿和精神上的危机，使知识

---

[1] 王利器辑录：《元明清三代禁毁小说戏曲史料》（增订本），上海：上海古籍出版社1981年版。

分子中产生了各种变态心理，玩世不恭是其一[1]，对人生厌弃绝望即是其二。

对人生厌弃、失望的情绪，在元代儒生中相当普遍。"金亡不仕"的元好问的作品中固然不乏这种内容，怀才不遇而且耿耿于怀的马致远，他的散曲中也是充满了对现实的否定和对于没有尘泥相涴的丘壑的向往。此外如诗人黄溍（1277—1357）、倪瓒（约1306—1374）、揭傒斯（1274—1344）、萨都剌（约1307—1359后）、张翥（1287—1368）等，散曲作家杜仁杰（约1201—1284）、陈草庵（名英，一作士英，约1247—1320）、白朴、张养浩等的作品中，都反复地表露出这样的思想和情绪。在一些即使已经侥幸获得高官的知识分子的作品中，也往往流露出弃官归隐、放浪形骸的念头。如至大年间（1308—1311）曾任翰林，初为江西儒学提举，后弃家入天台为道士的滕宾（生卒年不详），在他的散曲中写道："翠荷残，苍梧坠。千山应瘦，万木皆稀。蜗角名，蝇头利，输与渊明陶陶醉。尽

---

[1] 在《录鬼簿》和元代笔记如《辍耕录》中，关于知识分子"滑稽""善谑"的记载特别多。沈和甫、陆显之、施君承、李用之、王晔、杨景贤、汤舜民、王和卿等许多人都"善稽滑""好谑戏""滑稽挑达"……《天籁集》序中，对白朴也有"平生放浪形骸期于适意""玩世滑稽"的评价。元以前的一些逸闻琐记上，虽也有唐宋知识分子开玩笑的记载，但那往往是偶然出现在某种场合的、传为佳话的"雅谑"，却绝不会像关汉卿和王和卿那样玩笑"半世"，直到王和卿去世了，关汉卿还在吊唁时去和他的死友开那么不尊重的玩笑。

黄菊围绕东篱，良田数顷，黄牛一只，归去来兮。"〔中吕·普天乐〕官居同知的邓玉宾（生卒年不详）也不免想到"丫髻环绦，急流中弃官修道"〔中吕·粉蝶儿〕……

一般说来，在政治开明，知识分子认为可以有所作为的时代里，是不会产生这种普遍的灰色情绪的。因此，可以说，元杂剧中相当数量的"神仙道化"戏的出现，并且强烈地表现出隐士思想的特点，是当时社会现象、时代特点的一种反映。

另外，"神仙道化"戏的出现，与元代道教的流行，宋元时道教的革新，以及道教在知识分子和群众中的广泛影响也有关系。

元代皇帝们都崇尚佛教，而且特别尊重番僧。从八思巴被元世祖尊为国师后，相继有十一人为帝师。不仅出现了僧人干预朝政，而且元代统治者也大修寺院、大做佛事、滥赏滥赐，番僧骄横跋扈、肆无忌惮。比如"至大元年，上都开元寺西僧强市民薪，民诉诸留守李璧。璧方询问其由，僧已率其党持白梃突入公府，隔案引璧发，捽诸地，捶扑交下，拽之以归，闭诸空室，久乃得脱"。至大二年，番僧为与王妃争道，"拉妃堕车殴之"。（以上均见《元史·列传第八十九·释老》）在皇帝的姑息纵容下，僧人对地方官、诸王妃都可以不放在眼里，他们对百姓是如何的为所欲为，也就不难想象了。因此，尽管有皇帝崇尚，番僧在民众中间却成了"恶"的化身。

而这时期的道教却出现了新的情况：南宋初期，北方道教有三个流派（全真、大道、太一），它们都与原来的天师道有或多或少的不同。其中，流传最广、影响最大的是全真教。

宋高宗赵构（1107—1187）偏安杭州后，北方陷于金人之手，一些无以归附的逸民、处士，怀着"不食周粟"的信念，怀着对异族入侵的反抗情绪，创立了意在"苟全性命于乱世，不求闻达于诸侯"的隐修会——全真教。王恽《秋涧集》中《奉圣州永昌观碑》云："后世所谓道家者流，盖古隐逸清洁之士，岩居涧饮，草衣木食，不为轩裳所羁，不为荣利所怵，自放于方之外，其高情远韵，凌烟霞而薄云月，诚有不可及者。自汉以降，处士素隐，方士诞夸，飞升炼化之术，祭醮禳禁之科，皆属之道家，稽之于古，事亦多矣。徇末以遗本，凌迟至于宣和极矣。弊极则变，于是全真之教兴焉。渊静以明志，德修而道行，翕然从之，实繁有徒。其特达者名潜户牖，自名其家，耕田凿井，自食其力，垂慈接物，以期善俗，不知诞幻之说为何事，敦纯朴素，有古逸民之遗风焉。"这里讲了全真道的特点和它与汉朝以来的天师道的区别：不搞飞升炼化、祭醮禳禁、符篆烧炼，而是以"忍辱含垢，苦己利人"为宗，提倡摒弃名利、"渊静以明志"。

所谓"全真",就是保全其高洁操守的意思。房玄龄(579—648)等撰《晋书·列传第六十四·隐逸》中的陶潜(约365—427)传讲道,陶潜"少怀高尚,博学尚属文,颖脱不羁,任真自得,为乡邻所贵"。萧统(501—531)的《文选·陶渊明集序》述及陶潜之文"语时事则指而可想,论怀抱则旷而且真"。"任真自得"也好,"旷而且真"也好,其中所提到的"真",就是不虚隐,不矫饰,纯真质朴,不受拘束的意思。陶渊明的《五柳先生传》中所言"不戚戚于贫贱,不汲汲于富贵",可以作为"任真"的注脚。那么,"任真"的实际内容就是指安贫乐道、不慕荣利,不屈己、不干人的高尚志趣。而全真教所倡导的"不为轩裳所羁,不为荣利所怵""耕田凿井,自食其力",正与陶渊明所主张的"任真"意思大致相合。所以,说初期全真教是一个"隐修会",那是十分恰切的。在那乱世的浩劫中,提倡不要追名逐利,出卖灵魂,在韬光晦迹的躬耕生活中,保持一颗质朴纯真,不为利欲熏染的心。这样的隐修会,当然易于为在艰难竭蹶之中,无可寄托的人,特别是知识分子所接受,而在南宋到元代的乱世中风行。

在元杂剧中,不少"神仙道化"戏都与全真教有关联。一些剧本,如《岳阳楼》等,都是以全真教所尊崇的道祖吕洞宾等为主角。而且有的剧本直接出现当时全真教尊奉的"北五祖"之一、元代人王重阳的形象及"七真"的名字（见《刘行首》）。当然，更多的联系是表现在作品的具体描写与全真教教义的相通上。

元杂剧中的"神仙道化"戏中，屡屡提到"天下有道则见，无道则隐"(《误入桃源》)。铁拐李介绍他的教"灵丹妙药都不用"(《玩江亭》)，只要丢掉人间的名缰利锁，便可以返本归真"入仙籍"(《升仙梦》)。《竹叶舟》中的吕洞宾更声称"俺不用九转丹成千岁寿，俺不用一斤铅结万年珠。也不采甚么奇苗异草，也不佩什么宝箓灵符"，只要"把心猿意马牢拴住"。这里的"心猿意马"就是指的与"道心"相违的"名利之心"。"把心猿意马牢拴住"，亦即返璞归真的意思。这些也都与全真教的教义相符合。

据记载，全真教道祖王重阳，也是乱世而隐，以求"全真"。《仙源录·邓州重阳观记》中写道，"王重阳有文武艺，当废齐阜昌间，脱落功名，日酣于酒"，"痛祖国之沦亡，悯民族之不振"。如此看来，全真教不仅有"隐修"的性质，而且有"爱国""民族"的旗帜，那么，元代全真教达到"势如风火"的盛况，就是不难理解的事情了。

另外，全真教在知识分子中影响极大，还因为它与知识分子有着天然的密切的联系。道祖王重阳便是起先"业儒"最终入道的。他的七个弟子，不是"儒流中豪杰者"，便是曾经业儒的"读书种子"。七真的弟子、再传弟子也多为儒生。

不仅如此,全真教还吸引了"四方学者辐辏堂下,归依参叩"(《尹志平道行碑》)。宋子真所撰《普照真人范公墓志》中记载这位范真人"乐从士大夫游,汴梁既下,衣冠北渡者多往依焉"。全真道士与文士结为"苍烟寂寞之友",鼓琴咏歌,唱和往来的就更多了。

所以,事实上在南宋以至元代,文士、隐士、道士之间,界限并不难以跨越。文士在乱世中,读书而不仕,慕高远,欲脱世网者,便去做道士。做了道士,既可以混迹嚣埃,又可以保有文士的情趣并和文士相往来。而且,这种文士而兼道士的"全真"门徒,过的其实是高卧林泉的隐士生活。这与传统的以烧炼、祭醮为能事,降妖捉怪为玄惑的天师道,其实是并不相干的。

明确了这一点,也就不难理解为什么元杂剧中的"神仙道化"戏,特别是马致远的作品中常常体现了隐逸与道化的结合。不难理解为什么这些"神仙道化"戏中的角色,无论其身份是屠户、精怪,还是妓女,一旦皈道,就马上成为知识分子的化身。如任风子和马丹阳出家后,即一反以前的下层市民的身份和豪爽任侠的性格,满口"看读玄元道德书,习学清虚庄列术",满口"高山流水""古木苍烟""陶令休官""范蠡归湖"……也不难理解为什么这些"神仙道化"戏中津津乐道的超尘拔俗的榜样竟都是严子陵、陶渊明、陈抟、吕望、张良、范蠡一流名隐,却不是能斩妖除怪的天师了。

元杂剧中"神仙道化"戏中所表现的道士的思想、生活，多带有隐士的特色，还与元代山林隐逸的特点有关。

中国封建社会中所谓山林隐逸之士的出现，并非自元代开始。《晋书·列传第六十四·隐逸》中就有许多具体的记载：陶渊明由于不能适俗而"息交绝游""乐夫天命"，以此对当时的黑暗社会表示抗议。隐士孙登（生卒年不详）曾经批评不知进退的嵇康（224—263）"才多识寡"，"难免于今之世矣"，后来嵇康果然不幸被孙登言中了。隐士董京（生卒年不详）于寝处写着这样的话："孔子不遇，时彼感麟，麟乎麟，胡不遁世以存真。"隐士氾腾（生卒年不详）则明确主张"生于乱世，贵而能贫，乃可以免"。这些晋代隐士有两个共同点：一是他们都是由于"世乱"而隐，以求免于战乱、政事的浩劫。二是他们都是真心真意地归隐，往往隐藏自己的行迹，隐姓埋名、遁入深山、渔樵自给、"不知所终"。

唐代的隐逸，情况就不同了。据后晋刘昫（888—947）《旧唐书·列传第一百四十二·隐逸》的记载：田游岩（生卒年不详）"初补太学生，后罢归，游于太白山……文明中，进授朝散大夫，拜太子洗马，垂拱初，坐与裴炎交结，特放还山"。史德义（生卒年不详）经周兴（生年不详，卒于691）推荐，由隐而仕。卢鸿一（生卒年不详）被召见以后，钦赐"隐居之服，并其草堂一所，恩礼甚厚"。司马承祯（647—735）被武则天（624—705）召见，"问以阴阳术数，理国之道"，并被"赐宝琴，霞纹帔，甚厚"。由于唐代政治比较开明，统治者对知识分子多方网罗、任用，科举之外，隐居终南竟成了入仕的捷径。唐代的隐逸中，起码有相当一部分人是怀着出仕的愿望而隐居的。他们绝不隐藏自己的行迹，相反，要交游干谒，写诗扬名，直到惊动了达官和皇帝，就去接受召问、赠官，借隐逸之名，务仕进之实。

在宋末元初这个朝代更迭之际，隐逸慕道之风又盛行起来。元代刘祁（1203—1250）在《归潜志》序中，描述了自己"遭值金亡，干戈流落"的情景，庆幸自己"虽贫贱一布衣，犹得与妻子辈完归，是亦不幸之幸也"。盛世思进，乱世思退，刘祁的思想在多事之秋是很有代表性的。元代郑元祐（1292—1364）的《遂昌山人杂录》中有"宋亡，故官并中贵往往为道士"的记载。戴表元（1244—1310）的《剡源戴先生文集》卷八《胡天放诗序》中记有"兵戈以来，游宦事息"，"怀四方万里之志而存丘壑之好"的骚人墨客"慕高名而宗隐逸"云集于严州的佳丽山水之间的情景。同书卷九《朱伊叟诗序》中云："自中原避兵来者，泉集而吾州尤为渊薮，衣冠谈笑，朝暮禽合，若凫矶之徒。"这些都反映了宋末元初知识分子中隐逸之风的普遍。

当然，这些人归隐的动机是复杂而且各不相同的。有的偏重于"惧忧辱之切于身"，希望在乱世求得全身；有的由于科举事罢，没有出路；有的则怀着一种对赵宋王朝的忠心，义不仕元。但不管怎么说，元代隐逸多真隐，而较少像唐代那样的以退为进，以隐求仕的假隐。据《元史·列传第八十六·隐逸》记载：隐士孙辙"屡辟皆不就"。隐士吴定翁主张"士无求用于世，惟求无愧于世"，因而也屡征不仕。一些对于"古今沿革，政治得失"皆"历历如指诸掌"的儒生，如杜本（1276—1350）、张枢、杜瑛（1204—1273），也出于种种考虑，远祸全身，不愿卷入政治旋涡。《辍耕录》中记载的郑思肖、谢枋得（1266—1289）、萧贞敏、吕徽之、许益之等人屡征不仕或勉强成行，寻复还山的情况，都反映了元初知识分子的思想状况。而如赵孟𫖯、张养浩等，虽然进入了统治集团，但以汉人而忝居仕林，以被征服者的身份做异族的奴仆，他们的苦闷也是真实的。所以，官至陕西御史中丞的张养浩，在《黄州道中》有如下的感喟："濯足常悲万里流，几年尘迹意悠悠。闲云一片不成雨，黄叶满城都是秋。落日断鸿天外路，西风长笛水边楼。梦回已悟人间世，犹向邯郸话旧游。"描述了他对自己处境的不得意和他萧瑟凄清的复杂心绪。也有一些隐居的知识分子，如危复之、元好问、郑思肖，则主要是不愿与统治者合作，带有更多的民族感情和政治色彩。

元代知识分子推崇陶渊明,或以陶潜自况的人非常多,这正是因为元代隐士和晋代隐士有着比较类似的黑暗处境,怀着比较类似的心情。晋代的文学作品,很有那么一批是歌唱对隐逸生活的向往,对山林、田园的热爱的。他们用这种方式,表现对黑暗政治的反感和反抗。同样,元代的诗歌、散曲乃至杂剧中,也颇多隐逸思想。而"神仙道化"戏,便是比较集中地反映了元代一部分知识分子在对现实失去希望之后,把寻求幸福的目光从人世转向虚无和仙界的状况。在这方面,马致远的《陈抟高卧》和宫大用的《七里滩》最为典型。他们笔下的陈抟和严陵都是儒生,陈抟和严陵都关心着当时那个风波千丈的人间,但又不愿去朝中为官,因为他们对"富贵荣华"都有足够的认识。为官虽然是"重裀卧""列鼎食",却难免有一天"死无葬身之地"。基于这种对"人生宠辱,宦海无常"的认识和对人世的绝望,陈抟和严陵都选择了隐居山林的道路。他们都曾被征至京师,见了些"锦衣象笏""玉堂华食",但他们还是坚定地回到山林。一个说"七里滩从来是祖居,十辈儿不知祸福,常绕定滩头景物。我若是不做官,一世儿平生愿足",一个说"本不是贪名利世间人,则一个乐琴书林下客,绝宠辱山中相。推开名利关,摘脱英雄网,高打起南山吊窗。常则是烟雨外种莲花,云台上看仙掌"……在元杂剧中,类似这种向往和肯定隐逸生活的思想,在一些并非是"神仙道化"题材的戏中,也有不同程度的流露,如王实甫的《丽春堂》、宫大用的《范张鸡黍》、高文秀的《遇上皇》、费唐臣的《贬黄州》等等。

总之,黑暗的元代社会,堵塞了知识分子追求功名的出路,社会环境的险恶,无法解决的社会矛盾,促使了他们幻灭情绪的滋生,导致了隐逸思想的抬头。全真教的应运而生,既给这些惶惶然无所依傍的知识分子树立起新的信仰,又为他们提供了一条高雅的退路,何况我国封建社会的知识分子中一向就有隐、道结合的传统呢。这一切,都在元杂剧,特别是在"神仙道化"戏中,投下了清晰的影子。这些社会现实,决定了"神仙道化"戏在元代成批地出现,决定了"神仙道化"戏虽然大多取材于"神仙""妖术"的怪异故事,却不同程度地反映出元代社会的世态人情,也决定了"神仙道化"戏,特别是前、中期的"神仙道化"戏中的神仙们,往往是文士、隐士、道士的三位一体。

三

现存元杂剧中的"神仙道化"戏,按先后可以分成两大部分。一部分是元代前、中期作家,包括马致远、岳伯川、史九敬仙、范子安、宫大用的作品。另一部分是元末明初，包括贾仲明、谷子敬、杨景贤、王子一的作品。"神仙道化"戏发展到元末明初，出现了一些新的特点，可与前、中期作品相区别。

首先，元末明初的这类作品对社会矛盾、现实生活的反映，越来越淡薄，概念化的倾向也越来越明显了。它们的作者几乎只是为了敷演一个飞升度脱的故事而构思人物和情节。除王子一的《误入桃源》因为被误入天台的神话传说所规定，情节比较特殊外，其他如谷子敬的《城南柳》、杨景贤的《刘行首》、贾仲明的《升仙梦》等戏的情节，几乎如出一辙：道祖下凡来度脱有"半仙之分"的柳精、鬼仙或金童玉女转世的人身，被度脱者却不能挣脱"金枷玉锁"，道祖遂以"不生不灭"进行诱惑，以"六道轮回"进行恐吓，之后，又略施小计，或说破其来历，或使被度脱者遇到危难，或使执迷不悟的人梦中经历一生，最后省悟皈道。这几个"神仙道化"戏，很少接触社会生活的真实矛盾，其中的人物也似乎离人间更远了。

其次，元末明初的"神仙道化"戏中，道家说教增加，而隐逸思想明显地削弱。试以马致远的《岳阳楼》和贾仲明的《升仙梦》、谷子敬的《城南柳》来做比较。它们题材相同，都是写吕洞宾度脱桃柳二精的故事，但是其中的具体内容却有很大的差别。

马致远是从一个失意的知识分子的角度来观察、感受生活的，因而，戏中的人物往往成为失意的知识分子的化身。《岳阳楼》中的吕洞宾有着知识分子的思想感情，他眼中的岳阳楼是"端的是凭凌云汉，映带潇湘。俺这里蹑飞梯，凝望眼，离人间似有三千丈，则好高欢避暑，王粲思乡"。提到饮酒，他道是"正菊花秋不醉倒陶元亮"，"王弘探客在篱边望，李白扪月在江心丧，刘伶荷锸在坟头葬"。他甚至对着酒保感叹"自隋唐，数兴亡，料着这一片青旗，能有的几日秋光。对四面江山浩荡，怎消得我几行儿醉墨淋浪"，使人读来颇有新亭对泣之感。总之马致远是从知识分子感时不遇的角度来否定红尘的，又是从隐逸的角度来肯定神仙世界的。他的戏中有对离开尘世的隐士生活的憧憬，却没有对依靠修行，达到宗教生活方式的向往。这是《岳阳楼》的特点，是马致远以至元代前、中期的"神仙道化"戏共有的特点。

《升仙梦》《城南柳》就不同了，这两个戏劝人弃俗入道的理由是"劝修行，省气力，访蓬莱阆苑，寻真采药，容易躲人间是非，成仙了道寿命期"(《升仙梦》)，是"觑百年浮世，似一梦华胥，信壶里乾坤广阔，叹人间甲子须臾，转眼间白石已烂，转头时沧海重枯……看了这短光阴，则不如且入无何去"(《城南柳》)。这都是更多地从"人生短暂，甲子须臾"着眼，认为人既不能逃脱六道轮回，就不如处仙了道，以求进入永恒的世界。《升仙梦》中表现的这种倾向,在《金安寿》和《刘行首》中,也一再重复。这种情况,使元末明初的"神仙道化"戏明显地减少了由于在现实中遇到无法解脱的矛盾而产生的隐逸思想,却增加了宗教说教和迷信色彩。

最后,元末明初的"神仙道化"戏中,不再包含那么多的激愤和痛苦而变得平淡和冷漠。

元代前、中期,特别是马致远的"神仙道化"戏,时常流露出一种知识分子的不平和愤慨。他们在议论士人的出处行藏、进退得失等不平遭遇时,有时竟会脱离了剧情和人物而发出愤愤然的议论,如同上文所说到的《岳阳楼》中吕洞宾关于"数兴亡"的感慨。《黄粱梦》中吕洞宾对"假饶你手段欺韩信,舌辩赛苏秦,到底个功名由命不由人"的痛苦的认识,都是作者在社会生活的矛盾面前抑制不住的感喟。

这种情况,在元末明初的"神仙道化"戏中,就不很明显了。在宣扬尘世纷扰,富贵烟云,慕清虚、厌浮荣的虚无思想后面,已经很难看到针对现实的那种苦闷沉郁的情绪。即使戏中有时也涉及现实黑暗和个人出路问题,但往往被人生如梦的主旋律所掩盖,激愤和痛苦也就化为无力的哀叹了。

为什么会有这样的变化呢?这与整个社会的变化和作家个人的遭遇、经历都有关系。

元初在宋遗民中产生的亡国之痛,到元末明初时已渐淡漠,在这一代人的心目中,大元朝统治乃天命所归,奉天承运。加上元统治者从元仁宗开始,越来越注意儒家思想的作用。元仁宗又下诏恢复科举,在知识分子的心目中,新的希望又燃烧起来。既然又有了进身之路,许多知识分子便怀着美丽的幻想,又全力以赴地致力举业了。原来的激愤便得到了缓和。

另外,宋末元初曾作为隐士云集的隐修会的全真教,到后期也发生了严重的变化。全真教的末流和其他两种新道教一样,也大大地发迹贵盛起来。全真道祖王重阳的四传弟子孙德彧"延祐初召为全真掌教,其头衔为'特授神仙演道大宗师玄门掌教辅道体仁文粹开玄真人管领诸路道教所知集贤院道教事'"。而且,还常常表演祈雨止雨的巫祝之术,到此,全真教已经失去了它的初衷,不再是一个隐修会而逐渐变成了官办教会。不仅接受封号、印宝,而且像大都的"真常观"已成为"虽名为闲静清高之地,而实与一繁剧大官府无异焉"(李道谦辑《甘水仙源录·创建真常观记》)。全真教既然变成了这种样子,与那些不得志的知识分子的距离也就越来越远了。

除了上述的社会原因而外,元末明初的"神仙道化"戏的作者们,际遇大多比较顺利,地位也较优越,这也给他们的创作带来了限制。杨景贤于"永乐初""遇宠",贾仲明"尝侍文皇帝于燕邸,甚爱宠之,每有宴会应制之作,无不称赏","天下名士夫,咸与之相交"。这些个人的经历,也决定了他们不易把握社会现实的某些真实面貌,不易理解下层知识分子的痛苦心情。

正是这些社会的和个人经历上的原因,使现存元末明初的这些"神仙道化"戏比元代前、中期的这类作品更少间接反映当时的社会矛盾而更多具有消极落后的因素,以致公式化、概念化严重,有些作品几乎成为道教教义的一种枯燥乏味的形象演绎。

附六：度脱剧中的佛道缠夹

现存元人度脱剧除了"神仙道化"剧如《岳阳楼》《城南柳》《任风子》《铁拐李》《黄粱梦》等之外，还有一些佛家的度脱剧，如《忍字记》《度柳翠》《猿听经》。这些度脱剧都是描写道、佛二家度脱凡人的故事。

从广义来说，凡宗教都是自然力量和社会力量在人们意识中的扭曲、虚幻的反映。但从狭义的概念来看，源于中国巫术的道教和舶来品佛教原本是异体且并不同源的。已经有宗教研究者在探讨佛教和道教在后来的发展中如何互相排斥和利用，教义又如何互相渗透和补充。这里只想通过佛、道二教在元杂剧中的变形表现，观察元代一般民众对佛教和道教的理解，或者说他们可以接受怎样的解释。

首先引人注目的是在元代度脱剧中，佛、道二家的界限并不很清楚。度脱剧的剧情大多很类似：神仙下凡度脱被谪往人间的、有神仙之分的人，然而这些人都迷恋人间，并不想成佛成仙，于是度脱者对他们讲长生不老和永恒的仙界，讲六道轮回和酒色财气的可怕，然后又施些手段，使被度脱者陷于不得已的状态，胁迫他们出家。

佛、道二教同样是以出世为宗，"所标义旨，或有相同"（傅勤家《中国道教史》）。如张君房编《云笈七签·混元皇帝圣纪》中所记道教"五戒"：不得杀生，不得嗜酒，不得口是心非，不得偷盗，不得淫色；与佛教律宗所讲"五戒"：不杀、不盗、不邪淫、不妄语、不饮酒，内容就是一样的。净土宗所标榜的西方净土、极乐世界与道家的企求长生不老、遨游四海之外，也同样是一种要摆脱生老病死的自然规律的妄想。但佛、道二家也有颇不相侔之点：道家讲究"服食烧炼"，服食草木金石之药以求长生，用黄白变化之术炼烧金银，以求富贵。佛家却是教人在人世忍辱负重，寄希望于来世，争取六道轮回中最好的命运，等到涅槃时方能跳出人世苦海。

道家求长生富贵，实质是对世俗生活的肯定，而佛家却认为人的"眼、耳、鼻、舌、身、意"是"六贼"，是人的各种欲望所由产生的罪孽根源，应当弃绝"六根"，几乎否定了世俗生活的全部。

非常滑稽的是，在元代的度脱剧中，佛家和道家的人物和事情，常常发生缠夹，甚至产生常识性的"错误"。最明显的例子是《忍字记》，布袋和尚在度脱刘均佐时，身边带着"婴儿姹女"（道家称铅为"婴儿"，称水银为"姹女"，烧炼铅汞叫作阴阳配合）。佛家不讲烧炼，布袋和尚领着"婴儿姹女"就实在是有些不伦不类了。而且，更奇怪的是，最后布袋和尚对刘均佐说："你非凡人，乃是上界第十三尊罗汉宾头卢尊者。你浑家也非凡人，他是骊山老母一化。"骊山老母是道家传说中的女仙，在李昉（925—

996)《太平广记》和道书《云笈七签》中都有记述。这里，上界第十三尊罗汉竟然与骊山老母在人世结为伉俪，也使人忍俊不禁。相反，道家教义中并没有"轮回"和"六贼"之类，但"神仙道化"剧《刘行首》和《任风子》中却又大讲"六道""轮回"，并有"六贼"出现。可见佛、道二家的概念在元代杂剧中，在它的创作者和观众中是怎样的混乱。

其次，这些度脱剧的度脱之法，概括起来就是"诱""迫"二字，也就是用道家的"长生不老"、羽化登仙来诱惑，用佛家的"六道轮回"以及制造出来的麻烦，迫使被度脱者就范。

《玩江亭》中铁拐李度牛璘时，牛璘起初不愿意，但看过铁拐李能够"寒波造酒""枯树开花"之后，牛璘马上就说"他不是神仙谁是神仙？若是今番错过，后会难逢"，忙不迭地就跟着铁拐李出家了。出家之后，牛璘虽然没学会"寒波造酒"，倒是学会了无赖讹诈，"我要吃饭呵，走到那饭店门前，打个稽首，便是白炸腰子，酱煎草鞋；要吃酒呵，走到那酒店门前，打个稽首，恼儿酒，干榨酒，冷酒热酒，吃了便走；要吃茶呵，走到那茶坊里，打个稽首，粗茶细茶，冷茶热茶吃了便拿"，难怪《金安寿》中铁拐李对金安寿说"你尘世快乐，不如俺仙家受用"，这大概就包括"不生不死"的神仙之体和唾手可得的人世间的口腹享受吧。

更多的时候是度脱者的"长生不老"的许诺和引诱不能打动那些有"半仙之分"的凡夫俗子,他们更留恋现实生活,于是度脱者便拿出了"六道轮回"。"神仙道化"剧《任风子》中的马丹阳对任屠讲"六道轮回"的可怕;《刘行首》中马丹阳也对刘行首说"你便做行的快,也跳不出六道"。如果"六道轮回"再不能奏效,度脱者就要制造些实际的灾难进行威逼了。《忍字记》中刘均佐打死了伏虎禅师所化的讨债人刘九儿,刘均佐为逃避人命官司,当即决定出家;《城南柳》中的老柳出于妒忌,杀死了执意出家的小桃,为逃避偿命,于是皈依了吕洞宾;柳翠梦中因触污圣僧有罪,要被牛头鬼卒斩首,柳翠因而"乞求出离"(《度柳翠》);郭马儿因诬告罪要被杀头,不得不随吕洞宾出家(《岳阳楼》);岳孔目在阳间"造业极多",要在阴间进"九鼎油镬",为免油烹之苦,他才归顺了吕洞宾(《铁拐李》)。

看来,剧中的度脱者,并没有什么有力的理论足以说服人们放弃世俗的生活,引诱不易打动人心,恐也难以立见奏效,一定要制造立刻呈现的祸端,被度脱者才会在死亡与出家、地狱与出家之间选择后者,放弃世俗的生活,正如《忍字记》中的刘均佐所言"想当初出家本为逃灾",那么,在被度脱者的眼里,出家,不管是去事仙还是去事佛，都仅只是稍强于"死亡"或"地狱"的去处了。

道家对现实生活实际上是肯定和追求的，求长生，求金银，都是为了延长和改善现实生活。佛家却是宣扬厌世的，劝人要寄希望于死后进入极乐世界。然而在度脱剧中，两家却可以互相合作、互相补充得非常默契。长生不死的诱饵来自道家，而吓人的"六道轮回"来自佛家。人为地制造恶"境头"，虽在佛、道二家的度脱剧中都有，但仍然应当说是源于佛家的。唐代名僧吉藏（549—623）在《法华经游意》中说佛教是"逼引"之教，度脱剧中胁迫人出家，倒恰是体现了佛教的"逼引"精神。

说来也令人寻味，以前的说法都是"求仙访道""朝山拜佛"，唐代李白、杜甫都曾到王屋山寻访道士，苏轼谪居时也常与高僧游处。元代度脱剧中的神和仙，却要屈尊下凡来寻找那些有"半仙之分"的人，主动上门去进行度脱，而且每次都要费尽周折：晓之以道义、动之以利害、穷追不舍、苦口婆心，还不时要依靠幻术弄虚作假，施计骗人，把被度脱者逼到没有活路的时候，方可成功。可见，让一个凡人放弃世俗生活是多么困难，而宗教的吸引力又是多么可怜。

元人耶律楚材（1190—1244）《西游录》中云："予闻诸行路之人云，今之出家人率多避役苟食者，若削发则难于归俗，故为僧者少，入道者多。"这种说法虽然不能概括全体，或可证明相当一部分元代僧、道的出家动机并无宗教情绪可言。但这种以佛、道为避难之所，不得已而为之的情况，倒是与度脱剧所表现的情绪是一致的。

以史写心的元人历史剧

第七题

了解中国戏曲历史的人都知道，元代杂剧作家撰写"历史剧"并不是很忠实于历史事实，准确地说，是并不很忠实于史传记载。这里所说的"不很忠实于史传记载"，不仅指这些作品所涉及的"历史"，其依据难以分辨正史、野史、信史、稗史的清晰界限，也不仅指它们常常采用各种传说和琐闻逸事（事实上，中国史家也有以传说入历史的传统。如《左传》《国语》《战国策》等早期史传著作都采用过琐闻逸事，以补史料的不足。即使被称为"信史"的《史记》也存在这类现象），更重要的是，这些"历史剧"的"史家意识"比较薄弱，他们多半是会根据某种思想艺术追求的意图，对"史实"进行大胆选择和大刀阔斧的改造。

当然，如果以现代某种严格的"历史剧"的概念来衡量，那么，这些作品中的大部分都不能称作"历史剧"。不过，如果按照中国"咏史""讲史"等艺术作品处理"历史"与"艺术"上的复杂情况的惯例，我们应该可以对"历史剧"的概念做比较宽泛的理解。

按照这样的理解标准来看，元代杂剧中"历史剧"的数量相当可观：《元曲选》《元曲选外编》共收元杂剧一百六十二种，其中以历史题材、历史人物为作品主要内容的有四十余种，约占四分之一。

这四十余种元代历史剧中主要的剧作有：《汉宫秋》《梧桐雨》《赚蒯通》《冻苏秦》《陈抟高卧》《马陵道》《王粲登

楼》《昊天塔》《谢金吾》《渔樵记》《举案齐眉》《范张鸡黍》《诤范叔》《气英布》《赵氏孤儿》《薛仁贵》《单鞭夺槊》《哭存孝》《渑池会》《贬夜郎》《贬黄州》，以及《单刀会》《西蜀梦》等"三国戏"。

这些作品出自不同作家的笔下，它们的内容，它们的思想倾向和艺术价值并不一律。不过，从千差万别之中，又可以发现它们在写作艺术和内部结构上的某些共同点。这些共同点，反映了元代杂剧作家以杂剧这一"文体"来处理"历史"时的普遍性态度。考察这些共同点，对于深入认识元人"历史剧"的艺术特征，具有重要的意义。

一

"史实"与"虚构"的关系，是谈到"历史剧"时首先遇到的问题。元剧作家在处理"史实"上，表现了十分明显的"以我为主"的倾向，这是元人"历史剧"的共同点之一。

对涉及"历史"的艺术创作（历史剧、"讲史"小说等）中"尊重史实"与"虚构艺术"的关系，长期存在着争议。这种争议，主要表现为对历史和对艺术的不同侧重，或强调尊重史实或强调虚构的合理性。考诸元人"历史剧"，它们在处理"史实"时，大抵更接近强调虚构的态度。元人

"历史剧"作者不是历史家自不待言,他们的作品很少体现出企图描述史实、归纳历史发展规律的史家意识。他们的创作虽也从某些史实取材,但对史料的依附程度总的来说相当薄弱。统观这些作品,作家对史实的处理主要存在着三种情况。

第一种情况是,为着某种观念、情绪的表现,对"史实"进行了有利于这种表现的选择或改造。这或者表现为对"史实"的更动,或者表现为对互异的不同史料所做的弃取。

从元人"历史剧"的"三国戏"中,可以看到上述这种情况。这些作品,表现了与史书《三国志》(晋陈寿撰)比较大的距离,而与汇集了民间三国故事的元代无名氏的《三国志平话》,在许多方面更加靠近。今存《三国志平话》为元代至治年间所刊,这些带有民间色彩的故事在当时已颇为流行,虽然我们很难断定平话与三国题材杂剧出现时间的先后,很难做出谁影响谁的确切判断,但是,说它们相"靠近",或同出一源,都表现了从民间传说中衍化、发展、改造的痕迹,并非妄测。杂剧和《三国志平话》的"靠近",一指题材上的关联,二指思想倾向上的同调。现存的几个"三国戏",即《三战吕布》《连环记》《千里独行》《襄阳会》《博望烧屯》《黄鹤楼》《隔江斗智》《单刀会》《西蜀梦》,除《西蜀梦》外,其他都与《三国志平话》有明显的题材上的关联（这一点已有研究者做过论述），而且在思想上也几乎无一例外地表现了"尊刘"的倾向。

我们以关汉卿的《单刀会》为例来讨论这一情况。关羽的"单刀赴会"事件，最早见诸韦昭《吴书》，其中记述了鲁肃（172—217）向关羽（约160—220）索还荆州的经过。从记述中可以看到，鲁肃责难刘备（161—223）等"贪而弃义，必为祸阶"，而刘备等也自认理亏，关羽无言以对（"羽无以答"）[1]，也就是说史家韦昭认为，正义是在东吴一方。陈寿的《三国志·吴书》在涉及这段故事时，也表现了相近的"尊吴"的思想倾向。

而到了元代无名氏的《三国志平话》（卷下）所载的"单刀赴会"故事，却变成了一个鲁肃设计谋害关羽，关羽靠大智大勇得以脱险的故事，与韦昭、陈寿所撰史书记载大异其趣，虽然文字支离粗疏，但渲染、颂扬关羽勇武过人的震慑力量却十分明确。

关汉卿的《单刀会》显然也表现了与《三国志平话》相一致的"尊刘"倾向，因而，在史实的选择与情节的构思上，就与以曹魏为正统的《三国志》产生了偏离。它虽说并不忽略"借荆州"等事实，却把这些作为"枝节"，放在刘备乃是汉室后裔这一正统观念之下加以驾驭。正如关

---

[1] （晋）陈寿:《三国志·吴书》注文，北京：中华书局1959年版，第1272页。

羽在剧中所言："俺汉高皇图王霸业，汉光武秉正除邪，汉献帝将董卓诛，汉皇叔把温侯灭，俺哥哥合情受汉家基业。则你这东吴国的孙权，和俺刘家却是甚枝叶。"[1]《单刀会》正是在这样的思想骨架上，来确定描述重点，来展开具体细节的铺叙，来取舍、改造它所涉及的历史材料。

这种从"尊吴"到"尊刘"（也就是"尊汉"）的变化，或许与史家韦昭身为吴人，偏向于"尊吴"，而元代是蒙古人统治，汉族人受到压抑，因而无名氏作者有意尊刘备蜀汉为正统有关。

除了"三国戏"外，《汉宫秋》《赚蒯通》《哭存孝》等剧在对史实的处理上也有类似的情况。马致远有散曲〔四块玉〕《紫芝路》："雁北飞，人北望，抛闪煞明妃也汉君王，小单于把盏呀剌剌唱。青草畔有收酪牛，黑河边有扇尾羊，他只是思故乡。"[2]这表明马致远并非不谙昭君出塞的过程与结局。但《汉宫秋》却改变了昭君的命运，让她在番汉交界处投"黑龙江"而死。这种改造，目的是借昭君的悲剧，从情绪上加以延伸，来抒写一种幽怨的情绪。《赚蒯通》《哭存孝》的作者则为了凸显统治者的背情弃义、凸显其凶狠和残忍，避开或删芟了历史记载中有关韩信（生年

---

[1] 隋树森编：《元曲选外编》第一册，北京：中华书局1959年版，第69页。

[2] 隋树森编：《全元散曲》上册，北京：中华书局1964年版，第234页。

不详,卒于前196)、李存孝曾经策划谋反的事实[1],扩展对他们功业劳绩和耿耿忠心的描写,以完成忠臣良将无辜受戮这一主旨的表现。当然,对上述作品的情况的分析,并不能得出作品中涉及史实和人物的情节的所有构思、选择、改易,都出自作家明确的意图。在多数情况下并没有充分材料能够证实这一点,况且,有关作家的"意图"问题,是一个很复杂的问题。但是,从多数作品的主要倾向看来,作家对于"史实"表现出突出的以主体改造客体的状况,却是客观的存在。

元人"历史剧"对"史实"处理的第二种情况是:在少量史实依据的基础上,做大幅度的扩展与虚构。《薛仁贵》《王粲登楼》《陈抟高卧》《贬黄州》《贬夜郎》等都可以看作属于这一类型。例如张国宾的《薛仁贵》,写到薛仁贵辞亲从军,大战摩利支、三箭定天山,被封为天下兵马大元帅等种种事迹,本于新、旧《唐书》中薛仁贵(614—683)本传和元代平话《薛仁贵征辽事略》中有相关记载。不过,在杂剧中,这些都被紧缩在楔子和第一折中,作为

---

[1]《史记·淮阴侯列传第三十二》(中华书局1959年版)载:汉六年,韩信曾有谋反意图,被告发,汉王将韩信由楚王降为淮阴侯。后,韩信与巨鹿守陈豨共谋夺收天下。汉十年,陈豨反,韩信也准备做内应,终于又被告发,被萧何、吕后用计斩首。《新五代史·义儿传第二十四》载:李存孝因与李存信、唐君主不和,受到李存信诬告,谋反不成,被李克用车裂而死。

所要展开表现的情节的背景来概述。后面三折,写薛仁贵在离家十载当了兵马大元帅之后,梦见自己忙于尽忠,不能事亲,被认为"不孝"而遭到父母的责难;后来,他衣锦还乡,虽然已是身份显赫,却因未能尽人子之道而受到乡邻和双亲的非议和谴责。这后三折内容,无论是情节还是人物的思想感情波澜,在各种史书中都不见有任何记载,可以认为是剧作家的虚构,或是在民间传说基础上的创造,也恰恰是这部分,才是全剧的重心。《薛仁贵》杂剧并非是要演述薛仁贵征辽的历史,它不过是借助于历史人物和记载,构撰了一个富于人情味的故事,对于存在于民间的,符合传统伦理观念的事亲之道加以肯定,从平民化的观点出发,对于以"忠"代"孝"的观点提出了怀疑。在这类作品中,对史实的依据其实很少,而且也不占重要位置,全剧描写的重心和实体部分都是虚构的。

元人"历史剧"在处理"史实"上的第三种情况是:作家在史料的运用上,是相当"忠实"的,有充分根据的。作品中的基本情节,甚至某些细节,与史书的记载都很一致。但是,作家却以自己的情感和对"历史"的独特理解来把握这些史实,而赋予它们以新的意义。

例如白朴的《梧桐雨》,内容固然也有取自《长恨歌》《长恨歌传》《杨太真外传》等诗歌、传奇、野史的成分,如:金钗钿盒定情、长生殿乞巧、沉香亭舞霓裳等。但是,剧情的主要关目,甚至人物的一些对白,则直接从史书中撷取,有的甚至照录而无多大加工。剧中安禄山的自报家门、张守珪与安禄山的对话、李隆基在处理安禄山时与张九龄的分歧、杨玉环认安禄山为义子并大办洗儿会、马嵬坡兵变李隆基与高力士的答问……几乎都与新、旧《唐书》和《资治通鉴》的记载相同。看起来,作者对史料是相当"忠实"的。但综观全剧就会发现,作者只不过是以史书和传说的材料作为连缀剧情的线索,对上述"史实"本身并未着力做深入的挖掘。他所注重的,是向"史实"贯注进自己的思想感情。因此,《梧桐雨》虽然写到李、杨爱情,却并未热烈歌颂(像《长恨歌》那样),虽表现李隆基的失政,却不着重于鉴察评骘(像《长恨歌传》那样)。《梧桐雨》所要表现的如果说是"历史"的话,那可以说是"心史",它的描绘最终归结于一种由盛衰无定带来的虚无和悲凉情绪。剧中渗透了作者对历史沧桑的慨叹,而远离了史家对历史"事实"本身的观照的态度。作为作品基本情节的"史实",在很大程度上只是提供作家情感表现的依托。这里,"史实"离开了特定的内涵,主要服从于"现实"的作家对人世沧桑的总的观点。从这一角度看,作品对史料的依附程度仍然可以说是相当薄弱的。《梧桐雨》中李隆基的境遇以及李、杨的爱情波折,虽然也包含着复杂的感情内容,但是,白朴在这里所表现的"沧桑之叹",却是一种

"现代"(元代的"现代")的情绪、心态,有着明显的时代规定性。它烙印着白朴生活的时代与白朴自己生活遭际的特征。太平盛世,使人迷恋于人世的享乐,执着现世的儒家进取精神也容易占上风。生于亡国之邦,长于动乱年代的人,则更容易洞见、体验人间的痛苦。由于超脱不可能在现实世界中实现,所以,常常落脚于精神世界,从对人世的理性思考中寻求解脱,老庄思想就易于成为精神归宿。这种企图得到精神解脱的努力,使人对人生的把握具有宏阔的视境,但也容易带有出世的色彩。"沧桑之叹"再往前走一步,就可能产生"等生死,一是非"的境界了。从《梧桐雨》中,可以看到这些带有时代特征的精神冲突,看到"历史"是如何在剧作家的笔下,从人的情绪与心态上加以"现代化"的。

元代作家在处理"史实"上的这三种情况表明:在元人"历史剧"中,历史事实往往只被作为一个"框架",一个负载作家观念情感的外在依托和介质。作家对历史感兴趣,并非着眼于历史面貌的再现,也主要不是在探究历史的经验。即使像《赵氏孤儿》《渔樵记》《冻苏秦》《马陵道》《谇范叔》《气英布》《单鞭夺槊》《渑池会》等对史料借重较多,内容上又主要是揭示、扩充"史实"本身蕴含的思想的作品,作者在运用、改造材料、构撰情节的过程中,也开拓了表现作家观念和情绪的广阔天地。因此,可以这样说，元人"历史剧"的作者在处理史料时，有着"以我为主"的原则和态度。

二

元人"历史剧"的另一个共同点是：它们对戏剧的情节因素和结构普遍重视不够。当然，这也是元杂剧普遍存在的问题。但表现在"历史剧"中，又有相对来说的特殊性。

从"戏剧"这一代言体叙事文学样式的特征上说，情节、结构是相当重要的艺术因素。从一定程度上说，戏剧就是结构的艺术，但元杂剧在这方面常常显示出明显的弱点。一方面固然是中国戏剧的抒情性所致，另一方面也与元杂剧体量短小、情节简单有关。在短短的一本四折中，要完成一个起承转合的矛盾过程，展示若干人物的矛盾纠葛，还要将相当大的篇幅留给人物抒发情感，这样，对所牵涉的事件，便常以粗线勾勒，并将人物及人物间冲突所包含的内容尽量简单化。情节简单甚至粗疏，是元人杂剧的普遍性问题，不过，相比之下"历史剧"要更加突出。

如果说一些以"现实"生活矛盾为题材的剧作作家对情节的完整性和细节的趣味性还比较注意的话，那么"历史剧"作家在这方面就有明显的忽略的迹象。这种忽略，造成一部分作品情节上的不自然和结构上的欠匀整。即使如杂剧大家关汉卿的《单刀会》《西蜀梦》《哭存孝》《单鞭夺槊》，其情节构思和结构安排，也很难认为是属于上乘。《西蜀梦》的情节缺乏展开和发展；《单鞭夺槊》最后一折用探子报告战况，显然是为了完成一种结构程式的规定；《哭存孝》的第三折以忙古歹复述李存孝被杀的始末演为一折，显得已像是"强弩之末"；《单刀会》第一、二折写东吴重臣、赤壁之战的参加者鲁肃，对关羽的为人和对赤壁大战情况茫然无知，要让乔公与司马徽一再介绍，不仅逆情悖理，而且也显得重复和累赘。

王国维曾经指出"元剧关目之拙，固不待言。此由当日未尝重视此事，故往往互相蹈袭，或草草为之"，"然元剧最佳之处，不在其思想结构，而在其文章。其文章之妙，亦一言以蔽之，曰：有意境而已矣"。[1] 这里的"关目"指情节构思及其安排，文章则当然专指曲词。"关目"并不精彩而以"文章"取胜这一说法，用以对元人杂剧与明清戏曲的比较是不错的。但若进一步细察，应当说，一部分取材于"现实"生活的元剧关目，它的情节和人物刻画，尚有（甚至大有）可观之处，《窦娥冤》《救风尘》《潇湘雨》《曲江池》《望江亭》等足资说明。而"历史剧"的绝大多数作

---

[1] 王国维：《王国维戏曲论文集》，北京：中国戏剧出版社1984年版，第85页。

品，情节结构往往确实草率从事。它们中的佼佼者，也确是以"文章""意境"，以对于有时代特征的情绪、心态的表现赢得赞誉。

元人"历史剧"在情节结构上的这种状况，可以解释为作家在艺术创造上的缺陷，但也可以认为是作家关注的着重点的不同。或者可以说，比较起"外在"的情节结构来，他们更侧重于"观念、情感结构"的构思，外在情节只是为了提供一个可以使观念、情感得到充分展示的空间。在这方面，作者的思维和表达方式，有着诗歌创作的深重的影响。作品的情节结构与"情感结构"虽说有着密切的关系，但构成因素和所要达到的目的又有不同。从这个角度看，《单刀会》重复的情节，对于作者所竭力烘托的气氛、情感来说，就不见得完全是赘疣，而有其存在的艺术价值了。

与这一忽视情节因素的共同点相关的是，元人"历史剧"在人物塑造、人物性格刻画上，也显得相当"薄弱"。这是元人"历史剧"艺术上的第三个共同点。

事实上，大多数"历史剧"中的人物缺乏主体感，人物性格缺乏完整性。作家与剧中人物常常缺乏观察表现上的必要的间隔与距离，缺乏对人物思想行动特点的冷静考察和对人物性格依据的辨析。因而，"历史剧"中的大多数人物，往往是一种情绪、一种心理内容、一种精神品质或一种社会性意念的化身。如在元杂剧中，关羽成为勇武的神道，霍光成为忠君的楷模，范式是信义的代表，唐明皇是一种由盛而衰、失运的象征。作家常常不能或不愿专心关注笔下人物性格的历程，而常将某种观念和情绪或巧妙或笨拙地附着在人物的身上。比如《单刀会》中对"逝者如斯"的感叹，不必属于剧中的关羽；《西蜀梦》中的伤感和悲郁，也不一定属于关羽和张飞；《范张鸡黍》中插入的对官场卖官鬻爵、"选法弊坏"的激愤，也已经脱离了剧情的规定和人物的思想感情逻辑。其实，问题主要还不在作品某些段落与人物思想性格的脱节与不协调上，有些"历史剧"中的人物，甚或可以说是作家思想情感的"外化"，而带有浓重的"自我表现"的色彩。

上面，我们列举了元人"历史剧"的几个共同点。当然，具体到不同的作品，这些共同点在表现的程度和方式上都有许多差异。比如《梧桐雨》《汉宫秋》《陈抟高卧》《单刀会》等剧的抒情特点比较明显，因而对人物性格的完整要求更不注意。比较起来，《赚蒯通》《渔樵记》《冻苏秦》《马陵道》对史料的借重多些，对情节安排、人物刻画也略为关心些。但是，这些差别只能表明这些特征在不同的作品中有不同程度和形态的表现，并不影响上述对于"历史剧"若干共同点所做的概括。

三

元人"历史剧"在处理史实时的很大程度的"主观随意性",在构撰故事时对情节、结构因素的粗疏忽略,在人物性格刻画上的"平面化",对于既是叙事文学,又与史料有密切关系的"历史剧"来说,自然不是什么值得肯定的优长。从戏剧的艺术特征的角度去衡量,这些都可以看作艺术上的不足和失误。但是,我们对元人"历史剧",尤其是对其中一些弱点比较突出的作品的指摘,又有可能是出于一种"误解"。也许,作家在创作这些作品时,并不热衷于构思、组织矛盾冲突,并不以塑造人物、描写人物性格为旨归,就像元代一些文人画那样,并不要求以自然为师,求得形似,而只是"以笔情墨趣为高逸,以简易幽澹为神妙""不求形似,聊以自娱"(俞剑华《中国绘画史》"元朝之绘画")。元代"历史剧"作者更侧重于通过"历史剧"来写愁寄恨,来表现内心的意绪。这些作品的创作所遵循的,倒是更近似于抒写自我意志情感的抒情诗的创作方法。作家更主要的不是以戏剧冲突和人物性格塑造来表现世界,主要是以情感内容的具象化手段来归纳自己的生活体验。因而,在元人"历史剧"的一些较为出色的作品中,我们在情节和人物描写上产生的缺陷感,有可能为抒情诗剧般的感染力所弥补,而进入另一种艺术境界。因此,我们可以这样说，元人"历史剧"，是以历史的"事实"，来表现人的内部的心理的"事实"，也就是说，是以事写心，以史写心。与其说它们是以形象化的手段来再现历史，不如说它们是借助历史人物、事件来写人的"心史"。

在元人的一些"历史剧"作品中，对情绪、胸臆的抒写，往往是最富于艺术魅力的部分。读过《梧桐雨》，会清楚地感受到从朝代更迭、人世沧桑所产生的悲凉的喟叹——这正是剧中的精神和灵魂。历来为人们所称道的《汉宫秋》第四折，以萧索的秋夜、哀鸣的孤雁等意象，创造了凄冷的意境，渲染了哀怨孤独的情绪。《陈抟高卧》通过人物之口，表达了对超尘拔俗的宁静境界的向往："身安静宇蝉初蜕，梦绕南华蝶正飞。卧一榻清风，看一轮明月，盖一片白云，枕一块顽石。直睡的陵迁谷变，石烂松枯，斗转星移。"《范张鸡黍》中范式的唱词"将凤凰池拦了前路，麒麟阁顶杀后门。便有那汉相如献赋难求进，贾长沙痛哭谁瞅问，董仲舒对策无公论，便有那公孙弘撞不开昭文馆内虎牢关，司马迁打不破编修院里长蛇阵"，则有力地揭示了报国无路、仕进无门、怀才不遇的儒生的心境。

正如莱辛（1729—1781）在《汉堡剧评》中所说："诗人需要历史并不是因为它是曾经发生过的事，而是因为它是以某种方式发生过的事，和这样发生的事相比较，诗人很难虚构出更适合自己当前目的的事情。假如他偶然在一件真实的史实中找到适合自己心意的东西,那他对这个史实当然很欢迎。"元人"历史剧"作家,也大多瞩目于历史事件发生的"某种方式"与自己的"当前目的"的契合,从"史实"中寻找、发现"适合自己心意的东西"。我们可否做这样的理解:作家主要不是为了再现"历史"的面貌,刻画历史人物的形象。他们或者由于自己的思想感情与某一历史现象发生共鸣,产生"借古喻今"的动机;或者从主观意念出发,从"历史"中寻找填充、镶嵌这些情感、意念的框架。为此,他们致力找寻沟通自己情感与"史实"之间的连接点,并借助大大削弱了戏剧因素的杂剧的样式加以体现。在历史材料的选择和改造上,作家的主观意图和情感起着强烈的支配作用。在情节构成上,着力扩展意绪情感的表现的空间。在人物塑造上,形象的外部躯壳往往寄托、填充着作家所要表现的情感,这样,批评者也就很难从真正的意义上来谈论人物性格的完整和独立了。

四

为什么取材于"历史"的剧作会趋于直接表现作家的感情和理想?这种现象的出现,有其复杂的原因。但是,下述这些方面是值得考虑的。

其一,如果作家是为着表现意念、抒发情绪而去寻找表现的材料和形式的话，他们艺术创造的重点，就不一定放在对外部生活现象的精细观察、体验上。他们关心的是"现象""事实"如何能适合所要表现的情感。他们自然也可以从现实生活现象中寻找负载的"材料"，不过，某些历史、传说所提供的情节、人物的"原型"或现成的"框架"，更容易成为一种凭借和依托。许多历史事件与人物，在经历了时间的淘洗之后，它们原来特定的、具体的丰富色泽与血肉，会有不同程度的损失，留下来的大致是某种意念情绪的"抽象物"，演化为带着寓意和象征意味的"符号"。这些带有"符号"性质的事件和人物，既有一定的具体性，提示和限制了某种性质的思想感情内涵；又有一定的"抽象""空灵"的特点，为作家表现自己的感情，提供了许多自由发挥的空间。

比如昭君出塞，据《汉书》、范晔（398—446）《后汉书》和《西京杂记》的零星片段的记载，昭君因"入宫数岁，不得见御，积悲怨"才求行远嫁。临行前，汉元帝第一次见到她，为她的美貌所倾心，"意欲留之，而难于失信"。她终于做了呼韩邪单于的"宁胡阏氏"。呼韩邪单于死后，他的儿子"欲妻之"，她不愿嫁父子两代，曾"上书求归"，但汉成帝可能出于政治上的考虑，"敕令从胡俗"，她只得又做了"后单于阏氏"。之后，她的儿子在争夺皇位时被杀，她究竟结局如何，史书失载。这个有着悲剧命运的女子可能有着刚强、坚韧的性格，她经历的人世磨难，也肯定充满着曲折的悲喜交集、愁怨相间的复杂内容。但是，对后世的人来说，具体的细节和感情状态已因遥远而不复可辨，宫女生活的悲怨，自愿请行远嫁异域的勇气，"上书求归"的痛苦，老年丧子的孤独等，演变为诸如"红颜薄命""思乡""愁怨"等境遇和情感内容的"代称"。后世文人常借这一人物、这个故事来表现他们各不相同的感慨。因此，在《汉宫秋》这一经马致远改造过的昭君故事中，我们见到的是另一时代的感情体验：对异族入侵的怨恨，对君主、故土的眷恋。

其二，元代社会对于许多知识分子来说，并非是个值得庆幸的乐观的时代。社会地位的下降、生活的困顿，一方面使他们与下层社会有更多接触，加深了对下层百姓的生活的体察。这是他们能够创作一批反映社会现实矛盾的作品的直接原因。另一方面，前景黯淡、出路渺茫，思绪容易引向往昔，容易滋生怀旧的情绪和心理。或者从往昔寻找被理想化、被美化的世界，从中发现现实所失去的光辉，或者在相类似的、也曾处于"逆境"的历史人物中，产生排遣悲愤抑郁情绪的共鸣。于是"历史"便容易成为能给他们漂泊无定的灵魂以慰藉、以安顿的归宿，元代"历史剧"作家之所以对历史上诸如王粲登楼、举案齐眉、苏秦衣锦还乡、朱买臣马前泼水等故事特别感兴趣，正是要借他人的杯酒，浇自家的块垒。

"历史剧"对于处于特殊境遇的元代作家来说，又还有其本身的价值。对于元代大多数杂剧作家，"达则兼济天下，穷则独善其身"的儒家处世哲学，以及一乱一治的历史观，是他们关于人生、关于社会的最基本观点。身怀绝技，有辅佐君主、治国平天下的抱负，但这种抱负又不能实现，是当时知识分子普遍的苦闷。在没有"英雄"，而他们自己也难以成为"英雄"的时代，他们既怀念历史上的建功立业者，又容易被激发起呼唤拯物济世的"英雄"的渴望。于是，历史上的乱世"英雄"，如关羽、张飞、韩信、蒯通、苏秦、孙膑、王粲、范式、英布、尉迟恭、李克用等等，就反复出现在元人"历史剧"的人物系列中。他们既是作家所向往的对象，又是被作家所理想化了的"自我"。他们要从历史"英雄"那里，找到证实自己存在价值的有力证据，同时，也通过这些人物，抒写、揭示他们建功立业的强烈愿望。

其三，中国诗歌有着特别悠久的咏史传统。从左思、王维、李商隐，直至宋、元文人，都有吟咏古人古事借以抒怀寄慨、吊古伤今的诗、词作品。咏史的诗、词主旨是在寄兴抒怀，有所托喻。咏史诗的这一特质，既使作家能够借古喻今、议论时事得失，又可以不违温柔敦厚的诗教。仍以昭君出塞为例，后世吟咏这一故事的诗词近八百首，昭君和番的历史，被涂抹上各种不同颜色，赋予不同的理解，作者大多意在"寄慨"和"伤今"。

元人"历史剧"也大多可以看作"寄慨"和"伤今"的咏史之作，继承了咏史诗的神髓。例如，《梧桐雨》和《汉宫秋》这两个帝王悲剧的内容，就与元代蒙古族入主中原的背景有关。这不仅仅是因为这两个剧中都有外族入侵的情节——胡人安禄山叛乱，引出马嵬坡惨剧，造成李隆基抱恨终生；匈奴大兵压境，迫使汉元帝与爱妃永诀，终生遗恨。而且，还因为作者是从当时存在的民族对立与个人遭遇的角度来看待那段历史的。在民族矛盾尖锐的元代，同情历史上失败于异族的帝王，对他们流露出浓厚的悲悯情绪，这种基调当然是时代的赋予。但是，《梧桐雨》与《汉宫秋》也烙印着作家个人思想境遇的特征。淡于功名世事的白朴，将孤寂、虚无的零落之感注入了《梧桐雨》，而慕高远却始终不能忘情于世俗红尘的马致远，则在《汉宫秋》的悲切基调中，透露出强烈的怨恨。除了这两个作品之外，其他如《王粲登楼》（郑德辉）所挥写的惆怅无告；《范张鸡黍》（宫大用）中无法遏制的激烈愤慨；《单刀会》《西蜀梦》《哭存孝》《单鞭夺槊》（关汉卿）中对英雄的企慕，对他们坎坷遭遇和悲剧命运的不平，以及激愤中泄露的回天无力的绝望……这些，都是元代文人借助历史对自己内心情感所做的倾诉。这些正统知识分子出身的书会才人，运用诗歌的咏史经验来写作杂剧，对他们来说该是驾轻就熟、顺理成章的。

因此，按照现代的某种有关"历史剧"的界定，到元人"历史剧"中寻找"历史"，寻找对历史人物的再现，那将会大失所望。我们从中所找到的，更多的是"现代人"（作品产生的时代）的感情、心理的"历史"。

附七：纪君祥的《赵氏孤儿》

纪君祥的《赵氏孤儿》现存元刊本（四折）和明刊本（五折），明刊本现有两种：臧晋叔《元曲选》本和孟称舜《酹江集》本。经校阅，这两种明本除个别文字外，无歧异。本剧故事母题本于《左传》和《史记》。《左传》宣公二年记述"晋灵公不君"，先遣刺客后纵獒犬谋害重臣赵盾，赵盾出亡，赵盾之弟赵穿诛杀晋灵公后，赵盾复官。《左传》成公八年又记赵庄姬向晋侯进谗，引出赵氏家族之祸，但因韩厥进言，赵氏之后赵武得存。《史记》卷三十九《晋世家第九》、卷四十三《赵世家第十三》、卷四十五《韩世家第十五》都有关于赵氏故事的记载。《晋世家》记晋灵公与赵盾君臣之间的矛盾大致与《左传》相同。《赵世家》记晋襄公死后，赵盾原不欲拥立灵公，"灵公既立"，"益专国政"。灵公立十四年后"益骄且残"，因赵盾屡谏而引出君臣矛盾，赵盾出逃。赵穿诛杀灵公，立成公，赵盾复官。也大致与《左传》相同。但《赵世家》记诛赵族事发生在晋景公时代，其时赵盾已死。起因是"大夫屠岸贾欲诛赵氏"，屠岸贾原先"有宠于灵公"，他以赵盾是诛杀晋灵公的"贼首"为由来煽动诸将，并瞒着晋景公杀死赵盾子赵朔，灭其族。这就牵涉到臣子之间的矛盾了。《赵世家》中还记载了屠岸贾诛赵氏曾遭韩厥反对，赵盾子赵朔的遗腹子由公孙杵臼和程婴合计搭救，二人设计将他人婴儿装作赵孤，由程婴出首告密，公孙杵臼与他人婴儿俱被杀，程婴遂携赵孤藏匿山中。十五年后，晋景公因病问卜，龟策云："大业之后不遂者为祟。"韩厥趁机进言，召回孤儿赵武。屠岸贾被灭族。又四年，程婴为"下报"赵盾与公孙杵臼而自杀。

纪君祥创作的《赵氏孤儿》杂剧，一方面把《左传》和《史记》记载的晋灵公欲杀赵盾和晋景公时诛赵族这两个相隔多年的事件捏合在一起；[1]一方面承继了《史记》中这个故事的主要人物和线索，增添和变动了若干情节，并赋予它"冤报冤"的强烈的复仇思想，塑造出几个为挽救无辜而前仆后继、舍生取义的人物形象，使之成为一个壮烈的、正气浩然的悲剧。

《赵氏孤儿》贯串首尾的矛盾线索是赵盾和屠岸贾"文武不和"，实际上也是忠奸矛盾。元刊本中更多地保留了一些对君主直接表示不满的描写。如第一折前楔子中赵朔唱词有"晋灵公合是休，屠岸贾贼臣权在手，挟天子令诸侯"〔仙吕·赏花时〕，明刊本中将"晋灵公合是休"句改成了"枉了我报主忠良一旦休"；元刊本第一折韩厥唱词有"晋灵公偏顺，朝廷重用这般人"〔混江龙〕，明刊本改作"不甫能风调雨顺太平年，宠用着这般人"；元刊本第二折公孙

---

[1] 晋灵公元年是公元前620年，晋景公元年是公元前599年。《赵氏孤儿》则把这相隔多年的两件事都写成是发生在晋灵公时代。

杵臼唱词有"您道谗臣自古朝中用,须是好事从来天下同"〔隔尾〕,明刊本改作"你道是古来多被奸臣弄,便是圣世何尝没四凶"。当然,明刊本第二折公孙杵臼的唱词中也有"正遇着不道的灵公,偏贼子加恩宠"〔一枝花〕……但总地说来,明刊本中明显地减少了对君主强烈不满的描写。

"忠奸矛盾"是宋代以来小说、戏曲中的常见的内容,《赵氏孤儿》在表现忠奸矛盾时主要描写了由"文武不和"的矛盾发展到正义与非正义的矛盾。屠岸贾不但大肆杀害赵家"三百口满门良贱",而且为了不放过一个赵氏孤儿,下令杀害全国半岁之下、一月之上的小儿,程婴和公孙杵臼为了挽救赵氏后人,则宁愿舍弃生命和自己的后代。一方是要尽阴谋与构陷的手段,另一方是为维护正义,保全受害者的后代而不惜牺牲生命,这就是这个剧本的主要内容和主要线索。此外,剧本描写中也宣扬了"冤报冤"的复仇思想。从我国俗文学的一种传统观点看来,屠岸贾的种种残暴行径已足以构成他的"奸臣"面貌,所以《赵氏孤儿》一开始就交代这个故事是奸臣残害忠良。而且,作者还尽可能地在一些人物的唱词中描绘了屠岸贾作为奸臣的其他一些行为和特征。比如说他"挟天子""害百姓""令诸侯",说他"但违拗的早一个个诛夷尽""把忠孝的公卿损"等等。明刊本第四折屠岸贾科白中还有"早晚定计,弑了灵公,夺了晋国",元刊本第四折还从程勃的口中交代他曾经打算帮助屠岸贾"道寡称孤"。那么，屠岸贾就更是意欲僭王篡位的大奸臣了。同时，作者也就必然地把赵盾、赵朔、程婴、韩厥和公孙杵臼等人描写为忠臣，在这方面也尽可能地做了具体的描绘，如第一折写韩厥放走程婴和孤儿后自杀，不仅出于正义，也出于忠心，明刊本这一折写他的唱词中还有"忠臣不怕死，怕死不忠臣"之言。在对公孙杵臼的描写中，这方面的成分更多。

《赵氏孤儿》的戏剧矛盾是在情节发展之中，不断得到展开和深化的。屠岸贾与赵盾的矛盾，开始仅存在于二人之间，及至鉏麑背命而死，提弥明见义勇为，灵辄为主效忠，就开始牵涉到其他的人。屠岸贾诛杀赵氏满门[1]，合族三百余口受到杀戮，引起韩厥、程婴、公孙杵臼等人的愤慨，正义和非正义的两方就形成了尖锐的对立。及至屠岸贾为了搜孤而要杀尽全国的同龄小儿，矛盾的性质就开始发生变化，这时正义的一方就扩大到善良无辜的全体百姓。

---

[1] 屠岸贾诛杀"赵氏满门"是否包含赵盾在内，元刊本的描写是清楚的。第二折韩厥唱词中说赵盾"治百姓有功劳，扶一人无私徇，落不得尸首胡伦"，"胡伦"即"囫囵"，意为不得全尸而死。可知赵盾是被斩身亡的。明刊本在人物唱词中虽不止一次说到"赵盾三百口满门"或"赵氏满门"被害，但又不止一次交代赵盾由人搭救出逃。第一折写程婴向韩厥陈词中说是"入深山不知何处"，第四折写程婴向孤儿说画图故事时又说"逃往野外""逃难出宫门"，而在第三折公孙杵臼唱词中又交代赵盾是"走死荒郊"，而"走死荒郊"与"落不得尸首胡伦"也是不同的。又，明刊世德堂本南戏《赵氏孤儿记》第二十六出和第二十七出写赵盾被灵辄救入深山后，因得知全家三百余口被杀而气死。

剧本中对勇士鉏麑、殿前太尉提弥明和壮士灵辄，都没有正面展开描写，只是在屠岸贾和程婴的科白中做了交代（后者构成看图说图的重要内容），但他们的性格还是写得颇为灵动。对下将军韩厥、草泽医人程婴、致仕的中大夫公孙杵臼等，剧中展开了更多的描绘，描绘出他们的壮烈慷慨、可歌可泣。这些人物虽然身份不同，所处社会地位各异，他们做出各种牺牲的出发点也不尽相同，但他们的身上都表现了一种美德。《史记·游侠列传第六十四》中曾有"其言必信，其行必果，已诺必诚，不爱其躯"的说法，《史记》记载的赵氏孤儿故事中的一些人物实际上也有这种品德特点，这种特点更多具有这个故事所发生的特定时代的特色。汉代刘向《新序·节士》和《说苑·复恩》赞扬程婴和韩厥"不忘恩"，同时说他们是"信交厚士"，实际上也是着眼于上述特点而言的。《赵氏孤儿》杂剧写这些人物的思想性格又有了发展。如程婴，显然与《史记》中的描写有很大不同。第一，他是把自己的孩子（不是将他人婴儿）扮作赵孤，让屠岸贾杀死，甘愿受极大的痛苦。第二，程婴的身份由赵朔的友人改为"草泽医人"，他最初受公主之托救孤时，主要是由于自己曾受到驸马赵朔"与常人不同"的"十分优待"而产生的报恩思想在起作用，而后来，支持他舍子救孤的重要原因是"要救晋国小儿之命"和为赵家保存复仇的力量。因此，程婴的思想，就从报答知己升华到拯救千百万无辜、为正义为苍生而牺牲个人的境界。第三，从《史记》到杂剧，程婴山中匿孤变为屠岸贾抚孤。当屠岸贾决定认"首告"人程婴之子（孤儿）为义子，招程婴为门客后，程婴忍辱负重，含辛茹苦二十年，乃至"踌躇展转，昼夜无眠"，不忘仇恨，志在必报。程婴在剧中不由正末扮演，而为外末，但却是贯穿全剧，也是塑造得比较成功的人物。他的性格在剧情发展中得到展示：从报恩到拯救无辜，从挽救孤儿到牺牲自己的儿子。为了救孤儿，他要去"出首"告密，要鞭打自己的好友公孙杵臼，忍受亲眼看见公孙杵臼和自己儿子惨死的痛苦；背负着"不义"的名声，还要向仇人献媚，这是一种比起公孙杵臼牺牲性命来更痛苦的考验。在矛盾发展过程中，他的沉着、坚毅、机智、视死如归的性格特点，得到充分的表现。

剧中描写的公孙杵臼和程婴合计搭救孤儿，由程婴出首告密，公孙杵臼被杀等情节大致与《赵世家》所记相同。但剧中写公孙杵臼是致仕归农的中大夫，则为虚构。《史记》中只记他是"赵朔客"（赵朔的门客）。和元杂剧中常见的通过"乐耕种"的隐者来谴责世道的不平相类似，《赵氏孤儿》的作者让罢职归农的公孙杵臼对朝政大加挞伐，元刊本第二折中公孙杵臼唱的三支曲，内容几乎是无所顾忌：

〔梁州第七〕自从他朝野里封侯拜相，唬得我深村里罢职归农，便有安民治国的难随从。他官极一品，位至三公，户封八县，禄受千钟。见不平事有眼如盲，听居民骂有耳如聋。如今挟天子的进禄加官，害百姓的随朝请俸，令诸侯的受赏请功。且向困中，受穷，问甚死将不葬麒麟冢！非是我乐耕种，跳出伤身饿虎丛，且养疏慵。

〔隔尾〕您道谗臣自古朝中用，须是好事从来天下同。越交万人骂、千人嫌、一人重。更不廉不公，不孝不忠。如今普天下居民个个哝。

〔贺新郎〕谁敢着一封书奏帝王宫。顺着屠岸贾东见东流，搬的晋灵公百随百从。唬的两班文武常惊恐，向班部里都装懵懂，紧潜身秉笏当胸，似鳔胶粘住口角，似鱼刺嘎了喉咙，低着头似哑子寻梦。也是世间多少事，尽在不言中。[1]

明刊本中〔梁州第七〕曲文虽有改动，但谴责也很激烈。〔贺新郎〕曲却被删却。〔隔尾〕曲末句改作"单只会把赵盾全家杀的个绝了种"，较之元刊本的"如今普天下居民个个哝"，意义就很不同了。哝，即哝哝意，虽然声细，却为言多。

论者有认为元刊本曲词中"如今普天下居民个个哝"

---

[1] 徐沁君校点：《新校元刊杂剧三十种》（全二册），北京：中华书局1980年版，第314页。

的"如今"就是指纪君祥所处的时代，这样的解释虽然勉强（按剧情应指公孙杵臼所处的时代），但如果说这三支曲所传达的愤怒声音，包含有针对元代现实的谴责，则大致不差，因为这符合古来优谏讽世的传统，也符合元杂剧中不少"历史剧"常有的"以古喻今"的特点。

无论是《左传》还是《史记》的记载中，韩厥都是赵氏家族之祸事件中的一个重要人物。他反对屠岸贾对赵盾的构陷和对赵氏一门的杀害，他向晋景公进谏，使孤儿重振家业，使屠岸贾伏诛。杂剧《赵氏孤儿》对这个人物的描写和《左传》《史记》有很大不同，把他写成同公孙杵臼、程婴一样为救孤儿而牺牲生命的人[1]，这种描写就加强了忠

---

[1] 关于韩厥之死，元刊本写他以剑自刎，他的唱词中云："怎肯那厮行摧推问，能可三尺龙泉下自刎。"明刊元曲选本第一折〔赚煞尾〕却作"怎肯向贼子行摧推问，猛拚着撞阶基图个自尽"，可是同折韩厥所唱〔醉扶归〕曲（元刊本无此曲）中却又有"你若肯舍残生，我也愿把这头来刎"。同折程婴道白中又说"呀，韩将军自刎了也"，第二折卒子报告屠岸贾时也说"把府门的韩厥将军，也自刎身亡了也"，第四折孤儿观看图卷时唱词中也有"怎又有个将军自刎血模糊"。同一折中有所抵牾，前后折也有矛盾，可称混乱至极。按明刊元曲选本第三折写公孙杵臼撞阶基身亡，与第一折韩厥唱词中"撞阶基"自尽也嫌雷同。元刊本因无科白，第三折中公孙杵臼是否撞阶而亡不得而知，第四折孤儿观图时的〔石榴花〕唱词有"这一人恶歆歆手内搭昆吾，这一人膝跪在阶隅，这个小孩儿剑锋下一身卒，杀下个妇女血泊里躺着身躯，这个老丈丈为甚遭诛戮？"恶狠狠手执昆吾（剑）的当是屠岸贾，跪着的当是程婴，被杀的妇女不知是谁，或许是公孙杵臼的夫人（科白齐全的明刊元曲选本中无此人物），"老丈丈"当是公孙杵臼，他是"遭诛戮"的，不是撞阶基而亡。按《史记》所记公孙杵臼是被杀的。又，明刊世德堂本南戏《赵氏孤儿记》写公孙杵臼与假孤儿惊哥同时被杀。

直正义之士前仆后继的壮烈气氛。

在对《赵氏孤儿》的研究中，曾经涉及它是否反映了"民族思想"的问题，涉及纪君祥写作本剧是否有怀恋宋王朝的思想情绪的问题。关于元剧中表现"民族思想"的问题，自50年代起就有争论。有的是就某个或若干作品提出问题，也有的是泛言的，大意是说元代既然存在民族压迫，杂剧中也就必然有反映这方面的内容（哪怕是曲折隐晦的）。后面这种意见近几年还出现，甚至认为这是一个认识元剧创作的常识问题。但雄辩并不就是事实，看来还是从具体的作品来提出问题更符合实事求是的精神。那么，《赵氏孤儿》是否表现了"民族思想"呢？纪君祥是否怀恋宋王朝呢？我们可以从以下三方面的情况来推测。

一、宋王朝的皇帝姓赵，自北宋神宗年间开始到南宋开禧年间（1205—1207），一再为程婴、公孙杵臼和韩厥修祠立庙、加封爵号。这件事最初并无政治意义，据生活在宋神宗、哲宗、徽宗时期的魏泰所撰《东轩笔录》载：元丰（神宗赵顼年号）中，屡失皇子，承议郎吴处厚上书，认为可能是全赵氏之孤而皆死于忠义的程婴、公孙杵臼魂无所依，庙食弗显的缘故，建议寻访冢墓，饰祠加封。于是诏封程婴为成信侯，公孙杵臼为忠智侯。到北宋末年，徽钦二帝被掳后，"存赵孤"就成为一个十分重要的、直接牵涉现实政治的口号。南宋第一个皇帝高宗赵构即位时，汪藻（1079—1154）所撰《群臣上皇帝劝发第一表》中就说："辄慕周勃安刘之计，庶几程婴存赵之忠。"程婴、公孙杵臼的庙、墓本在绛州太平县，时为金朝领土，高宗时权于临安春秋设位望祭。高宗即位十五年后，又在临安为程婴等建庙，不断加封爵号。到开禧元年（1205），程婴、公孙杵臼和韩厥已分别被加封为忠翼强济孚佑广利公、忠果英略孚应博济公和忠烈启佑翊顺昭利公。

二、宋亡之际，"存赵孤"更成为一些忠于宋室的忠臣义士的口号。如文天祥（1236—1283）诗中写道，"祖逖关河志，程婴社稷功"（《自叹》），"夜读程婴存赵事，一回惆怅一沾巾"（《指南录·无锡》）。宋亡以后，怀念宋王朝的人也常用"存赵孤"来表达他们的恋宋之情，如刘勋《补史十忠》诗之九《少傅枢密使张公》中写道"间关障海滨，万死存赵孤"，颂扬张世杰（生年不详，卒于1279）在宋亡之际于厓山扶持宋室终于遭难的事迹；元世祖至元十五年（1278），江南释教都总统嘉木杨喇勒智（杨琏真加）挖掘宋陵，弃骨于荒野，唐珏等收遗骸瘗葬，罗有开在《唐义士传》中赞美说："吾谓赵氏昔者家已破，程婴、公孙杵臼强育其真孤，今者国已亡，唐君珏潜匿藏其真骨。两雄力当，无能优劣。"

三、《赵氏孤儿》的描写中有"凭着赵家枝叶千年永""正好替赵家出力做先锋""你若存的赵氏孤儿，当名标青史，万古流芳"这些唱词和宾白，把救孤的意义夸大到与整个剧情不甚相称的地步，或许别有用意。元刊本中更有孤儿长大成人后曾拟帮助义父屠岸贾"要江山，夺社稷""助新君""反故主"，要"别换个主"。[1] 这种描写，或也别有所指。

以上材料大都是研究者提出过的，这些材料很可以启发我们思考问题，只是由于对纪君祥的生平思想几乎毫无了解，我们还不能用十分肯定的语言来做出这个作品就是表现了"民族思想"的判断。

至元十三年（1276）元兵破临安，南宋恭帝赵㬎（当时六岁）称臣投降后，元世祖忽必烈以"自古降王必有朝觐之礼"为由，把赵㬎"迎"至上都，封瀛国公。同时还采取了其他一些优待降附者的措施，还诏令"名山大川，寺观庙宇，并前代名人遗迹，不许拆毁"。可是在至元十五年，就发生了诏令"追毁宋故官所受告身"事，所谓"告身"，也就是授官之符。此事震动不小，中书省臣很快奏言："近有旨追诸路管民官所授金虎符，其江南降臣宜仍所授。"看来是照顾江南降臣的意思。但就在这年，发生了杨琏真加发掘宋陵的事件，震动朝野。在封建宗法观念根深蒂固的中国古代社会里，且不说发掘皇陵，即使是人们常

---

[1] 徐沁君校点：《新校元刊杂剧三十种》(全二册)，北京：中华书局1980年版，第321页。

说的"挖人家祖坟"也被视为莫大的罪过,会引出严厉的谴责。杨琏真加发掘宋陵是否经过朝中的授意或首肯,史无明文记载。但他毁了宁宗宫和郊天台以建寺庙,"以为皇上、东宫祈寿",是得到首肯还有"敕令"的。遣宋宗戚、谢仪孙、全允坚和赵沂、赵太一"入质",也是奉皇命所为。

至元二十五年(1288),江淮总摄杨琏真加毁宋宫室建成一塔五寺后,"诏以水陆地百五十顷养之"。后桑哥被罢官、抄籍家资、被杀,杨琏真加作为桑哥党羽受牵连。然而《元史·本纪第四·世祖》载:"初,琏真加重赂桑哥,擅发宋诸陵,取其宝玉,凡发冢一百有一所(笔者按:其中包括宋大臣冢,并非全是皇陵),戕人命四,攘盗诈掠诸赃为钞十一万六千二百锭,田二万三千亩。金银、珠玉、宝器称是。省台诸臣乞正典刑以示天下,帝犹贷之死,而给还其人口、土田。"不仅如此,至元三十年二月,原任宣政院使的杨琏真加之子暗普还被任命为江浙行省左丞。是时江浙行省治所在杭州,这一举动激怒了江南人民,所以仅过了三个月就"以江南民怨杨琏真加,罢其子江浙行省左丞暗普"[1]。

在这之前,至元二十六年(1289),还发生了将散居江南的"宋赵氏族人"全部迁徙大都之事,提出这个建议的是

---

[1] (明)宋濂等撰:《元史·世祖本纪》,北京:中华书局1976年版,第362、370、372、373页。

绍兴路总管府判官白絮矩,他说是:"宋赵氏族人散居江南,百姓敬之不衰,久或非便,宜悉徙京师。"白絮矩遂因这个建议而升擢为尚书省舍人。"遣诣江南发兼并户,偕宋宗室至京师。"[1]稍晚一些的元贞元年又发生了"诏易江南诸路天庆观为玄妙观,毁所奉宋太祖(赵匡胤)神主"[2]。

凡此种种,在曾经长期恪守封建宗法的中国社会里也会引起震动(实际上还会使一批信守元王朝是奉天承运,继宋王朝之后的正统王朝观点的人感到不安和难堪)。总之,即使不是从"民族思想"出发,即使不是怀恋宋王朝的人,对元王朝的上述措施也会产生不满和愤慨之情。正是考虑到这些因素,不用十分肯定的语气来断定《赵氏孤儿》就是表现了"民族思想",可能还是适宜的。

这里还牵涉到另外一个问题,即纪君祥写作《赵氏孤儿》时是否受到同一题材的戏曲作品的影响问题。论者有认为南宋时期出现过一本《赵氏孤儿》戏文,并推测它的出现与两宋时代对赵氏孤儿故事的传播有关,是南宋抗战的时代精神的一种曲折反映。如果确有这样一本戏文,也就有纪君祥写作时是否受到它的影响的问题。按徐渭《南词叙录》所记"宋元旧篇"戏文中有《赵氏孤儿》,但徐氏

---

[1] (清)毕沅编著:《续资治通鉴》,北京:中华书局1957年版,第5160页。

[2] (明)宋濂等撰:《元史·本纪第十八·成宗》,北京:中华书局1976年版,第396页。

"宋元旧篇"的时间跨度很大,如果按照他的"南戏始于宋光宗朝"的说法,按照他把高则诚的作品也列入"宋元旧篇"的做法,那么,他所说的"宋元"应是指从南宋光宗时代到元末。这样,也就无法判断他所记录的《赵氏孤儿》戏文一定早于纪君祥的《赵氏孤儿》杂剧了。

《永乐大典戏文三种》之一《宦门子弟错立身》第五出旦唱〔排歌〕、〔哪吒令〕和〔排歌〕、〔鹊踏枝〕四支曲中提到二十多种戏曲名,钱南扬先生断为"宋金元初戏文"名,其中有《赵氏孤儿》。钱南扬先生并在校注本"前言"中说:"本戏(笔者按:指《错立身》)中以河南府为西京,以东平为府。考宋、金、元三史《地理志》,只有宋人如此,当出宋人手无疑。惟戏中已提到花李郎、关汉卿等金、元间作家,所以时代也不会过早。盖作于金亡之后,宋亡之前这段时间之内。"如果这个论断能够确立,那么《错立身》中提到的《赵氏孤儿》戏文就可以认为是宋代的作品了。但这个推断尚非定论,事实上《错立身》原题"古杭才人新编",研究者也有断为元中叶后作品的,因"古杭"云云,不若宋人口气。《错立身》第十二出角色唱白中有"你课牙比不得杜善甫""我学那刘耍和行纵步迹"。还提到了关汉卿的《单刀会》和《管宁割席》杂剧,提到了花李郎的《相府院》杂剧。杜善甫是金人,不成问题。钱先生说刘耍和是金末人,也有一定根据。问题是《单刀会》

《管宁割席》《相府院》等杂剧是否就是写成于南宋亡国（即元至元十六年）以前，是无任何材料能作为佐证的。再说，从《错立身》中提到杂剧、院本和杜善甫、刘耍和时如数家珍的情况考察，它的作者当对院本、杂剧是十分当行的。如果作者是宋人，而且是在金亡之后宋亡之前，也即南宋理宗到端宗时代写成，势必会得出一个结论：在宋、金长期对峙，宋、元（包括蒙古王朝时期）南北对立时期，北方的院本、杂剧已经在南宋境内流传开来，并为人熟知。不然，《错立身》的作者怎么能够如数家珍似的写在剧本中呢？但在南北政权对峙时期，院本、杂剧是否已在南宋境内广泛流传，却无充分材料可以证明。从《错立身》中描写的男主角是女真人完颜寿马，女主角是东平乐伎玉金榜，剧中间用北曲，还出现了蒙古语等情形看来，与其说它是出于南北政权对峙时代的南宋人之手，还不如说它产生于元代（蒙古贵族政权统一南北以后）或许更符事实。

总之，在纪君祥创作《赵氏孤儿》时是否有同名戏文做参考，现在并无确证，正像我们难以判断纪君祥是否恋念宋王朝问题一样，因为也无确证。

《赵氏孤儿》杂剧在结构上比较严密、紧凑。一开始的楔子，交代了赵盾和屠岸贾二家的仇怨以及屠岸贾的不义。第一折戏开始时，屠岸贾就已守在宫门，要杀孤儿，情节已经进入了高潮，又通过韩厥义释程婴，谴责屠岸贾的奸佞。第二、三折写公孙杵臼与程婴定计、公孙杵臼牺牲性命等情节，揭露了屠岸贾的阴险与凶恶，为第四、五折的大报仇创造了气氛。

有论者提出第五折在结构上是多余的，是"蛇足"的看法，这又涉及元明刊本的不同的问题。元刊本第四折写到孤儿看了画卷，十分悲愤，决意诛杀屠岸贾，〔煞尾〕曲云："欲报俺横亡的父母恩，托赖着圣明皇帝福。若是御林军肯把赵氏孤儿护，我与亢金上君王做的主。"[1] 紧接着就是题目、正名。明刊本第五折写孤儿奏知君王后，受命拿住屠岸贾，由上卿魏绛下令将屠岸贾处死。

现存元刊本《赵氏孤儿》只存唱词，无有科白，有人推测在第四折的末尾可能有用科白来演出复仇，即诛杀屠岸贾事，并由这种推测出发，认为第五折是蛇足。从元剧大抵存在的大团圆（广义的）结尾这一现象看，这种推测可备一说。明刊本第五折是否为纪君祥剧本原有，确也存在疑点。最大的疑点是这一折中第一个上场的晋国上卿魏绛（外末扮）宾白中有"方今悼公在位"的话，并说孤儿程勃"今早奏知主公。要擒拿屠岸贾"，正末程勃也云"某程勃今早奏知主公，擒拿屠岸贾"。这明白地交代这个"主公"是悼公。但元刊本原是把这个故事写为发生

---

[1] 所谓"亢金上君王"应是"亢金上的君王"，"亢金上"当为至高无上之意。

在灵公时代。且第四折孤儿唱词中还有"俺待反故主晋灵公，助新君屠岸贾"之言。所谓"待反故主"，说明这"故主"绝不是指已死的君主。就是在明刊本第四折中屠岸贾也说："某屠岸贾自从杀了赵氏孤儿，可早二十年光景也。有程婴的孩儿，因为过继与我，唤做屠成[1]，教的他十八般武艺。无有不拈，无有不会。这孩儿弓马到强似我。就着我这孩儿的威力，早晚定计，弑了灵公，夺了晋国。可将我的官位都与孩儿做了，方是平生愿足。适才孩儿往教场中演习弓马去了，待他来时，再做商议。"从"早晚定计"和"再做商议"看，是打算弑灵公而还未行动，而且剧中描写孤儿还未知屠岸贾的这个阴谋。明刊本第四折孤儿在知道自己的身世后对程婴说："爹爹放心，到明日我先是见过了主公……亲自杀那贼去。"这里的"主公"当是

---

[1] 按《左传》《史记》，"屠岸"应为复姓，此处"屠成"云云，是戏曲作品中的说法。屠岸贾姓屠，见于明刊元曲选本《赵氏孤儿》杂剧，第一折程婴科白云："只怕出不得屠贼之手。"又云："任屠贼横行独步。"第四折中程婴科白也有两处提到"屠贼"。一处作"自到屠府中，今经二十年光景"，一处作"小主人，你休大惊小怪，怕屠贼知道"。元刊本因无道白，也就不见"屠贼"之说。又，明刊元曲选本第一折韩厥唱〔醉扶归〕曲有云"我于屠贼有何亲"，元刊本无此曲。明刊酹江集本有一现象，凡《元曲选》中"程婴云"均简作"程"，"卒子云"简作"卒子"，"屠岸贾云"简作"屠"，这本涉体例，非关情节，但简作"屠"，却又明示屠岸贾姓屠，不是复姓"屠岸"。到了南戏《赵氏孤儿记》中，屠岸贾自报家门，就说"姓屠名岸贾"，他把孤儿认作义子时，因误以为是程英（南戏中程婴作程英）之子，故取名"屠程"，见明世德堂刊本。

指灵公。可是第五折中却成了悼公。事实上，"方今悼公在位"云云，也造成明刊本本身的矛盾，因为明刊本第五折中程勃（即孤儿）捉拿屠岸贾时说："二十年前你将俺三百口满门良贱诛尽杀绝。我今日擒拿你个老匹夫，报俺的冤仇也。"可见孤儿这时是二十岁。但第四折中孤儿早已是二十岁。程婴遭说真相时说："这桩事经今二十年光景了也。"程勃唱词中有"空长了我这二十年的岁月""也只为二十年的逆子，妄认他人父"。第四折交代是灵公时代，孤儿为二十岁，第五折中却写，到了悼公时代孤儿还是二十岁，可见"方今悼公在位"云云，不仅和元刊本不合，也使明刊本本身自相牴牾[1]。再说，按常理推测，纪君祥既然把《史记》记载中的晋灵公欲杀赵盾事和晋景公时诛赵族事捏合在一起，虚构成都是灵公时代发生的，似无必要再把这个故事牵扯到更后的晋悼公时期去。又，或认为明刊本第五折"方今悼公在位"这六个字，是游离于剧情之外的，是后人妄改之笔，但事实上却又不只是六个字的问题，魏绛这一人物的出现，又是"方今悼公在位"的明证。因为他正是晋悼公时代的重臣[2]。第五折中还有败笔，如孤儿唱词〔幺篇〕中竟有"你则那三年乳哺曾无旷，

---

[1] 明刊本自相矛盾的现象还有其他的例子。从略。

[2] 《左传》（成公十八年）记晋悼公即位，魏绛为司马。《国语》亦然，且"使佐新君"。终悼公之世，一直受到重用。

可不胜怀担十月时光",这虽是比喻,用来表达孤儿对程婴恩德难忘,但这种比喻用在男子身上,终属不伦不类。

《赵氏孤儿》是第一个传入欧洲的中国戏剧,18世纪30年代就有法文译本。后又有不止一种英译本。在英国还曾因《赵氏孤儿》的传入引起对中国戏剧的讨论,可以算得上是名扬海外。但是几乎使所有研究者感到遗憾的是关于作者纪君祥的生平材料少得可怜,在《录鬼簿》记载中也属最缺少生平材料的作家之列,只记他是"大都人","与李寿卿、郑廷玉同时"。郑廷玉生平不明,《录鬼簿》记载中只有"彰德人"三字。李寿卿名见侯克中的《艮斋诗集》,卷六有《送李提举寿卿北上诗》,侯克中即侯正卿,白朴的朋友,至元年间居浙中。《艮斋诗集》又有《王同知直卿父母均年八十五,辄解印养亲。李提举寿卿索赋》,孙楷第先生考此诗写于至元三十一年(1294),由此可知李寿卿至元末年在江浙任提举(笔者按:至元三十一年时白朴已近七十,侯正卿年龄略小于白朴,李寿卿年龄当又小于侯正卿),由此也可推知纪君祥的活动年代。纪君祥写过六种杂剧,现仅存《赵氏孤儿》一种,《李元贞松阴记》(一作《松阴梦》)存有逸曲[1]。《驴皮记》《曹伯明错勘脏》《韩湘子三

---

[1] 曹本《录鬼簿》记纪君祥作剧六种,其中有《李元贞松阴记》。天一阁本《录鬼簿》记纪君祥剧作五种,其中有《松阴梦》,题目正名为"李元贞正果碧云庵,陈文图悟道松阴梦"。

度韩退之》《信安王断复贩茶船》已无存。《松阴记》逸曲为仙吕套,当是第一折,从曲文内容看,未跳出元曲中写退隐或归道的老套,但其中〔哪吒令〕曲骂世颇为激烈。这套逸曲见《雍熙乐府》不题撰人。《北词广正谱》选〔仙吕·油葫芦〕曲二句"人无百岁人,枉作千年调",注明是纪君祥《松阴梦》,因此也有人怀疑。如果仅因《雍熙乐府》不题撰人加以怀疑,那是不知此书特点的缘故。《北词广正谱》所录北曲来源尚未全明,也确有不可信处,前人早已指出,但也不是全不可信。

孟本《录鬼簿》于纪君祥《贩茶船》目下注明"四折庚青韵",于王实甫《贩茶船》目下注明"廉纤韵"以示区别。有人认为今见《盛世新声》《词林摘艳》《雍熙乐府》的〔黄钟·醉花阴〕套曲(首句为"雪浪银涛大江回")可能是纪作《贩茶船》的逸曲[1],但《词林摘艳》中明署"元宋方壶作",且系散套。希望见到纪君祥多有一套残曲存世的心情可以理解,但要推翻《词林摘艳》的记载却颇为困难。

---

[1] 严敦易《元剧斟疑》说:"故此套为纪剧之逸文,并非不可能,但也不能即断然作此主张。"

附八：《赚蒯通》的情节和主题

无名氏杂剧《赚蒯通》取材于《史记·淮阴侯列传第三十二》。故事梗概是：韩信、萧何（生年不详，卒于前193）等人辅佐刘邦（约前256—前195）平定天下之后，韩信被封为齐王。丞相萧何忧虑韩信兵权太重，觊觎汉室天下，韩信当初为萧何所荐，日后恐要为此受到连累，于是与樊哙（生年不详，卒于前189）密谋，要矫诏将韩信诓骗入朝，以剪除后患。韩信的谋士蒯通（生卒年不详）识破其中有诈，进言韩信不仅不要入朝，而且应当及早引退，远祸全身，韩信自恃对汉家有功，不听劝告，终于罹难。萧何为打尽余党，拿到装疯避祸的蒯通。蒯通毫无惧色，历数韩信"十罪""三愚"，实则为韩辩罪叙功，最后，说得萧何、樊哙也伤感起来，汉王刘邦也降旨赦免蒯通，且授官赏金，并给已死的韩信封还原爵。

和《淮阴侯列传》相比较，《赚蒯通》的情节有下述几处重要改动。第一是蒯通进言的时间和内容；第二是韩信被杀的原因和经过；第三是韩信死后，蒯通的遭遇；第四是刘邦等人对待已死的韩信的态度。

据《史记》记载：蒯通向韩信进言是在楚汉相争，天下未定，兵会垓下之前，并不是在汉一统之后。而且，蒯通是以"立功成名而身死亡，野兽已尽而猎狗烹"的前车之鉴劝诫韩信。他认为韩信若助刘邦灭掉项羽,"势在人臣之位而有震主之威"功盖天下,赏无可赏,见疑于人主,就会有生命危险。因此,他认为最好"莫若两利而俱存之,三分天下,鼎足而居"割据一方,以牵制双方的力量。总之,蒯通是为韩信的未来地位出谋划策,而《赚蒯通》却写事情发生在一统之后,蒯通看出了汉王对韩信的"疑忌",因此,劝韩信要早加提防,最好是急流勇退,隐姓埋名。

韩信被杀的原因,据《淮阴侯列传》所载是:"汉六年,人有上书告楚王信反",汉王即将韩信从楚王降为淮阴侯,汉十年,韩信与陈豨(生年不详,卒于前195)谋反,汉王亲自出征讨陈豨,韩信"阴使人至豨所,曰:'弟举兵,吾从此助公。'信乃谋与家臣夜诈诏赦诸官徒奴,欲发以袭吕后、太子。部署已定,待豨报",后来,与韩信有隙的家人向吕后告密,吕后便与萧何谋划,"诈令人从上所来,言豨已得死,列侯群臣皆贺",当时韩信称病在家,"相国绐信曰:'虽疾,强入贺。'信入,吕后使武士缚信,斩之长乐钟室"。《史记》所述事件经过并非如《赚蒯通》所写韩信从无反心,萧何、樊哙定计遣使说汉王要出游云梦,命韩信入京留守,纯属谋害无辜。

《淮阴侯列传》又载韩信死后,汉王下令捕来蒯通。"上曰:'若教淮阴侯反乎?'对曰:'然,臣固教之。竖子不用臣之策，故令自夷于此。如彼竖子用臣之计，陛下安得而夷之乎！'上怒曰：'烹之。'通曰：'嗟乎，冤哉烹也！'上曰：'若教韩信反，何冤？'对曰：'秦之纲绝而维弛，山东大扰，异姓并起，英俊乌集。秦失其鹿，天下共逐之，于是高材疾足者先得焉。跖之狗吠尧，尧非不仁，狗固吠非其主。当是时，臣唯独知韩信，非知陛下也。且天下锐精持锋欲为陛下所为者甚众，顾力不能耳。又可尽烹之邪？'高帝曰：'置之。'乃释通之罪。"[1]这里的蒯通不过是个能言善辩的谋士，他在危险的处境中，能够为自己开脱"谋反"之罪，幸免一死，如此而已，并不如《赚蒯通》剧所述，蒯通曾为韩信辩罪叙功，并打动了汉王君臣。

此外，史传中并无汉王封赏蒯通，并将韩信死后恢复原爵之事，剧中所有，当是作者的虚构。

《赚蒯通》剧对史实所做的这些重要改动和虚构，并非任意为之，而是服务于剧中人物的塑造和主题思想的重构，是有它统一的构思的。作者企图通过这个故事，对杀戮功臣的最高统治者的"虚伪残忍、薄情寡义"进行讽刺和抨击，同时，赞扬了有胆有识、敢于伸张正义的辩士蒯通。按照历史记载，韩信确有反心和谋反的行动，那么，他的被斩就成了事出有因，顺理成章。而《赚蒯通》中的韩信

---

[1]（西汉）司马迁：《史记》，北京：中华书局1959年版，第2627～2629页。

却对汉王一片忠心,他的被杀,纯系萧何、樊哙的诬陷和汉王对功臣的"疑忌",这就突出了剧中反复渲染的"太平不用旧将军""野兽尽时猎狗烹,敌国破后谋臣坏"的思想。同样,把蒯通的劝诫放在汉统一之后,"今日个万国来仪,见你握兵权便先疑忌"的情况已经发生的时候,而且,劝诫的内容也不过是要韩信退隐远祸,并不存在要与汉王三分天下的问题,这样,这个故事就纯粹成了一个帝王杀戮功臣的悲剧。

在具体的描写中,剧中虽然写阴谋系由萧何、樊哙私下策划,明写萧何、樊哙都对韩信挟有私怨。萧何怕韩信"军权在手,倘有反心,可不觑汉朝天下如同翻掌","日后有事,必然要坐罪小官身上"(因为是萧何把韩信推荐给刘邦的),而樊哙却是妒忌韩信的才能和地位,并没有直接描写刘邦与此事的干系,但是,在剧的结尾圣旨中有"朕以谬听人言,将为叛逆,遂令未央钟室,冤血尚存"云云,却言明汉王是参与谋害韩信的,是这桩冤案的制造者之一。"谬听"、误信,当是委婉的曲笔。另外,如张良质问萧何"你起初时要他,便推轮捧毂;后来时怕他,慌封侯蹑足;到今时忌他,便待将杀身也那灭族。他立下十大功,合请受万钟禄,恁将他百样妆诬",以及蒯通痛斥萧何"兀的不是狡兔死,走狗烹,高鸟尽,劲弓藏",显然,词锋所向,都不是指丞相萧何,而是针对汉王刘邦的。因此,尽管作者有所顾忌和不免讳言，整个剧的矛头所向，都十分明显。

《赚蒯通》对史实改动和进行虚构的另一目的是突出蒯通的思想性格，并通过这个人物来表现作者对戏剧中提出的问题的看法。

第四折中有这样的情节：蒯通被拘捕到相府以后，见到萧何等人，并不喊冤，也不求赦，却"便往油镬中跳去"，这一异常举动，使蒯通获得了"下说词"的机会，对于萧何的"现有汉天子在上，你不肯辅佐，倒去顺那韩信"的责问，蒯通回答："丞相你岂不知，桀犬吠尧，尧非不仁，犬固吠非其主也，当那一日我蒯彻则知有韩信，不知有什么汉天子，吾受韩信衣食，岂不要知恩报恩乎？"这段话有三层意思：一是自己反对汉王，并非因为汉王"不仁"；二是自己身为谋士，只知道忠于主人；三是自己忠于韩信无非受人衣食，"知恩报恩"。前两层意思，由史书记载而来，而第三层意思是剧中所加，这层意思加得好，不仅逢迎了汉王，而且提出了自己替韩信出谋划策的根据是"知恩报恩"。而"知恩报恩"又是为封建道德所允许提倡的，轻而易举地开脱了萧何欲加给他的"通同谋反"的不赦之罪。接着他故意说韩信该斩，且说他有十大罪状，使在座的人都感到意外，非要听个究竟不可，他因此才有机会为韩信辩罪叙功，陈述了韩信驱兵领将，披坚执锐，战胜攻取的十大功劳，又假说韩信"三愚"，有力地批驳了萧何给韩信罗织的"谋反"之罪。这样,未说韩信一字"冤屈",而"冤屈"之情自现,未斥汉王、萧何一字"诬陷",而诬陷之状自显。这里的蒯通就不仅是个舌辩之士,而且,在他身上,作者赋予了智慧和正义的光辉。

对于韩信的"谋反",后世人颇有聚讼,《淮阴侯列传》中太史公曰:"天下已集,乃谋畔逆。"清人李慈铭(1830—1894)认为:"'天下已集,乃谋畔逆',此史公微文,谓淮阴之愚,必不至此也。"李笠(1894—1962)也说:"案天下已集,岂可为逆于其必不可为叛之时?而夷其宗族,岂有心肝人所宜出哉!读此数语,韩信心迹,刘季吕雉手段,昭然若揭矣。"这些说辞,都是指出司马迁作传本意,暗示韩信"谋反"的可疑。《赚蒯通》的作者或许也正是为司马迁的"微文"所启发,对某些重要情节重新构撰,以揭示最高统治者杀戮功臣、凶狠残忍的本质,否定了韩信由于谋反而遭夷戮的史案。那么,对这个剧就不仅应当理解到它揭露最高统治者杀害功臣的主题,而且,还应当理解到它又是一部为韩信翻案的历史剧。

《赚蒯通》的结尾,不仅写了萧何的"伤感",高祖的悔悟,还写了将蒯通封官加赏,给已死的韩信"封还原爵"。这似乎是元剧常见的大团圆结局,事实上却并非如此,蒯通并没有接受汉王的封赏,相反,他将冠带、黄金还给萧何,慷慨地唱道"把当日个筑台拜将,到今日又待要筑坟堂","便作有春秋祭飨,也济不得他九泉下魂魄凄凉,倒不如早将我油烹火葬,好和他死生厮傍"。进一步谴责了汉王君臣枉死无辜转而又"封还原爵""敕赐春秋祭祀"的虚伪行为。这些情节对突出汉王以怨报德、不仁不义的本质特征,对强调蒯通明辨是非、坚持正义的思想品质,都起了强调作用。

元杂剧中的社会剧刍议

第八题

一、多数"公案剧"其实是社会剧

在古代戏曲研究界约定俗成的概念里,把凡是牵涉"摘奸发伏"的诉讼故事,都叫作"公案剧",如关汉卿的《蝴蝶梦》《鲁斋郎》,李行道的《灰阑记》,无名氏的《陈州粜米》《朱砂担》《合同文字》《神奴儿》《盆儿鬼》,王仲文的《救孝子》,曾瑞卿的《留鞋记》,孙仲章的《勘头巾》和孟汉卿的《魔合罗》等,都被称为"公案剧"。

由于这些"公案剧"往往有举发罪恶、惩恶扬善的内容,因而成为研究中肯定的对象。剧中起决定性作用的人,或主持申冤昭雪,或惩处恶霸豪强,他又常常是一个清官,所以"公案剧"有时候又被称为"清官戏"。事实上,这些剧从内容上看比较复杂,如果一定要归一下类,它们中的大多数还是叫作"社会剧"比较妥当,因为这些剧的内容,主要是揭露社会矛盾或抨击黑暗势力,却不是公案的"侦破",当然,"公案"最初作为话本的一类,也并不包含一定要有"侦破"的内容。《醉翁谈录》中的"私情公案"和"花判公案",都以"私情"和"花判"为主要特点,只是因为事情成为诉讼,经了官,就被归入了"公案"类,其中都没有"侦破"过程。

元代的这些公案剧从内容结构上细分起来,可以分为两类:第一类主要写权豪势要欺压无辜百姓,由清官主持惩治豪强，申冤昭雪，如《鲁斋郎》《蝴蝶梦》《陈州粜米》等。第二类多写恶人图财害命，或因财产继承等原因引起争执，伤害人命，善良被诬，由清官惩罚恶人，伸张正义，如《盆儿鬼》《朱砂担》《合同文字》《灰阑记》《神奴儿》《魔合罗》《勘头巾》等。

第一类剧有两个特点，一是这些剧都是以描写摘奸发伏之前的过程为主，以反映当时的社会生活，揭示社会问题为主要内容。例如《鲁斋郎》剧从楔子到第三折，写了鲁斋郎先是强夺银匠李四媳妇，后又霸占张圭妻子，张圭忍辱从命将妻子送到鲁斋郎家之后就遁入空门。直到第四折，才有包待制（999—1062）出场，斩了鲁斋郎，张圭一家得到团圆。这个剧的正末是张圭，全剧的唱词主要表现张圭在遇到骇人变故时的复杂而痛苦的心情，以及对恶人的谴责。《蝴蝶梦》是旦本，正旦是王婆婆，全剧主要是歌颂贤德的王婆婆遇到需要一个儿子抵命的难题时，怎样怀着矛盾而痛苦的心情，打发亲儿子去受刑，保护下两个前房儿子。包公在第二折出现，他做了一个梦，受梦的启示，他搭救了王三，到第四折末尾，他又登场，只是为了出来"下断"。

这些剧意在描写当时的社会矛盾，诉讼的出现，是为了揭示某一方面的社会问题而设置，而矛盾的解决，又是为了借以表现一种对政治清平、社会安定的向往和对正义的渴望，所以，描绘的重点并不在案情的曲折复杂。相反，这些所谓"公案"的是非曲直常常是简单而明了的，只要官吏清廉、刚直，就很容易做出正确的判断。困难常常在于鲁斋郎、葛彪们权势太大，大到足以震慑审判者，官吏们面临的是愿不愿执法和敢不敢执法的问题。所以，这类"公案剧"实质上并非以"公案"为主。

二是清官在剧中常常并非主角，而只是作为解决矛盾的契机。上述各剧都如此，其中唯《陈州粜米》比较特殊——包拯在第二折上场，而且在第二、三、四折主唱，即使如此，实质上，这第二、三折包拯的唱词也主要是描写包拯在官场的矛盾心情和微服私访时的心情，就案件本身来说，并未展开复杂的侦破过程。

从这两点来看，这类剧实质上还是"社会剧"。

第二类剧则确是比较曲折的公案故事，有的甚至是无头公案，需做细致的分析和侦缉才能明白真相。与上一类剧不同的是，上一类剧中矛盾的一方是"权豪势要"，因而决定这类诉讼的关键并不是判断是非，而是需要以"权"相敌。因此，敢于与"百姓分忧"的包待制就成为剧中最理想的，权豪恶霸的"敌头"。而这一类剧的矛盾发生在平民之间，那么就只能据"理"判断了，因此，为了明确是非曲直，"审理""判断"的部分就显得重要起来。

遗憾的是，像《盆儿鬼》《朱砂担》《神奴儿》都是借助鬼魂的启示和诉说来使案情真相大白,这种破案的模式,免去了侦破的过程,使公案本身的矛盾简单化,这些剧的作者虽然创造了复杂的案情,却在解决问题时走了捷径,因此,也没能构成真正意义上的公案剧。

严格说来,在元人百种剧中,《魔合罗》和《勘头巾》是佼佼者,真正可以称得起是"公案剧"。它们的特点是有着完整、复杂的破案过程,办案人判断是非的根据是证据——人证和物证。

在《魔合罗》和《勘头巾》中,能吏张鼎是在极其不利的条件下接案的:已有受贿的令史或连申诉都听不懂的糊涂县令或大尹错断,又有一个刚愎自用的女真府尹复查过,凶手抢了原告,而被诬者已经屈打成招。在《魔合罗》剧中,张鼎先根据状纸上的线索寻找审理过程中出现的漏洞:第一,李德昌死后,银子不见了,这就有可能是图财害命。第二,为李德昌送信的人不曾到官,他是个最重要的证人。第三,刘玉娘的"奸夫"并未到案,不能坐实同谋者。第四,"药杀丈夫"的毒药来源不明,缺少重要证据。对这四点致命疑问和破绽,张鼎进行了追查,他先通过提审刘玉娘,从她的供词中审出带信人是个卖魔合罗的,从魔合罗找到高山,又从高山提供的线索中,追到李文道,四点疑问就都得到解决。困难在于刘玉娘并未感到送信人高山有什么重要,高山也不知道在送信途中被李文道欺哄了一下，其中会大有蹊跷，这需要一种辨别和判断能力。张鼎是从对刘玉娘详细的审问中，从高山急于为自己开脱的大量口供中，寻出最有用的细节，这些细节常常在招供人看来是无关紧要的，然而却是破案的钥匙。在这两个剧中，判断和推理得到充分的表现。而这正应当是"公案剧"最重要的组成部分，或者说是最重要的特色之一。

《勘头巾》为我们提供了识别真伪证据的重要情节：刘员外被道士王知观杀死，王小二被诬入狱判了死罪。在令史逼索"脏仗"——头巾和环子时，王小二受刑不过，胡乱说了一个地方。王知观听一个偶然在场的傻子说了以后，就将错就错把头巾和环子放到王小二乱说的地方去，被衙役起赃起走了，这两件死者身上的物品，足以坐实王小二的死罪，但张鼎却从赃证上看出破绽——根据案情，头巾和环子应当在有水的菜园里埋了半年，然而，"头巾"没有土渍，"减银环子"不见生涩，可见是刚埋下去的。从伪证上找到突破口以后，张鼎又从复审开始重新寻找线索，寻找证据，最后使案情真相大白。

应当说在今天看来，详查细问、据实判断、看重证据是最一般的侦破过程，这也是构成后世公案小说、公案戏最基本的情节。但是，在这两个剧中，作者把张鼎放在"爱钞"的县令和只凭口供和主观想象执掌生杀的府尹的对立面，就使张鼎成为带有理想色彩的传奇式的人物。他所说的"人命事关天关地，非同小可"，"掌刑君子当以审求"，这最普通的原则也成为歌颂和追求的对象。剧中所反映出来的这种民间对公理、正义最低限度的要求和渴望，不是有助于今天我们对元代社会黑暗状况的认识和了解吗？

二、《陈州粜米》中的"王法"

无名氏所作《陈州粜米》的结尾，包待制的断词中有："今日个从公勘问，遣小憨手报亲仇。方才见无私王法，留传与万古千秋。"看起来，小憨古得以用紫金锤打死小衙内，报了杀父之仇，靠的是"无私王法"了。

除了《陈州粜米》以外，元代其他公案剧的结尾，也经常提到所谓"王法"，如"不是孤家好杀人，从来王法本无亲"（《盆儿鬼》）、"论王法斩首不为辜"（《生金阁》）、"明示的王法无亲"（《合同文字》）、"才见的官府内王法无情"（《后庭花》）等。

元杂剧中的公案剧，虽然大多假托于宋代包拯，但事实上所描写和反映的都是元代的社会生活。以元剧中写到的滥官污吏、地痞恶棍来说，他们常常被以"权豪势要""衙内""监军"泛泛称呼，但这些形象，常常有着明显的特征——持有特权和专横跋扈，他们是"打死人不偿命"（《蝴蝶梦》），"如同房檐上揭一个瓦"（《陈州粜米》），"为臣不守法,将官府敢欺压,将妻女敢夺拿,将百姓敢蹧踏,赤紧的他官职大的忒稀诧"(《鲁斋郎》),有时还听不懂汉话,而且他们像楚州太守桃杌那样"我做官人胜别人,告状来的要金银"(《窦娥冤》),无论多么昏聩贪酷也能升官,这都使人想到元代的特权阶层——蒙古、色目官员,所以,说元剧中的"权豪势要"滥官污吏有影射蒙古、色目官吏的意思,并非妄说。

那么,元代真的存在解民于倒悬之苦的"王法"吗?

蒙古统治者入主中原以后,及至世祖灭宋,始定新律,号称《至元新格》,这是元朝的第一部法典。"仁宗之时,又以格例条画有关于风纪者,类集成书,号曰《风宪宏纲》。至英宗时,复命宰执儒臣取前书而加损益焉,书成,号曰《大元通制》。"[1]

元朝近一百年间,曾三次颁布法令。即以号称开明"仁哲"的忽必烈时代的《至元新格》论,它与历代刑法一样,都是为了维护统治阶级利益和封建秩序的。与前朝不同的是,它更多地体现了入主中原的蒙古人的利益。

《元史·志第五十二·刑法三》明文规定"诸奴杀伤本主者,处死。诸奴诟詈其主不逊者,杖一百七,居役二年,役满日归其主,诸奴故杀其主者,凌迟处死",列入"大

---

[1] (明)宋濂等撰:《元史·志第五十·刑法一》,北京:中华书局1976年版,第2603页。

恶"项下；"奸非"项下规定"诸主奸奴妻者，不坐"，而"诸奴奸主女者，处死"；"斗殴"条中有，"诸蒙古人与汉人争，殴汉人，汉人勿还报，许诉于有司。诸蒙古人斫伤他人奴，知罪愿休和者听"。由此可见，元代法律明确规定了蒙古人与汉人，权豪势要与百姓的不平等的地位。元代的法令，不仅是维护阶级压迫，而且是维护民族压迫的法令。所以，在元代，事实上是没有什么保护平民百姓的"王法"的。元代赃官多、冤狱多也就不足为奇了。

那么，元剧中常提到的"王法"，究竟包含什么样的意思呢？元代公案剧中所称颂的"王法"，也即包待制们断案所依据的原则，它的实际内容是：惩处罪恶，拯救无辜。而有趣的是，在这样做的时候，往往需要与确保权豪势要特权的"王法"以及代表"王法"的王权相周旋。

例如《陈州粜米》中的小衙内无故打死张憋古，包待制为小憋古申冤就颇费周折。他的做法是，到了陈州以后，立即审理小憋古一案，让小憋古打死小衙内，又火速处死了杨得中，在刘衙内的护身"王法"——圣旨到来之前，造成既成事实。当刘衙内捧着赦书——最大的"王法"到来时，却反使小憋古得到赦免。应当说，包待制是存心钻了"王法"的空子。

《蝴蝶梦》中的葛彪先打死平民王老，王老的儿子们才打死葛彪。按理一命抵一命，无须再杀王婆婆的一个儿子。

但包拯为了拯救王三,却必须用一个盗马贼顶替王三受死,偷梁换柱。若有公正的"王法"律条,包拯何至于要费这样的心机?

《鲁斋郎》中的鲁斋郎,强人妻女,百般作恶,苦害百姓。包拯要斩他,也是费了一番手脚,先在奏折上将"鲁斋郎"写作"鱼齐即",诓骗皇帝判了"斩"字才开刀问斩。可见包待制若想维护"天理",与"百姓分忧",坚持"便是他龙孙帝子,打杀人要吃官司"的正常原则是多么困难,他常常不得不"欺君罔上",为恤民情而"枉法","枉"那个代表权豪势要利益的"王法"。

包待制是遵从"人情天理"来断案的。他认为"从来个人命事关连天大,怎容他杀生灵似虎如豺"(《陈州粜米》),这就是他所谓坚持的"王法"的实际含义。这种"惩处罪恶,拯救无辜"的原则,在元朝,实际上只是下层人民群众的一种愿望,或者是一种奢望,一种下层民众所追求的、幻想的平等观念和合理的社会秩序,一种对正当生存权利的要求。他们的这种愿望和心理寄托在这些公案剧中,包待制也就被塑造为实践这种愿望的偶像。正因为这样,包拯才成为权豪势要乃至皇帝的对立面。"再不言宋天子英明甚,只说他包龙图智慧多",就反映了这个事实。

三、《薛仁贵》中的"孝"

元代艺人兼剧作家张国宾有《薛仁贵荣归故里》杂剧，是写庄农出身的薛仁贵靠武艺发迹变泰的故事。杂剧从薛仁贵投军写起，着重描绘他从军十载后衣锦荣归给这个家庭带来的悲欢离合：薛仁贵"不肯作庄农的生活"，每日"刺枪弄棒"，他有更大的志向，想要"立身扬名，荣耀父母"，于是他离开年迈的父母和妻子，投军去了。十年之后，他成了天下兵马大元帅，因而给历尽艰难的全家带回了荣显。这个故事本身的主体情节并不新奇，它与《冻苏秦》《渔樵记》等表现的十年寒窗、一举成名，《追韩信》《飞刀对箭》等表现的用武艺博得"封侯拜将"的故事，从题材上看，都是属于一个类型。但是，《薛仁贵》杂剧有自己新奇的角度。《冻苏秦》诸剧都是描写主人公在求取功名的过程中的坎坷遭遇，或以一时挫折而饱谙世态炎凉，或因屡遭不遇而尝尽人间甘苦。《薛仁贵》着重描写的却是薛仁贵在衣锦还乡以后，怎样受到乡亲、父母和自己良心的谴责，为了他对这个家庭失职十年而受到惩罚。

《薛仁贵》和《飞刀对箭》都是描写薛仁贵征辽的故事。《飞刀对箭》的故事情节与元代平话《薛仁贵征辽事略》大体相同：薛仁贵辞亲从军，大战摩利支，三箭定天山，张士贵赖功，薛仁贵被封为天下兵马大元帅，父母妻子也受到封赏。《薛仁贵》剧却将《飞刀对箭》的全部情节压缩在楔子和第一折内,而用更多的笔墨去写功成名就、"荣归"以后的事情。

《元曲选》本第二折有这样的描写:薛仁贵在探家之前,酒后做了一个梦,梦见由于他离家十载,双亲"无亲无眷,无靠无挨",家中"无米无柴","吃了早起的,没那晚夕的,烧地眠,炙地卧"几近乞丐。父母思念儿子"折倒的""瘦恹恹身子尪羸","忧愁的""干剥剥髭鬓斑白",由于没有男儿支撑门户,被庄农邻人嘲弄,精神上也受到折磨和刺激。这个梦的具体内容都是薛仁贵对于他离家十年可能给父母带来的痛苦和艰难的臆想,作者是借梦境写薛仁贵内心的歉疚。薛仁贵梦中受到的父母的责难,应该是从他良心萌发的自谴。

第三折写薛仁贵被恩准还乡的途中,遇到已经互不相识的少年时代的贫贱朋友伴哥,并向他打听"薛大伯"家中的境况,伴哥说:"他那老两口儿年纪高大,则有的这个孩儿,可又投军去了十年光景,音信皆无。做父母的在家少米无柴,眼巴巴不见回来,好不苦也。"还骂他:"全不想养育的深恩义。可怜见一双父母,年高力弱,无靠无依。那厮也少不的亡身短命,投坑落堑,是个不长进的东西。"

元刊本的第三折,他的朋友拔禾更严厉地责骂他"那厮早死迟生,落堑拖坑,下场少不的木驴上坐地","老爷娘受苦他荣贵,少不的那五六月雷声霹雳",直是预言他应当受到天打雷劈的责罚了。拔禾的话,并不仅仅是他个人的意思,他曾提到"当村里,沙三、牛表、伴哥、王留提起来长吁气","这邻庄近疃都知委。怕小的每眼前说谎胡支对,常言道路上行人口胜碑",可见这些对薛仁贵不尽人子之道的责难,都是群众舆论。

与《元曲选》本第四折主要写薛仁贵归家后父母妻子都受到封赏,因而以喜庆气氛冲淡了薛父对薛仁贵的谴责不同,元刊本第四折的内容几乎完全是薛仁贵的父母对儿子进行责难,"你撇下两口儿老爷娘,却怎生一去不来家","爷娘看看七十八,死限儿来时,谁与我拽布拖麻,奠酒烧茶",并述说十年来"漏星堂半间石灰厦,又没甚粮食囤榻。老鼠儿赤留出刺,都叫屈声冤饿杀","穿着个破背褡,虱子儿乱如麻,拿将来砖上掐,最少有三四把"。薛父和薛母并不因为薛仁贵带回了荣华富贵,就原谅他不尽敬事父母的责任。显然,剧的主旨是对于孝道的肯定。

不过这个剧的元刊本和《元曲选》本,由于在宣扬、肯定"孝"的问题上并不那么彻底,从而显示出思想上的矛盾。这个剧一面肯定了薛仁贵"立身扬名,荣耀父母"改换门庭的要求,对他不甘于务农,企慕通过"赤心报国,展土开疆,博个封侯拜将而回",获得荣华富贵,进行了倾向明显的歌颂。一面却又用主要的篇幅,对他身为"男子成人长立",却使父母膝下凄凉,"空长三十岁,枉了顶天立地,带眼安眉"进行严厉的批评。这种批评来自父母、社会舆论和薛仁贵自己的内心。虽然薛仁贵在投军之前就说过"父亲在上,孩儿闻的古称大孝,须是立身扬名,荣耀父母。若但是晨昏奉养,问安视膳,乃人子末节,不足为孝",梦中被父亲责打时,又为自己辩解说"父亲,您孩儿尽忠,便不能尽孝也",但是,他仍然不能逃脱不孝的罪名。

从概念上说,"忠"和"孝"同属封建社会统治阶级的道德范畴,然而我们却不能简单地认为作者是在用封建思想反对封建思想,用"孝"批判"忠"。

薛仁贵认为去追求功名"立身扬名,荣耀父母"是孝之根本,而"晨昏奉养,问安视膳"生养死葬"乃人子末节,不足为孝",他的孝是要落实到"博得一官半职回来改换家门"和"赤心报国,展土开疆"事君尽"忠"上。这种看法如果缘其根本,就要追溯到孟子了。孟子认为"不孝"有三,其中之一是"家贫亲老,不为禄仕",也就是说,孟子认为求取功名,对人君尽忠,哪怕不顾父母又贫又老,也是尽了最大的孝。这种把"忠"凌驾于孝之上,把"孝"纳入忠的轨道的看法,恰恰符合了统治阶级的要求,他们需要臣子以事亲之心去事君,或是不事亲而去事君。

而庄农如伴哥、拔禾们,却有另外的观念,他们责备薛仁贵使父母"孤独鳏寡爷耽冷""老弱残疾娘受饥",自己"享着玉堂里臣宰千钟禄，却觑着那草舍内爷娘三不归"是大大的不孝，不管他是不是在尽忠，也不承认尽忠就是最大的尽孝。特别是薛父去吃邻人招婿的喜酒时，邻人后生们不让新娘拜薛父，说是"你休拜那老的，他则一个孩儿，投军去了十年，未知死活。你拜了他呵，可着谁还咱家的礼"。这种歧视引起了薛父非同寻常的悲哀，要知道，在庄农人的眼里"绝后"是一件非常不幸的事情。由此可见孔子所说的"父母在，不远游"，《礼记》所言"冬温而夏清，昏定而晨省"，"出不易方，复不过时"这种包含了富有人情味的侍奉双亲的孝道，更符合中国民间传统的事亲之道，符合汉民族的维系家庭、亲属关系的愿望和习惯，因而比上述孟子的说法更多地被民间百姓所接受。

这两种对于"孝"的解释，原是南辕北辙的，服务对象一为君，一为亲，勤于王事，难免疏于双亲，而勉于事亲，又分不出身来敬事君主。因此，连统治阶级自己也承认"忠孝"不能两全。薛仁贵以"忠"代"孝"的对"孝"的解释，与伴哥、拔禾们的理解全然不同。

这使我们想起了南戏高明（约1301—约1370）《琵琶记》。其中蔡公蔡婆和蔡伯喈对"孝"的解释发生歧义：蔡婆认为"披麻戴索便是孝"。蔡伯喈认为"凡为人子者，冬温而夏清，昏定而晨省，问其寒燠，搔其疴痒，出入则扶持之，问所欲则进之。是以父母在、不远游，出不易方、复不过时"。他们对"孝"的解释，与《薛仁贵》中伴哥、拔禾的理解是一致的，基本上可算作民间的孝道。而蔡公认为："孝始于事亲，中于事君，终于立身，身体发肤，受之父母，不敢毁伤，孝之始也。立身行道，扬名于后世，以显父母，孝之终也，是以家贫亲老，不为禄仕，所以为不孝，你去做官时节，也显得父母好处，不是大孝，却是甚么。"[1]这与薛仁贵的理解一样，可以称作士卿大夫之孝了。

蔡伯喈说的"功名争似孝名高"，把这两种不同的理解对立起来，而事实上，《琵琶记》的作者和《薛仁贵》的作者一样，都是赞同为平民百姓所接受的民间之孝的。这从剧中描写的蔡公逼试导致了一系列家庭悲剧和伴哥、拔禾对薛仁贵痛快淋漓的批判中，可以看出作者的倾向。中国古老的民族传统的美德一直肯定着这种无可代替的对父母和家庭的责任。"孝道"这个蒙上封建灰尘的词汇，在民间百姓的心目中，却有着不可改易的内容。

四、柳毅和张生的世俗性格

尚仲贤（生卒年不详）的杂剧《柳毅传书》本于唐人

---

[1]（元）高明著，钱南扬校注：《元本琵琶记校注》，上海：上海古籍出版社1980年版，第29页。

传奇李朝威《柳毅传》，诚如严敦易在《元剧斟疑》中所说："剧中很忠实地根据李朝威的原作传奇文抒写，甚为谨饬，丝毫未增饰关目。"杂剧和小说虽然情节大体相同，但柳毅的性格却颇有改变，这种改变主要表现在有关柳毅拒婚的具体描写中。

传奇小说写钱塘君吞掉了龙女三娘的丈夫泾河小龙，杀死生灵"六十万"，伤稼"八百里"，救回龙女三娘之后，洞庭君连日置酒，一来庆贺"贵主还宫"，二来酬谢传书的书生柳毅。酒席筵上，钱塘君要为侄女作伐，于是对柳毅提出："泾河之妻，则洞庭君之爱女也，淑性茂质，为九姻所重，不幸见辱于匪人，今则绝矣。将欲求托高义，世为亲戚，使受恩者知其所归，怀爱者知其所付，岂不为君子始终之道者？"钱塘君原本是一片好心，洞庭君夫妇对柳毅早已感激不尽，更不必说龙女三娘的私心窃慕。事情坏在钱塘君当时"因酒作色"，借酒使性，话里还有"如可，则俱在云霄，如不可，则皆夷粪壤"的威胁之词，结果是柳毅用一篇肃然正色的言辞，拒绝了钱塘君。柳毅说是："诚不知钱塘君孱困如是！毅始闻跨九州，怀五岳，泄其愤怒；复见断金锁，掣玉柱，赴其急难。毅以为刚决明直，无如君者。盖犯之者不避其死，感之者不爱其生，此真丈夫之志。奈何箫管方洽，亲宾正和，不顾其道，以威加人？岂仆之素望哉！若遇公于洪波之中，玄山之间，鼓以鳞须，被以云雨，将迫毅以死，毅则以禽兽视之，亦何恨哉？今体被衣冠，坐谈礼义，尽五常之志性，负百行之微旨，虽人世贤杰，有不如者，况江河灵类乎？而欲以蠢然之躯，悍然之性，乘酒假气，将迫于人，岂近直哉！且毅之质，不足以藏王一甲之间。然而敢以不伏之心，胜王不道之气，惟王筹之。"一席充满了威武不能屈的气概的话，把那个本来并未把一介书生放在眼里的钱塘君说得惶恐而惭愧，自认"词述疏狂"，连忙"逡巡致谢"，请求原谅，并表示颇钦敬柳毅的人品高尚。

从小说的描写来看，柳毅也并非对龙女三娘无意，泾阳邂逅，龙女三娘虽然"蛾脸不舒，巾袖无光"，但仍不掩其"殊色"。托信之际，柳毅临别时还嘱她"吾为使者，他日归洞庭幸勿相避"，龙女三娘还归洞庭以后，柳毅又在龙宫中看到这位"自然蛾眉"的丽人，临别时龙女三娘还亲出"当席拜毅以致谢"，致使柳毅临行时"殊有叹恨之色"。但总的从柳毅的言行看，他仍不失为一个有豪侠气概的大丈夫。

柳毅拒绝婚事的原因，除了钱塘君"以威加人"使他感到不能屈服之外，还有不愿意亵渎自己见义勇为的初衷。他后来曾对龙女三娘谈到自己的想法："仆始见君于长泾之隅，枉抑憔悴，诚有不平之志。然自约其心者，达君之冤，余无及也……洎钱塘逼迫之际，唯理有不可直，乃激人之怒耳。夫始以义行为之志，宁有杀其婿而纳其妻者邪？一不可也。某素以操真为志尚，宁有屈于己而伏于心者乎？二不可也。"这里柳毅是说明当初自己是出于路见不平而拔刀相助的侠义动机，扪心自问，光明磊落，"达君之冤，余无及也"[1]，并没有个人的企图，堪称大丈夫的仗义壮举，如果接受了婚事，岂不成了"杀其婿而纳其妻"的小人吗？出于这"贫贱不能移，威武不能屈"的考虑，柳毅克制了自己对龙女的好感，离开了龙宫。这也可以算作"发乎情，止乎礼义"吧。

唐代的游侠之风产生的原因当然是很复杂的，姑且不去探讨，但那些讲义气、不畏强暴、解危济难、拯人于水火而不取报酬的侠客，无疑得到了唐代各阶层人们的爱戴。李白、元稹、温庭筠都有《侠客行》，那都是歌咏侠士的诗篇。唐代传奇中更出现许多侠士：《红线传》中的红线女、《聂隐娘》中的聂隐娘、《昆仑奴》中的老奴、《霍小玉传》中的黄衫豪士、《柳氏传》中的许俊、《无双传》中的古押衙……都有解危济难、不取报酬、行侠仗义的行止。从柳毅的行为和处事原则上来看，他实际上与这些人属同一系列。而唐代开阔恢宏、浪漫解放的时代气氛，则是游侠之风滋生的土壤。

---

[1] 张友鹤选注：《唐宋传奇选》，北京：人民文学出版社1979年版，第27～29页。

杂剧《柳毅传书》中的柳毅却有不同。当洞庭君亲自提出要招他为婿时，柳毅背躬道："想着那龙女三娘，在泾河岸上牧羊那等模样，憔悴不堪，我要他做甚么？"口里却又堂皇地回答"尊神说的是甚么话，我柳毅只为一点义气，涉险寄书，若杀其夫而夺其妻，岂足为义士，且家母年纪高大，无人侍奉，情愿告回"回绝了洞庭君，此后，钱塘君才发怒道："秀才，料想我侄女儿，尽也配得你过，你今日允了便罢，不允我与你俱夷粪壤，休想复还。"这段描写说明柳毅拒婚的原因并非出于道义上的考虑，也不存在"威武不能屈"的问题，而主要是柳毅"重色之心"太过。其次，柳毅又找出"只为一点义气"和侍奉母亲这两点道貌岸然的理由为自己掩饰，就使柳毅的形象蒙上了世俗和虚伪的灰尘。后来，当柳毅临行时，看到龙女三娘光艳动人"比那牧羊时全别了"的时候，当即后悔道"早知这等，我就许了那亲事也罢"，还忍不住对龙女表白："小生凡人，得遇天仙，岂无眷恋之意，只为母亲年老，无人侍养，因此辞了这亲事，也是出于不得已耳。"话虽不多，但柳毅无行的情状，却被刻画得入木三分。这种具体的描绘，使柳毅失去了传奇小说中的大丈夫和侠士风度，染上了凡夫俗子的庸俗习气。他受到无情的嘲笑，龙女说他"假乖张"，钱塘君也在他新婚时问他："柳先生，你这点义气在那里，与我侄女儿做了亲来！"

也许是一种巧合，这使人联想到一向与《柳毅传书》并称为神话剧"双璧"的李好古《张生煮海》，其中对张生形象的描绘，也有类似的笔墨。龙女琼莲由琴声引至寺院，见到张羽后，因见他"聪明智慧，丰标俊雅"提出愿招张生为婿，结百年之好，张生却令人扫兴地问道："小生做贵宅女婿，就做了富贵之郎，不知可有人服侍么？"听龙女讲了龙宫富贵之后，又忙说："有如此富贵，小生愿往。"本来，这个剧的主旨是"愿普天下旷夫怨女便休教间阻，至诚的一个个皆如所欲"，但如果穷书生张羽追求的是"富贵"，却不是"爱情"，就多少使人感到俗恶和失望了。

当然，不能把柳毅、张生与《潇湘雨》中的崔通相提并论，崔通是个薄幸、狠毒的势利小人。他得到富贵以后，抛弃了结发妻子张翠鸾，决定"能可瞒昧神祇，不可坐失机会"，做了试官的女婿，还非要将翠鸾置于死地。但当他发现翠鸾的生父原来是廉访使时，他马上后悔了："我早知道是廉访使大人的小姐，认他作夫人可不好也。"如果先不考虑崔通卑鄙的性格和行为，那么，他为了攀附权贵而抛弃情感，张生希望通过缔结良缘而得到富贵，柳毅重色甚于情感，似乎三者都有相通的世俗而卑下的性格特征。

这当然与唐传奇多是文人书生撰写，元杂剧多出于书会才人之手，而书会才人们对于世俗人情有更多的了解有关。

元剧与唐传奇中的爱情作品特征比较

第九题

元人爱情剧或以爱情为主要情节的剧作有三十余种，约占现存元人杂剧的五分之一。这些剧作的思想特征，与当时的社会生活和作家的心理都有着密切的关联。尤其和唐人小说中的爱情故事相比，二者对人物性格、情节矛盾的不同处理，更显示出两个时代的处于不同阶层的作家不同的爱情理想和社会理想。

元人爱情剧的题材与唐代传奇很有些渊源。唐代传奇中描写士子婚姻的名篇有《李娃传》《莺莺传》《霍小玉传》《离魂记》《无双传》《柳氏传》《步飞烟》《柳毅传》等。其中的《李娃传》《莺莺传》《离魂记》《柳毅传》被元人改编成《曲江池》《西厢记》《倩女离魂》《柳毅传书》，并保存了传奇中的基本情节。除了这种题材上的直接继承关系之外，一些唐代传奇中的爱情故事和元人爱情剧即使在故事情节上并没有直接的承继关系，但在格局以及故事主旨上，也有许多相通之处，表现了两者之间的衔接。

这两个不同时代的爱情作品的相同之处是：它们都是描写读书人的爱情生活。而且，在作品中，爱情婚姻与仕宦二者，又常常纠结在一起，成为不可分割的两个重要因素。

它们之间的不同点更为明显。择其要者，大概有三个方面。

第一，从唐人小说到元人爱情剧，男女双方的社会地位发生了值得注意的变化。唐代传奇中男子（亦即书生、士子）的身份比较高，社会地位比较优越。《李娃传》中的"生"为"时望甚崇，家徒甚殷"的"常州刺史荥阳公"之子，而李娃是个普通的"长安之倡女"；《霍小玉传》中李益为"门族清华"的得意进士，而霍小玉是妓女，虽然号称"霍王小女"，其实是霍王婢女的女儿；《柳氏传》中韩翊（翊，当系翃之误）为"知名"书生，柳氏为人姬妾，等等。元人爱情剧中女子的地位就显而易见地上升了。《墙头马上》中的李千金为宗室小姐、《金钱记》中的柳眉儿为府尹千金、《拜月亭》中的王瑞兰是尚书之女，其他如《举案齐眉》中的孟光、《㑇梅香》中的裴小蛮、《竹坞听琴》中的郑彩鸾、《倩女离魂》中的张倩女等，都有着显赫的出身。最明显的是《西厢记》和《曲江池》。《莺莺传》中的崔氏母女虽然"财产甚厚，多奴仆"，但从"旅寓惶骇，不知所托"看，并非宦门。而到《西厢记》，作者就采用了"董西厢"的写法，使莺莺成为"相国之女"。《曲江池》中的李亚仙，也由《李娃传》中的"长安之倡女"成为名重京师的"上厅行首"。元杂剧中的"上厅行首"都是非同一般的，她们都被写成是有相当高的文化素养，能诗词、会弹唱、谈吐文雅，内心丰富而细腻的女子，与大家闺秀形象近似。或者说，作家是按照闺阁女子的面貌来塑造这些妓女的。相比之下，元代爱情剧中的读书人的身份地位却有些下降。在唐人传奇中，即使男子一时还是士子，也被社会承认是"白衣卿相"，有着可望可即的前程，而在元杂剧中，"穷秀才"就意味着"晦气"和"一千年不得发迹"。

　　第二，从唐代传奇到元人爱情剧，作品中的矛盾性质也有所变化。在唐人小说中，矛盾冲突大多发生在男女双方本身。唐代社会的门第观念，以及知识分子在仕途前程上的实际考虑，常常成为酿成爱情悲剧的直接原因。莺莺与张生、霍小玉与李益的离异，主要都不是由于外力的压迫，而是由于当事人双方的缘由。张生与莺莺结合以后，崔母虽然并不赞成，但她也并未有任何破坏的举动，反而表示"我不可奈何矣""因欲就成之"，希望崔张的婚姻合法化。然而，关键在于张生并无与莺莺永结百年之好的打算。他在与莺莺同居于西厢后一月，曾西去长安，后"复游于蒲，会于崔氏者又累月"，之后，适逢"文调及期"，又西去，遂与莺莺成永诀。张生的行迹，虽然与《游仙窟》中张文成嫖妓宿娼的行径有所不同，但至多也只是将与莺莺的结合当作"艳遇"。虽然他在为自己"忍情"割爱提出依据时，诬莺莺为"尤物"，"不妖其身，必妖于人"，自己则是"善补过"因而退步抽身的，但这显然是用来掩盖自己势利的动机和薄幸行为的借口。《霍小玉传》中李益与霍小玉的离异，也是由于"生以书判拔萃登科"，为前程计，尊母命，别婚于"卢氏甲族"，而违背了自己当初的誓言。

总之，是由于女子地位的卑微，而男子又有前程仕宦上的考虑，促使了爱情悲剧的产生。

元人爱情剧的矛盾性质发生了变化，矛盾的对立面有了转移。元人爱情剧一般分为两种类型：一种是写书生与妓女相爱，中间经历波折，或鸨母从中干预，或商人加以破坏，历尽周折，终至团圆，如《曲江池》《青衫泪》《对玉梳》《玉壶春》《金线池》等都是。另一种写秀才与名门闺秀邂逅，互相倾心，以身相许，也经历种种磨难，或由第三者从中牵合，或秀才高中奉旨成亲，有情人终成眷属（这种归类，郑振铎、王季思均做过概括）。这些爱情剧的主要矛盾，并不是都发生在当事人双方，而往往是男女爱情与外力干扰的冲突，如鸨母的嫌贫爱富，商人为得到妓女而从中破坏，或者是女方父母出于门第观念所进行的阻挠等。这一点，从《莺莺传》到《西厢记》的发展中，表现得非常明显。《西厢记》中的张生，不再是《莺莺传》中那个始乱终弃的负心汉，成为一个用情专一的文魔秀士。而崔母则不仅身份变为相国夫人，也成为崔张婚姻爱情的直接障碍。

第三，在元人爱情剧中，女子在爱情婚姻问题上，在反抗外力的阻挠，争取婚姻自主的斗争中，表现了一种积极的主动精神。相反，在唐代传奇中，这种主动权是操在男子手中的。《莺莺传》自不必说，张生为莺莺容貌倾倒，先是追求，后又抛弃。《霍小玉传》，李益"思得佳偶"，得到霍小玉后，心满意足，曾经"引谕山河，指诚日月"，后却别婚于卢氏，抛弃了霍小玉。《步飞烟》中，赵象在窥见飞烟以后，"废食忘寐"，先贿赂阍人，又让门媪达情传诗，主导的一方也在赵象。《李娃传》中荥阳公子也是对李娃一见倾心，不达目的不肯罢休。相反，这些小说中的女子，多半处于被选择、被玩弄的被动地位，即使在遭到不幸时，也只是自叹红颜薄命。莺莺被遗弃时，只是愁怨悱恻。霍小玉冤愤至死，对李益也无可奈何。柳氏先为李生幸姬，后被赠给韩翃，接着被番将沙吒利抢去，继而又为许俊夺回。这虽然是个奉旨团圆的故事，但柳氏像一件东西一样被赠送、被抢夺，都表现了她近乎奴隶的地位。元人爱情剧改变了女子这种被动、软弱的状况，剧中女子在爱情追求上大多具有主动精神和大胆勇敢的气概，婚姻的决定权和左右婚事发展趋向的力量，也往往转移到女子一方。这在《墙头马上》《曲江池》《倩女离魂》《望江亭》中，都有充分的体现。

唐人小说与元人爱情剧描写爱情、婚姻的作品的异同，当然不限于上述列举的几点，即如上述几点，也是就唐代传奇和元人杂剧的主要作品的主要倾向而言，并非没有例外。而且，这些异同所显示的文学作品的思想、艺术上的意义，也是多方面的。但是，这里有一个值得注意的问题，这就是：比起唐代传奇来，元人爱情剧中的女子的地位得到极大的加强和提高，并且常常是以具有独立性格力量的形象出现。

元人爱情剧出现的这些新的因素，在宋代的爱情作品中，虽然也有所表现，但并未形成许多作品的共同点，也未构成较完整、充分的特征。即使在宋代话本中出现了性格泼辣大胆的下层社会市井女子的形象，但是，这些与本文所论述的元人爱情剧的特征，也还有着相当的距离。

元人爱情剧中女子地位的加强和提高，不仅表现在作家对她们的身份的处理上，即由唐人小说中的寒门和微贱的出身，上升到元剧中官宦大族门第（虽然这种处理也不是无关紧要的），更主要的是她们在剧中发生的事件中的地位和作用，以及她们的心理状态和性格内涵上的变化。如前所述，唐人爱情小说中，女子是处在被选择的被动地位上，而在元代爱情剧中，男女双方都表现了选择的权利，甚至有时选择的决定权还转移到女子的手中。《救风尘》中的赵盼儿直言："姻缘簿全凭我共你，谁不待拣个称意的？他每都拣来拣去百千回，待嫁一个老实的，又怕尽世儿难成对；待嫁一个聪俊的，又怕半路里轻抛弃。"剧中的宋引章也在商人周舍和秀才安秀实之间进行了权衡。《拜月亭》中的王瑞兰姐妹，也曾在文武状元之间做了比较。在选择的具体标准上，虽然她们各有不同的考虑，但传统的，包括唐人小说中所描写的以"才""貌"取人的观点,仍然在元剧中延续下来,而且,被当作主要的标准。不过,如果仔细考察,唐代小说和元代杂剧在对"才"与"貌"的要求上又有差异。唐人小说强调"郎才女貌",而元人杂剧则往往双方都要求对方"才貌双全"。例如《墙头马上》中的李千金,首先倾心于裴少俊的外貌,继而又钦慕他的"多才",而裴少俊也是为李千金"倾城之态"和"出世之才"所吸引,这两点,成为他们互相爱慕的基础。《西厢记》中莺莺爱张生"外像儿风流青春年少,内性儿聪明冠世才学",张生也是迷恋莺莺的貌类观音和才思敏捷,他们自佛殿相逢起,便是"四目相视",有契于心的,不像《莺莺传》有很长一段时间,都是张生由慕恋莺莺的美色而害着单相思。其他如《潇湘雨》《举案齐眉》《玉壶春》《倩女离魂》等都是如此。从"郎才女貌"到双方的"才貌双全",并要求精神上情趣上的契合(比如靠琴音互相了解,用诗词彼此传情,等等),这种选择标准的变化,是以女子地位的提高作为必要的前提的。正因为如此,在元人爱情剧中,卓文君与司马相如式的、才子才女的结合作为一种理想的爱情婚姻关系,一再被那些相爱的男女提出而奉为榜样。这改变了犹如唐人小说中张生对莺莺、李益对霍小玉那样的男子对女子单方面的"渔色"的观点,显示了女子在人格上与男子平等的朦胧要求。

在元人爱情剧中，女子的地位的提高和她们性格上的新因素，还表现在她们为男子所远远不及的识见和胆量上。如《倩女离魂》中的张倩女，她的灵魂追上王生以后，对王生说："你抛闪咱比及见咱，我不瘦杀多应害杀。他若是赶上咱待怎么？常言道做着不怕。"当胆小怕事的王生搬出"古人云聘则为妻，奔则为妾……你今私自赶来，有玷风化"的封建礼教责难倩女时，她答道"你振色怒增加，我凝睇不归家。我本真情，非为相唬，已主定心猿意马"，表现了女子一方惊人的勇气。在《萧淑兰》剧中，闺阁女子萧淑兰钟情于书生张云杰，"数日间行忘止，食忘餐"，并不羞于承认自己的深挚感情，想方设法与张云杰相见，反复以情词相赠，表白心迹，表现了一种主动执着的追求精神。尤其值得注意的是《墙头马上》中的李千金，在她与裴少俊一见钟情之后，便首先约裴生当晚在花园相会，被嬷嬷撞见以后，并不惊慌，坦率地申述自己行动的理由，并与裴生连夜出走，结为夫妇。七年后，她被裴父发现，又一次理直气壮地为自己的权利进行辩护。比较起这些大胆、主动的女子形象来，元代爱情剧中的男子在为自己的爱情婚姻斗争的过程中，就显得很为逊色，以致使这些胆识过人，对自己的追求充满信心的女子，有时竟对他们表现了大不敬。李千金就曾讥讽裴少俊的软弱："他那三昧手能修手模，读五车书会写休书。"萧淑兰也对她所追求的书生张云杰一味讲道学,几次拒绝她的感情十分恼火,道是:"这文君待驾车,谁承望司马抛琴。"《秋胡戏妻》中的罗梅英虽然因为婆婆不得已认了无行的丈夫秋胡,但也声明:"非是我假乖张,作出这乔模样,也则要整顿我妻纲。""夫为妻纲"在封建社会是不二的信条,这里却提出要"整顿""妻纲"。这种自信、执着、刚强,富于胆识和勇气的女子,在元代爱情剧中不难寻找(当然这些思想性格特征,在不同的女子身上有程度不同、方式不同的表现),而在唐人小说中,却很难见到。唐人小说中的女子一方,在心理上就有一种卑弱的因素,即使在处于顺境的时候,她们也摆脱不了自轻自贱的阴影的笼罩。这种自轻自贱,正反映了她们在爱情婚姻上的依附状况。如霍小玉对李益的"爱情"始终并不放心,就是在他们感情最融洽的时候,霍小玉也会悲从中来,自叹"妾本娼家,自知非匹";莺莺在张生即将西去的前夕,自知将成永诀,却只能恭貌怡声地叹息"始乱之,终弃之,固其宜也",既不敢怨,也没有恨。即使如《柳毅传》中的龙女三娘,出身并不微贱,但作为男子的对立面,心理上也还是卑弱的,她被夫婿"厌薄",唯有"歔欷流涕"。后嫁柳毅,一直不敢以实言相告,直到生了儿子,感到自己的地位比较稳固了,才对柳毅说出真情。对于这种畏怯,龙女三娘所陈述的原因是"妇人菲薄,不足以确厚永心"——这可以看作唐代小说中女子对自己的认识。在这点上,元剧《曲江池》中李亚仙的"更做道如今颠倒颠,落的女娘每倒接了丝鞭",可以看作元剧中这一"颠倒"变化的概括性的说明。这句话,既表现了女子们的自信自重甚至自豪的心理状态,也从爱情上男女双方主动地位的变化上,概括了女子成为主导一方,而男子则相形见绌这一"颠倒"的普遍性现象。当然,这种"颠倒"也是有限的,即使元人爱情剧中,女子实际上也还处于依附的地位,最后也还是要由男子给女子带来"金冠""霞帔",带来荣华富贵,这里所谓"颠倒"不过是相对而言。

元人爱情剧中,女子地位的提高,她们性格、心理上的自信和行动上顽强追求的出现,传统的"男尊女卑"观念在剧中显示出来的某种程度上的削弱甚至"颠倒",产生的原因是复杂的,多方面的。这个问题,可以分两个方面来进行考察。一是由于社会情况的变异,以及由此引起的社会观念、习俗标准的变化,二是由于创作者的社会地位的改变而产生创作心理上的不同状态。

唐代是我国封建社会发展的顶峰。社会处在一种上升发展的阶段。相反,元代只有一百年历史,相对来说是封建社会的黑暗时期。不过,这只是事情的一个方面。在元代之前的宋代,统治者以理学辅助统治,建立了一整套纲常观念和严整的道德规范,尤其妇女的思想和行动更受到了严酷的钳制,成为男子的绝对附庸。元代统治者入主中原以后，虽然充分显示了它野蛮、残酷的统治特色，但在思想钳制上，却远逊于宋代。这是因为他们进入中原之前，刚刚脱离氏族社会不久，思想文化都处于比较幼稚和简单的阶段。他们既无宋代统治者用以束缚人心的系统思想，一如赵宋王朝以理学作为束缚人心的绳索，也无经世致用的严密措施，一如明朝以八股取士收束人心，以特务统治严密法网。元朝开国之初，就有汉儒反复向元代统治者阐述儒学是治国平天下的良药，应当开科取士，网罗人才。但元代统治者并未予以重视。朱元璋在分析元朝失天下的原因时，认为"耽于逸乐，循至灭亡，其失在于纵弛"（余继登《典故纪闻》卷二）。这里的所谓"纵弛"，就是不严密，有漏洞之意，"纵弛"，当然也包括对思想的钳制和禁锢较为松懈在内。这种松懈，即使在元杂剧的创作这一侧面上，也有所反映，这便是出现了若干具有大胆批判精神的作品。如《赚蒯通》的借古讽今、《荐福碑》的指桑骂槐、《窦娥冤》的直斥官吏、《王粲登楼》的发泄冲天怨气等，都表现出当时尚无精神领域的统治措施，文网也还并不那么"恢恢"。在婚姻方面，蒙古族的乱婚习俗冲击了程朱理学束缚妇女的链条，纲常观念在一定程度上受到削弱，从这个意义上说，元代女子可以说得到了一种暂时的、有限的"解放"。《元史·列传第八十七·列女一》所言，"女生而处闺闼之中，溺情爱之私，耳不聆箴史之言，目不睹防范之具，由是动逾礼则，而往往自放于邪僻矣"便是有感于女子放任越礼的世风日下之叹。比起唐宋传奇以及明代戏曲中的女性形象来，元人爱情剧中的女子常常带着"野性"，富有胆识，敢作敢为，少有封建伦理道德观念的负担，应是这一时代社会现实状况的真实反映。

另外，宋元以来，城市经济繁荣，特别是杂剧兴起，大量的杂剧社团在城市出现，促使相当一部分女子成为职业妇女进入社会。宋代技艺人中女流较少，这可以从周密《武林旧事》、佚名《西湖老人繁盛录》、吴自牧《梦粱录》等书的记载中看出来。而元代的女演员则成批涌现（见夏庭芝《青楼集》）。这些女子的经济地位由此发生了变化，从家庭进入社会，阅历得以丰富，眼界随之开阔，社会地位也有所上升。当然，所谓"上升"，也仅仅是就社会地位的相对浮动和束缚的减轻而言。这些女子在妇女中虽属少数，但影响较大，代表了一种发展的趋势，加以元代的杂剧作家大多数是生活在比较接近社会下层的知识分子，即便如白朴这样出身于士大夫阶层的杂剧作家，他特殊的生活遭遇，也使他与下层市民以及杂剧演员有许多的接触，这也是元代爱情剧中可能出现一些诸如赵盼儿、李千金、罗梅英这样泼辣大胆，带有一定"独立"性格色彩妇女的重要原因之一。

不过，仅从社会生活的变化去解释元人爱情剧中妇女地位的提高，以及出现一批具有独立性格力量形象的原因，是不可能十分完满的。实际上，剧中描写的妇女形象，她们的性格和行动，可能比现实生活中出现的变化要强烈得多。可以说，这其中有很大程度的"理想化"的表现。这在唐人小说中并不突出。唐代社会的稳定，对前途的乐观，使人们对现实充满信心，有一种满足感，因而文学带有"客观"的特点，并不需要借助于"虚妄"（或者叫作"理想化"）。唐人小说中反映的男尊女卑、婚姻观念、爱情悲剧，大体上都能在现实中找到根据。而元人爱情剧所揭示的，显然带有更多的"理想化"的色彩。因此，对这个问题的分析，还应该着眼于作家本身的状况。他们在元代由于政治、经济地位发生的急剧变化，对他们的思想、心理产生了怎样的影响，以及因此决定了他们在观察事物、处理题材上采取了怎样独特的方式。

事实上，元代的儒生，地位是不能与唐宋时期的士子同日而语的。他们倒不一定是在"倡""丐"之间，主要是他们失去了素常"四民之首"的地位，不再像唐、宋那样受到优崇。关键的问题还在于他们没有了通过科举而"一举成名天下知"的发迹道路，这样，儒生便只剩下了"皓首穷经"的命运。读书人读书却不能做官，读书本身就失去了实用价值。退而寻求其他出路，他们又往往不习生理，经济地位也就可想而知。他们在世人眼里的地位也就一落千丈了。元代民间有俗谚曰,"生员不如百姓,百姓不如衹卒"(李继本《一山文集·与董涞水书》),甚而至于"小夫贱隶,亦以儒为嗤诋"(余阙《青阳先生文集·贡泰父文集序》)。

这种现实,在元代爱情剧中也有所表现。剧中的儒生受到商人们的嘲弄、鸨母们的侮辱、达官贵人们的轻视,甚至富户婢仆们的白眼,都不是凭空杜撰的,内中都包含着书会才人们——社会下层知识分子的切身体会和痛苦的经验。现实既没有给书生们提供任何后盾,前途又那么暗淡,加以世俗人居高临下的鄙薄的目光,都使书生们自惭形秽,全然失去了应有的信心和气概,于是爱情剧中儒生的带有自卑色彩的形象,"偎妻靠父"(《渔樵记》)的卑琐形象就代替了唐传奇中踌躇满志、带着自傲气概的、在爱情问题上以自己为中心、带点"狠毒"味道的"大丈夫"形象。

在元人的爱情剧中,常常出现通过女子的选择为儒生的地位、价值、前途进行辩护的细节。《拜月亭》中的王瑞兰姐妹,在谈到儒生与武夫的优劣时道:"你贪着个断简残编,恭俭温良好缱绻。我贪着个轻弓短箭,粗豪勇猛恶姻缘。你的管梦回酒醒诵诗篇,俺的敢灯昏人静夸征战。少不的向我绣帏边,说些硁可可落的冤魂现",在比较中肯定了读书人温良恭俭的风度。《举案齐眉》中的孟光与父亲有

过一场辩论:

> 正旦唱〔十二月〕:……这秀才读万卷,有一日笔扫千军,他须是黄阁宰臣,休猜作白屋穷民。
>
> 孟云:我看这穷秀才,一千年不得发迹的,女生外向,怎教我不着恼。
>
> 正旦唱〔尧民歌〕:你道是儒人今世不如人,只合齑盐岁月自甘贫,直等待凤凰池上听丝纶,宫袍赐出绿罗新,青也波云……

竭力陈述书生的光明前途。"儒人今世不如人"是现实,而"有一日笔扫千军"则是幻想,是对儒生地位、价值所做的申辩。再看《墙头马上》中李千金与嬷嬷的对话:

> 嬷嬷云:你看这穷酸饿醋甚么好。
>
> 〔牧羊关〕:龙虎也招了儒士,神仙也聘与秀才,何况咱是浊骨凡胎。一个刘向题倒西岳灵祠,一个张生煮滚东洋大海,却待要宴瑶池七夕会,便银汉水两分开!委实这乌鹊桥边女,舍不得斗牛星畔客。

其实,裴少俊的父亲是尚书,裴少俊并非一般读书人,但在这里,他是以"穷秀才"的身份受到轻视,而李千金也是为一个"儒生",而不是为"尚书公子"进行辩护的。作者白朴在这里要证明的,也是关于儒生的价值、地位这个带有时代特点的普遍命题。王实甫的《破窑记》中结语:"世间人休把儒相弃,守寒窗终有峥嵘日。不信道到老受贫穷,须有个龙虎风云会。"显然是作者对轻儒世风所发出的愤激感慨之词。

在唐人小说中,士子们的形象是踌躇满志颇为得意的,即使他们还是普通的书生,他们也不需要什么人为他们的地位前途申辩。因为在现实生活中,他们既有被人羡慕的地位,又有光明的前途。等到要喋喋不休地说明、证实书生的优长,并为他们目前的境遇做解释的时候,当然是由于他们已经陷于困窘,为社会所轻视了。

于是,一方面是读书人在前此的时代中有较为优越的地位和光明的前途,另一方面是元代现实生活中,儒生的地位、前途产生了重大逆转,这两方面情景的对比,在元代一部分知识分子,尤其是比较接近下层的知识分子(包括杂剧作家)的心理、性格中投下了阴影,使他们产生了复杂的、与唐代士子不同的心理状态,并直接影响到他们的创作。

唐代士子地位优越,使他们的心理上有优越感,因此,当唐代传奇的作者在处理士子的爱情生活题材时,对于另一方的女子，便表现了一种"俯视"的角度。相反，当元代读书人自觉到自身所处的困境，以及在社会轻视儒生的压力下，产生性格上的软弱、自卑、畏葸时，他们便会对生活中那些带有大胆的性格、表现了独立性的女子予以更多的注意，并对她们的观察采取了"仰视"的角度。因此，在爱情剧中，作为爱情统一体的女子一方便显得高大起来。而且，将这些女子处理得"高大"和带有理想色彩，也是符合并能满足他们的心理要求的。他们需要有果敢坚决、有胆有识的人为他们伸张正义，在世人鄙薄他们时，勇敢地站出来选择他们，证明目前他们的处境只是一种"不公"的暂时现象。不是由他们自己，而是由这些能识英雄于贫贱之时的巨眼英豪来发现和宣传他们的价值。把他们从可悲的命运中解脱出来。因此，可以说，有独立性格力量的妇女形象的出现，既与现实生活的状况有关，又与元剧作者的心理状态及与此相联系的创作思想有关。

由于作家创作心理的变化，在唐人传奇与元人爱情剧中共同涉及的某些问题上，作家的处理发生了明显的不同。如在唐人小说中，贯串着一种对男子"始乱终弃"的行为加以谅解，甚至赞同的道德标准。这在《莺莺传》中有突出的表现。因为在唐代，为了前程而抛弃门户不当的女子并不受到责难，"负心"也并不成为男子的道德问题。《李娃传》中，李妓对此有"明白通达"的表白："今之复子本躯，某不相负也。愿以残年，归养老姥，君当结媛鼎族，以奉蒸尝。中外婚媾，无自黩也。"霍小玉也由于"自知非匹"，只希望与李益做八年恩爱夫妻，然后让李益"妙选高门，以谐秦晋"，自己"舍弃人事，剪发披缁"遁入空门了此一生。崔莺莺在被弃的问题上，也表示"愚不敢恨"。传奇作者以肯定的态度表现被损害一方的这种"通达"的理解，自觉的行动，不仅说明"始乱终弃"为当时社会所承认，而且也显示了作家为了维护知识分子的地位和前程对被损害的女子"俯视"的表现角度。

但是，到了元代爱情剧中，这种对"负心"的肯定已经不再出现，相反，作品中贯串了对爱情的专一和忠诚的强调，且有如《潇湘雨》那样谴责"负心"的作品出现。元代爱情剧常常赞扬为实现婚姻自主而对封建势力、恶势力的抗争，歌颂在患难中男女双方的互相扶助，以及历经挫折而不衰，屡遭磨难而不渝的忠贞爱情。这种接近于现代意义上的爱情理想的出现，固然表现了从唐代到元代社会的发展在这一观念上的进步，同时也表现了由于知识分子地位的降低，"始乱终弃"的社会习俗和道德标准不可能再得到维持。这样对于忠诚专一的要求，在患难中信守誓言的要求，以及对"始乱终弃"的否定，就不仅是这些忠于爱情、有独立人格的女子的需要，也是这些多少显得软弱的"儒生"的需要了。

再从"婚"与"仕"的关系上来看两个时代作家的不同处理状况。在唐人传奇和元人爱情剧中,爱情婚姻与仕宦常常是不可分割的。唐人传奇中的所谓"爱情"与婚姻仕宦常常发生矛盾,因为"爱情"往往不是与对等的门第相符合,这里所说的"爱情",是以男女双方的真挚感情为内容的,而"婚姻"作为与"仕宦"相辅相成的手段,就不仅仅属于当事人的情感一类,而与事功有着密切的联系,这也就是莺莺与张生、霍小玉与李益等爱情悲剧产生的真正原因。唐人小说并不讳言这一矛盾的存在,并且通常是以牺牲"爱情"来维护"仕宦",即使有的作品如《李娃传》企图调和这种矛盾,也是立足于门第鸿沟的消弭。唐代传奇作者不想掩饰这一客观存在的社会矛盾。

元代爱情剧的重大变化是并不表现,也就是说并不承认爱情与仕宦,以及与仕宦密切相关的婚姻的矛盾。相反,剧中的书生们靠考试或"万言长策"高中,在一般情况下,都成为剧中所歌颂的、往往是门户不当的爱情婚姻的补充。这显然是一种"理想",一种由于不得志的潦倒而对现实产生的幻想。这种"幻想"当然也并非凭空产生,他们是借助记忆、追索历史,将唐、宋士子曾经有过的,在政治、经济、家庭生活中的优越地位作为填补幻想的材料来源。因此,根据记载,尽管元代的那些"上厅行首"和普通妓女,大多嫁与艺人、商人或与达官贵人为妾,但在爱情剧中，她们却毫无例外地选择了书生。尽管元代书生几乎没有"蟾宫折桂"和结婚姻于高门的可能性，但在爱情剧中，他们又无不克服重重障碍，仕宦上一举成名，爱情上如愿以偿。

杂剧作家们在真实地揭示书生穷愁潦倒和为世俗鄙薄的同时，又为他们编织了爱情与仕宦统一的轻飘飘的美梦，聊以寄托不平、感伤、失望等极其复杂的心理。

元杂剧的大团圆结局

第十题

元杂剧中的悲剧、喜剧、正剧，往往都一律以大团圆收尾。但它们的具体情况却是并不一律的。

以爱情剧、社会剧而论，只有少数作品的团圆结尾是剧情发展的必然结果，如《望江亭》《救风尘》《汉宫秋》《墙头马上》之类，而这些都出自关汉卿、马致远、白朴这样的大家手笔。但即使是这些作家也有一些作品的团圆结尾明显地表现出了生硬、不合逻辑的痕迹。例如关汉卿的《拜月亭》，拆散了女儿婚事的王尚书，强迫女儿招新科状元为婿，而新科状元恰是他原来的女婿，因而王瑞兰与蒋世隆得以团圆。显然，这是借助偶然的巧合，既维持了男中状元、洞房团圆的传统喜剧结尾，又照顾了"有情人终成眷属"的婚姻自由的要求；然而，却终归使人感到不可信。又如马致远的《青衫泪》和《荐福碑》，它们的前半部分，分别描写歌伎流落他乡，儒士沦落天涯，都比较真切、动人，而结尾时，白居易的官复原职并与裴兴奴奉旨团圆，张镐忽然靠"万言长策"命中头名状元，并被扬州太守宋公序招为女婿，就仓促而突然，显然是凭空添上去的光明尾巴。

元杂剧中还有一种大团圆的情况是由于找不到解决问题的出路，结果多半是弱小的、被污辱、被损害的一方向另一方妥协，维持"大团圆"的结局。最明显的例子是杨显之的《潇湘雨》，剧中的李翠鸾，被高中之后另娶的崔通遗弃，李翠鸾寻上门去之后，崔通又诬她是逃奴，将她面上刺字，迭配沙门岛，几乎丧命。由于李翠鸾在驿馆巧遇失散了三年，现任肃政廉访使的父亲，冤情才得以昭雪。结果却因为她与崔通原是"明婚正配"，不好"再招一个"女婿，于是破镜重圆。其他如《调风月》《曲江池》《玉镜台》《秋胡戏妻》等也都属于这种情况。

这些剧经常是矛盾发展到高潮时，便突然刹车，加上公式化的结尾，而且非要演到男中状元、女封夫人、洞房花烛方肯罢手。对元杂剧的这种仓促为之、千篇一律的封赠团圆式的结尾，明人就有异议。臧晋叔《元曲选》序云："或谓元取士有填词科，若今括帖然，取给风檐寸晷之下，故一时名士虽马致远、乔梦符辈，至第四折往往强弩之末矣。"事实上，元代"以曲取士"之说，纯系子虚乌有，那么，这种解释也就站不住脚了，但他指出元杂剧结尾的"强弩之末"的普遍弊病，还是有见地的。徐复祚在谈《西厢记》的结尾时说"何必金榜题名，洞房花烛，而后乃愉快也"（《三家村老委谈》），也是对元杂剧这种普遍存在的现象所提出的批评。清代李渔（1611—1680）《闲情偶记》说"会合之故，须要自然而然，水到渠成……骨肉团聚，不过欢笑一场，以此收锣罢鼓，有何趣味"，是从戏剧结构的角度，谈团圆的结尾不能脱离整个剧情的发展逻辑。金圣叹在批点《西厢记》时，更是力主《西厢记》到"惊梦"

为止，反对狗尾续貂的第五本。我们姑且不去讨论他这个主张的思想原因，单从艺术见解上看，是有可取之处的。更有清人如吕世镛，以为"草桥一梦，正是大好结构，续编造无为有，自是蛇足"（见康熙庚子怀永堂《第六才子书》眉批），明确主张止于"惊梦"，自有不尽之意，不必非要大团圆。

新中国成立后的研究者，对这个问题也有涉及，王季思（1906—1996）在《西厢记叙说》中认为："杂剧的作者为了表达人民的愿望，虽然把一个悲剧的结局改成团圆，然而这是缺少现实的根据的。"刘大杰的《中国文学发展史》在论《西厢记》第五本时说："以郑恒之死，与崔张结婚的团圆作结，虽说把悲剧写成了喜剧，但这种悲剧的喜剧，在观众的心理上，最无缺陷……"这些议论虽说都是对《西厢记》第五本而发，但实际上，也可以看作推而广之地对于杂剧创作中这一种习见现象所持的观点。

人们往往由于充分肯定元杂剧反映社会生活的深度和广度而原谅了这种不合理的结局，忽略了形成这样一种带有规律性的现象的原因。这种千篇一律的封赠团圆式的结局，究竟寄托了一种什么样的"人民的愿望"，究竟是适合了"观众"怎样的"心理"，还需要再深究一步。

如果说是表达了一种什么"愿望"，应当说是表达了封建社会中知识分子对于仕宦和婚姻的幻想和追求。如果说是适合了一种什么"观众的心理",应当说是适合了由孔子创始的,在长期封建社会中形成的,以维护宗法关系为美德的伦理观念。而且,元杂剧的大团圆结局还与元杂剧所担负的任务、演出的情况和对象有着密切的关系。

元杂剧的作者们,大多是生活在下层社会的知识分子,因此,他们揭露了社会的黑暗、反映了多方面的矛盾、描述了那个时代的风俗人情,在这方面,他们都不同程度地忠实于生活的真实,这是元杂剧大家辈出,取得了卓著成就的重要原因之一。在不少作品中,元杂剧的作家们代表受迫害的弱者的愿望,向封建统治者和恶势力进行抗争,他们为受禁锢的青年男女争取爱情婚姻的自主权利,同情没有出路的知识分子困厄的处境……然而,当他们到了解决矛盾,回答自己在剧中提出的问题的时候,他们迷惘了,在这些棘手的问题面前望而却步了。一方面是,社会现实并未提供合理的答案;另一方面,作者的思想局限,也使他们对问题缺乏正确的认识。为了替自己作品中不幸的痴男怨女、沦落飘零的书生游子们找到美满的出路,他们就使用了最简单的、最容易靠习惯的观念找到的、传统的"改换门庭"的办法来解决问题。

知识分子"改换门庭"的途径一向有二,那就是"婚"与"仕",这并非始自元代。汉代的司马相如之所以成为后来的文人钦慕的对象,一是由于他才高八斗,一篇赋就使他步入仕途得近天颜,交了好运;二是他一曲《求凰操》就引动了临邛巨富卓王孙的女儿卓文君,于是他仕途上平步青云,并与高门富户结亲,既有了地位,又有了钱财,达到了封建时代知识分子理想的最高境界。魏晋南北朝时的士大夫的政治地位、人品评议,也都是以仕宦、婚姻作为评论的标准。唐代士子也极明了一生得失成败系于婚、仕二事的道理。元稹就是由于既能"巧宦",又能"巧婚",才攀上了官至相位,结婚韦氏高门的辉煌顶峰(这一点,陈寅恪在《元白诗笺证稿》一书的第四章,有详尽阐述)。"天子重英豪,文章教尔曹。万般皆下品,唯有读书高",可以代表宋代对于由科举而入仕的知识分子的重视,从而证明仕途对于知识分子的重要。而程朱理学所主张的"尊卑大小、截然不犯",规定了严格的封建等级制度,建立起士大夫婚姻的藩篱,因此,宋代一般知识分子对这两件与终身荣辱有关的大事,也都非常重视。元代社会下层知识分子既不可能顺着科举的道路青云直上,结婚姻于高门也成了泡影,但"书中自有黄金屋""书中自有颜如玉"仍然是一般知识分子幻想中的天堂。元杂剧,特别是爱情剧和社会剧的结尾,总是让书生凭万言长策(这是宋代取士重视策论的反映)和考试高中,而且在婚姻上也顺心如意,要么由于入仕而被高门招赘,要么因得中而夫荣妻贵。《王粲登楼》中的王粲经过了一番书剑飘零之后,靠万言长策,博了个兵马大元帅,与蔡丞相女儿成婚,终于功成婚就。《举案齐眉》中的梁鸿夫妇在度过一段苦寒生活之后,梁鸿一举状元及第,并给孟光请来了金冠霞帔,苦尽甘来,终至夫荣妻贵。《荐福碑》中的张镐屡经碰壁折磨之后,也靠万言长策被封为县令,并被扬州太守宋公序招为女婿……这些剧都是以其中描写社会生活部分的真切而取胜,它们显然是硬加上去的光明的尾巴,只是反映了元代知识分子并未超出传统观念的、对于仕宦和婚姻的最美好的设想。

除了知识分子对仕宦婚姻的理想之外,元剧的大团圆结局,还与元杂剧演出的情况有密切的关系。

元代杂剧演出大抵有以下三种情况:一为承应官府,二为祈神赛社,三是立集场做买卖。

承应官府是元代杂剧艺人的首要任务。凡属于教坊勾栏"乐籍"的,便成为"官身",成为终生以"供笑"为职业的奴隶。为了不误"承应",乐人的婚姻也受到严格的限制。《元典章》十八"户部"项下记载:"至元十五年,中书刑部承奉中书省札付,宣徽院呈,教坊司申:本管乐人户计,俱于随路云游,今即随路一等官豪势要富户之家,舍不痛资财,买不愿之乐,强将应有成名善歌舞、能妆扮、年少堪以承应妇人,暗地捏合媒证,娶为妻妾,虑恐失误当番承应,乞禁治事。得此,于七月十八日闻奏过,奉圣旨:是承应乐人呵,一般骨头休成亲,乐人内匹聘者。其余官人富户，休强娶要，禁约者。钦此。"这种措施，是为了保证"当番承应"不失误而施行的，皇帝也十分重视。即使一般官员，也不能娶乐人为妻。《青楼集》载："王金带，姓张氏，行第六。色艺无双，邓州王同知娶之，生子矣。有谮之于伯颜太师，欲取入教坊承应。王因一尼为地，求间于太师之夫人，乃免。"可见"乐籍"为了"承应"对歌伎演员的拘束之紧。

这种"承应"的任务，上自皇廷，下至各级官府，都有属于各级官府的乐人承当。在内廷筵宴、接待外使以及庆祝节日时都要演出。《阳春白雪》中所收无名氏〔双调·新水令〕："大元开放九重天，拜紫宸玉楼金殿。红摇银烛影，香袅玉炉烟。奏凤管冰弦，唱大曲梨园，列文武官员，降玉府神仙，齐贺太平年。"这可能即是元旦朝会时所用的曲子。王恽《秋涧集》卷八十二中也记载了中统二年夏六月十日"都省官与高丽使人每就省中戏剧者"——应该是内廷以戏剧招待外使及官员的记录。各级官员宴请宾客时也把承应的伎乐叫来佐酒侑觞，《典章新集》就有县尉将教坊司乐户女叫到酒楼饮酒讴唱的记载。

乐人们作为"官身"要随叫随到，不能耽搁，稍有怠慢，就要挨板子。《蓝采和》中的末尼许坚就因为"不尊官府，失误官身"险些被打四十板子。《金线池》中的杜蕊娘也因"失误官身"，"本该扣厅责打四十"，后因韩辅臣讲情放免。即使是"冲州撞府"流动演出的民间剧团——路歧，也同样必须应承官府的差遣（见《宦门子弟错立身》）。这些情况虽然都是戏曲中的描写，但也都反映了现实生活的实际。

在内廷筵宴上演出，自然要颂圣、贺节。《武林旧事》中所记载的宋官本杂剧段数《天下太平爨》《喜朝天爨》《宴瑶池爨》和《辍耕录》中的金院本名目《丰稔太平》《四海民和》《皇家万岁》《金皇圣德》《四国来朝》等应当都是当时专门应付这种场合的节目。官府宴客、庆寿也要取吉利，《请客薄媚》、《打勘长寿仙》、《诗书礼乐爨》（以上载《武林旧事》），《王母祝寿》、《松竹龟鹤》、《洗儿会》（以上载《辍耕录》）都可能是属于这类专门节目。元杂剧中或许也曾有过专门承应的剧目，现在已经失传。也许原本就没有专门的贺寿、娱宾节目，而只是在剧的末尾加上颂词。以前的研究者已经注意到从现存的许多元杂剧的颂圣结尾，有时甚至是脱离剧情的颂圣结尾如"显见得皇恩不滥，痛瞻仰天日非遥"（《赚蒯通》）、"共皇家万古长春"（《谢金吾》）、"方才见无私王法，流传与万古千秋"（《陈州粜米》）中，还能看出这种承应的痕迹。

不管内廷也好，官府也好，贺寿贺节也好，筵宾娱客也好，对杂剧都要求雍容华贵、轻松愉快，并投合从皇帝到大小官吏的脾胃，于是奉旨成婚、洞房花烛、富贵长寿、团圆喜庆之类，就成了最理想的节目。像《玉镜台》这样既"风情"，又"风雅"的剧，再加上"金尊银烛启华筵，一派笙歌彻九天。若非恩赐鸳鸯会，焉能夫妇两团圆"的结尾，就很适合在承应官府的场合演出，而不会像我们今天这样，觉得这个剧几乎一无可取了。

元剧演出的第二个任务是娱神。《元典章》（五十七·刑部十九）记载："今市井之人，舍人事而不为，冒法禁而为之，又有各衙节级首领人等，轮为社头，通同庙祝，买嘱官吏，印押公据，纠集游惰，扛抬木偶，沿街敛掠，搅扰买卖，直使户户出钱，而后已所得赢余，朝酒暮肉，每次祈赛，每日不宁，街衢喧哄，男女混杂……"可见元代民间祈神赛社活动的频繁与盛大。祈赛时要"聚众唱词"，且"诸民间子弟不务生业，辄于城市坊镇演唱词话，教习杂戏，聚众淫谑"（《元史·志第五十三·刑法四》），以至于引起了官府的恐慌，惧怕这种活动"聚众"闹事，"别生事端"，因此，屡次颁布禁令，借口"明正之神"不会"享此奉""受此赂"（《元典章》五十七），长此下去"淳朴之俗，变为浇浮"（同上），明令"除系籍正色乐人外，其余农民市户良家子弟，若不务本业，习学散乐，般唱词话，并行禁约"（《通制条格》卷二十七·杂令），从这些禁令中，都透露出当时祈赛活动的盛况。

娱神的节目，也应当是热闹好看，并有颂赞意味的。

《元典章·杂禁》中提到的《十六天魔》《四大天王》，这些剧目的具体内容虽不可考，但从名字上看，可能都是可以用来迎神的节目。元杂剧中一些表现神仙生活、白日飞升的"神仙道话"剧和《焚儿救母》之类的宗教剧，当也是娱神的好节目。给神演戏，绝不可能选择像《赵氏孤儿》这样的悲剧和《窦娥冤》那样的指神骂鬼、毁天谤地、怨气冲天的剧目。若用世俗风情剧目娱神，也还是大团圆的剧目适合这种热闹的气氛和人们敬神的虔诚心情。

元杂剧演出的第三个任务是面向平民观众演出。

从宋代起，商业化了的"瓦肆伎艺"就已十分兴盛。在此之前，唐代的梨园子弟是专为皇家演出的。元代的"路歧""勾栏"都是专业剧团，它们的区别是一为"行商"，一为"坐贾"。一在乡镇巡回演出，一在大城市搭棚作场。演员以演剧作为谋生的手段，靠"做一段有憎爱，劝贤孝新院本，觅几文济饥寒得温暖养家钱"（《蓝采和》），他们要招揽看客，如同杂剧《蓝采和》和杜善夫散曲《庄家不识勾栏》中所描述的那样。要"对棚"竞争，因此，他们搬演戏剧除了要求演员扮相好、功夫好，如同《青楼集》中所说的"姿态闲雅""艺绝流辈"之外，特别需要剧本适合观众的"心理"，不与观众的"希望"相谬。《蓝采和》中的末尼许坚的唱词"若逢对棚，怎生来妆点的排场盛，倚仗着粉鼻凹五七弄，依着这书会恩官求些好本令"，就谈到了关于化装、剧本等如何适应杂剧演出的竞争的问题。

无论从杂剧"明善恶,劝化浊民"(《录鬼簿》)的目的来看,还是从希望善恶有报、天理昭昭的民间心理出发,受到冤屈的百姓得以昭雪、经历磨难的有情人得到团圆,都最符合杂剧作家和大多数平民观众的愿望。

元杂剧演出所承担的承应、祈赛、立集场做买卖等任务,使它面临着不同身份的观众:帝王、达官贵人、下层官吏、平民百姓、商贾庄农以及闺阁女子……当然各阶层的人对杂剧剧目肯定会有不同的选择,本文这里只论及何以元杂剧的千篇一律的团圆结尾能被各种场合和各色各样的人所接受和容忍,那是因为他们之间,在欣赏习惯以及决定这种习惯的重要因素之一的伦理道德观念上,有着某些相近或共同的地方,而这,是从孔子以来,在长期的封建社会中形成的。

从元杂剧许多看来是生硬的大团圆的结局中,可以看出它们在一个特殊的方面反映了在中国封建社会中长期占统治地位的伦理观念怎样左右着作家的创作和观众的欣赏心理。比起西方的一些民族来,汉民族的家族观念、伦理观念比较重,推其渊源,可以直溯到孔子创始的儒家思想。现代研究者认为孔子最先"把伦理规范与心理欲求融为一体",他把人的情感、观念"引导和消融在以亲子血缘为基础的人的世间关系和现实生活之中"(李泽厚《美的历程》），因此，使传统的礼制、伦理教条都成为易于理解和易于接受的东西了。孔子的"中庸之道"应用在人伦上就是父慈、子孝、兄良、弟悌、夫义、妻听、长惠、幼顺、君仁、臣忠。这种原来是属于"礼仪"范围内的教条，由于与人们容易接受的血缘、家族、宗法关系联系在一起，就成为一种充满了人情味的、处在各个社会地位上的人各自的社会义务，于是这种宗法关系和伦理关系就成为维系整个社会生存、活动的纽带。人们的思想、感情、行为、观念处处要受到这些教条的约束。如《杀狗劝夫》歌颂的"疏不间亲"兄良弟悌的思想，《九世同居》表彰的满门忠孝、九世同堂的理想风俗，《刘弘嫁婢》对忠义的褒扬，《焚儿救母》对孝义的崇仰，都表现了元人对这些伦理教条自觉地承认和诚服。

　　这些教条本来是约束矛盾双方的。君臣、父子、兄弟、夫妻、长幼都有各自应当遵守的社会义务和道德准则，以达到人们自愿地相互妥协，维持社会平衡的目的。比如"君臣"的关系，就要靠双方来维持。"君之视臣如手足，则臣视君如腹心。君之视臣如犬马，则臣视君如国人。君之视臣如土芥，则臣视君如寇仇。""君不行仁政而富之，皆弃于孔子者也。"（《孟子·离娄下》）都表现了孔子以及他的继承人孟子创立的儒学正宗的初衷。

　　事实上，这种互相妥协的"君子协定"式的社会契约是很难实现的，往往强的一方、有权力的一方，并不用这种准则约束自己，也不承担应尽的社会义务，却一味要求弱者做出妥协和让步。所以历史上屡屡出现君不仁、兄不良、夫不义的情况，这就在实际上，偏离了"中庸之道"。元代杂剧作家也曾经把这些情况作为社会问题提出，因而出现了诸如《霍光鬼谏》《赚蒯通》《杀狗劝夫》《潇湘雨》这样的杂剧。

历代的统治者都对孔孟的儒家思想加以利用和改造，于是，儒学的内容就越来越成为统治阶级、掌握权力的一方的工具了。尤其经过宋代理学家的"发展"以后，孔孟之学更发生了极大的变异。君为臣纲、夫为妻纲、父为子纲，规定了矛盾双方不平等的关系。君、夫、父成为主导的一方，而臣、妻、子就成为纯粹附属和服从的一方了。从此，强的一方不必履行社会义务，而弱的一方却必须履行对对方的服从和妥协。君虽不仁，臣不可不忠；父虽不慈，子不可不孝；夫虽不义，妻不可不听，就逐渐取而代之，成为新的合理合法的封建伦理准则了。例如《曲江池》中郑元和高中之后，郑府尹前来和解，郑元和与李亚仙有一段议论：

> 末云：吾闻父子之亲，出自天性。子虽不孝，为父者未尝失其顾复之恩；父虽不慈，为子者岂

敢废其晨昏之礼。是以虎狼至恶，不食其子，亦性然也，我元和当挽歌送殡之时，被父亲打死，这本自取其辱，有何仇恨？但已失手，岂无悔心？也该着人照觑，希图再活；纵然死了，也该备些衣棺，埋葬骸骨，岂可委之荒野，任凭暴露，全无一点休戚相关之意？（叹科）嗨，何其忍也！我想元和此身，岂不是父亲生的？然父亲杀之矣，从今以后，皆托天地之蔽佑，仗夫人之余生。与父亲有何干属，而欲相认乎？恩已断矣！义已绝矣！请夫人勿复再言。

正旦云：相公你当初在杏园吃打时节，妾本欲以死为谢，然而偷生至今者，为相公功名未就耳。今幸得一举登科，荣宗耀祖，妾亦叨享花诰，为夫人县君。而使天下皆称郑元和有背父之名，犯逆天之罪，无不归咎于妾，使妾更何颜面可立人间……

这段议论，颇能代表作者乃至时人的伦理观念。这实际上反映了作者对这个问题认识上的矛盾，也就是人情之常和三纲五常之间的矛盾。最终，作者还是让他们服从了这不公平的"万古纲常"，维护了父子团圆的结局。也还是被损害的、弱的一方，做了妥协和让步。

为了使这种"服从"和"妥协"继续下去，统治者一方面以"天命"作为补充，麻痹弱者的神经，一方面对服从和妥协的行为进行表彰和鼓励，使他们得到一种道德自我完善的心理上的满足。如郑元和与父亲和解以后，屈从者得到的精神安慰是：郑元和被称为"孝子"，而李亚仙被誉为"贤惠"的儿媳。

当然，这种从要求双方遵守社会义务到要求一方服从另一方的变化，是在漫长的封建社会的发展过程中完成的，是在人们的不知不觉中进行渗透的。它的具体内容虽然有了很大的变化，但却仍然没有脱离以宗法关系维系社会生活的这个基础，因此，人们不太容易觉察出这种变化的巨大。久而久之，人们就逐渐习惯了屈服于仍然是以宗法关系为基础的新的伦理教条。为了维护这种伦理关系，人们甚至把为了服从强者而泯灭个性、混淆是非、苟且偷安、维持现状、自我压抑通通看成符合孔孟儒学正宗、符合中庸之道的，我们民族特有的精粹和美德。这实际上已经与奴隶道德一般无二了。

"文死谏，武死战"是臣子的本分，却不去追究不纳谏的"君"是否"仁"，如同《霍光鬼谏》所表现的那样；"父虽不慈"，子不能背父，却不去分辨"父"与"子"的是和非，像《曲江池》中所阐述的道理；"嫁鸡随鸡，嫁狗随狗"，却不能过问"鸡""狗"有什么过失，如同《潇湘雨》

中李翠鸾的遭遇;《九世同居》被奉为仁义楷模,却不问这种群居方式有什么优劣之处……因为这些都是模范地维护了合乎统治阶级所需要的宗法关系和血缘关系。

由于封建统治阶级的长期灌输和实践,统治者和被统治者,强者和弱者从不同的角度和立场都承认这种对宗法关系、伦理关系的维持是一种天经地义的美德。久而久之,这种意识渗入人们的观念、行为和思维方式,逐渐成为整个民族共同的心理了。事实上,这种心理已经完全失去了"中庸"的本意,而变得十分极端和偏狭。

元杂剧的作家们,也没有能摆脱这种极端而偏狭的心理和观念,他们受这种心理和观念的左右,更多地强调对立面的渗透与协调、妥协与统一,希望回到"父慈子孝、兄良弟悌、夫义妻听、长惠幼顺、君仁臣忠"的理想世界,而他们解决矛盾的方法,也便只能从对这种关系的维护中去寻找了。他们大多把在三纲五常统率之下的隐忍、苟全,把臣子愚忠,人子纯孝,女子温柔敦厚、贞顺自持,看作为维护神圣的伦理关系,遵守社会义务做出了贡献,为达到"君仁臣忠"、夫妇和谐、父子团圆的最高境界做出了贡献,因而都是应该受到颂扬的。而这,当然符合了统治阶级,包括帝王乃至大小官吏、家族首领们的利益,也与长期受到统治阶级思想熏染的平民百姓思想中的消极面一拍即合。这就是以维护宗法关系、伦理关系为实质内容的元杂剧的大团圆结局之所以被帝王、官吏和平民百姓共同容忍和欣赏的奥秘。

了解了这些,许多在今天看来不可思议的事,就可以理解了。像《桃花女》中的桃花女那样有本领的女子,又是站在扶危济困的正义一方,何以在与周公的一场斗法胜利之后,还要冒着被周公暗算而送命的危险嫁到周公家中去做儿媳妇呢?原因是,她是女子,要三从四德。她的妥协,消除了矛盾,最后以维护宗族关系作结,是最好的团圆结尾,否则,周公和桃花女的斗法将如何收场呢?《玉镜台》中一群文人、官吏设了一个什么"水墨宴",迫使妙龄少女随顺了骗婚的老头子,府尹还说"人间喜事,无过夫妻会合";《调风月》中的燕燕同意了做小夫人,还要"谢相公夫人抬举,怎敢做三妻两妇,只得和丈夫一处对舞,便是燕燕花生满路";《曲江池》中的郑元和与父亲和解了,和解得那么无原则,令人不快,但作者的观点是"亲莫亲父子周全,爱莫爱夫妇团圆";《潇湘雨》中的李翠鸾因为不能嫁二夫,因而只能维持那个已经破碎了的家庭,随顺那个"鸡""狗"不如的丈夫……

这些,都是由弱者、被损害者做出牺牲来维护各种伦理关系。《鸳鸯被》中最后一支曲子〔清江引〕:"想人生百年能有几,要博个开颜日,父子共团圆,夫妇重和会,这便是出寻常天大的喜。"这既是那位无名氏作者的观念,也可以概括元代整个社会各阶层普遍的心理和观念。由于有这种共同的心理状态和观念的存在，才使元杂剧的千篇一律的封赠团圆式结尾为作者、演员和观众都易于接受，为不同阶层、不同身份的人所赞许。从某个角度，当然可以说这反映了平民百姓对生活的一种"希望"，但从另一个角度也可以说，这是反映了统治阶级的奴隶道德对人民长期毒害的结果。

元曲赏析四篇

附录

一、关汉卿《窦娥冤》第二折

王国维在《宋元戏曲考》中说:"元剧关目之拙,固不待言。此由当日未尝重视此事,故往往互相蹈袭,或草草为之。"他认为元杂剧的成就主要表现在曲词上面,而情节并不见佳。这一概括,大体上说不无道理,但也有许多例外。比如,关汉卿的《窦娥冤》,在情节和人物性格的刻画方面,就都有许多可观之处。

《窦娥冤》被认为是关汉卿的代表作,也是元杂剧中颇负盛名的剧目之一。它留给我们印象最鲜明的部分是第三折窦娥临刑前悲壮、慷慨的感情倾泻:这个含冤负屈的女子所发出的超出个人命运范围的抗议、对"主宰"人间的天地鬼神不公的强烈谴责,以及这个善良的妇女发下三桩誓愿的激情。这些荡气回肠的曲文,把《窦娥冤》的思想境界升华到了一个新的高度。不过,如果从另一角度着眼,剧的第二折同样不容忽视,它是全剧情节发展中最为重要的部分。这一折完成了情节上主要矛盾的演进,也基本上完成了主人公思想性格的发展。

《窦娥冤》的戏剧矛盾曾有多次的转换和变化,使情节波澜迭起。楔子表现了窦娥幼年的经历,即她的一生悲剧的开端。七岁时,父亲窦天章因无力偿还高利贷,将女儿作童养媳抵给了蔡婆。这楔子类似一个序幕,为正式展开矛盾提供了一个背景。第一折开始时，已经是十三年后，窦娥已经经历了丧夫的变故，矛盾立即进入"危机"的阶段——由蔡婆讨债与赛卢医的企图行凶，引出张驴儿父子，矛盾由蔡婆与赛卢医，迅速转换到蔡婆与张家父子之间。蔡婆的妥协苟且和窦娥的坚拒反抗，又使矛盾过渡到窦娥与张驴儿之间。这一矛盾发展到张驴儿诬窦娥毒死张父而趋于激化，窦娥不肯"私休"又使矛盾变为窦娥与官府的冲突。当然，在这环环相扣的情节波澜中，作家着力表现的，是窦娥与张驴儿及官府的矛盾，这双重的矛盾内容和转换的过程，都是在第二折中完成的。

第二折的一开始，是张驴儿向赛卢医讨毒药，企图害死正在害病的蔡婆，以达到强迫窦娥"随顺"的目的。然而，出人意料的是，张驴儿放了毒药，准备毒死蔡婆的羊肚汤却被张父吃了。这一事变，成为矛盾转换的契机。设若张驴儿并不是个如此恃强欺弱的无赖，这种"自药死亲爷"的现世报，也许会使他有所收敛。然而，张驴儿无耻、狠毒，反而诬赖窦娥药死他老子，并以"官休"和"私休"再一次对窦娥进行要挟。设若窦娥如蔡婆那样软弱胆小，被关天关地的人命案吓得没了主张，或者窦娥对官府已有深刻的认识，并不存幻想，那么，她也许不会那么坚决地选择"官休"。设若窦娥遇到的并不是桃杌这样贪酷残忍、良心丧尽的昏官，那么，公堂以后的情景，当有另一番发展。然而，张驴儿是如此的无赖，窦娥又是如此的天真、善良和刚毅，而桃杌又是这样一个贪赃枉法的狗官，于是，矛盾朝着更尖锐的方向发展就成为必然。这种发展既自然（符合人物的思想性格），又紧凑（转换得分明、干净不拖沓），人物性格和全剧的主题都上升到另一高度。

第二折也是展示窦娥性格的丰富性及其发展的主要场次。当窦娥在第一折中出现时，她守寡已有三个年头，自言"我从三岁母亲身亡后，到七岁与父分离久，嫁的个同住人，他可又拔着短筹"，命途多舛的少妇，内心虽然有无限的烦忧，但她对生活并没什么奢望，她接受了命运的安排，准备"我将这婆侍养，我将这孝服守"，"不修今生修来世"了，然而张驴儿逼婚的事件，发掘了窦娥性格中的另一更为重要的因素，这就是柔顺中的执着和刚强。这种执着和刚强，随着矛盾的推进而发展，越来越闪射出粲然的光辉。她拒绝张驴儿逼婚，固然包含着"我一马难将两鞍鞴"的封建贞节观念，另外，更重要的还是出于维护自己人格的决心，出于对野蛮的仇视、对暴力不妥协的性格和意志。

在第二折中，窦娥思想性格的变化发展，存在着几个层次：蔡婆害病，张老在旁边殷勤问候，张驴儿因为要伺机下药，也在那里假意张罗，窦娥似乎反而成了一个多余的人，她冷冷地看着婆婆与张父"一个道你请吃，一个道婆先吃"，亲热得像老夫妻一样，腹诽着婆婆"妇人家直恁的无仁义，多淫奔，少志气"。她对张家父子的憎恶自不待言，对婆婆苟且屈从的不满，也使本来相依为命的婆媳关系疏远和隔膜。接着，张老顷刻毙命，婆婆悲切哀哭，窦娥对张家父子从冷峻和憎恶，发展到简直有些"幸灾乐祸"了，"空悲戚，没理会，人生死，是轮回"，显然，她认为张驴儿父子作恶太甚遭到了报应。对婆婆从反感隔膜中，又透露出关切，她劝婆婆"休得要心如醉，意似痴，便这等嗟嗟怨怨，哭哭啼啼"。让婆婆"割舍的一具棺材停置，几件布帛收拾，出了咱家门里，送入他家坟地"。

　　心地善良的窦娥，无论如何也想不到张驴儿会反咬一口，而且无耻地对她说：她若允婚，就万事皆休。不允婚，就要告她药死了张父。她一口回绝张驴儿的无赖要求，是基于两个原因，一是不能忍受侮辱的天性；二是她认为事实能说明、决定一切，"我又不曾药死你老子，情愿和你见官去来"，她并不理睬蔡婆要她"随顺"了张驴儿以息事宁人的主张，觉得自己没做什么亏心事，并不惧怕"官休"。她天真地认为太守"明如镜，清似水"，可以明善恶，辨是非，照见她的"肝胆虚实"，于是她刚烈地抛头露面走上公堂。

　　桃杌的无情棍棒，打得窦娥几次昏迷，"恰消停，才苏醒，又昏迷。挨千般打拷，万种凌逼，一杖下，一道血，一层皮"，这个涉世未深的少妇，终于清醒了。她始而埋怨婆婆"须是你自做下，怨他谁"，继而对于官府的幻想开始崩溃："打的我肉都飞，血淋漓，腹中冤枉有谁知？则我这小妇人毒药来从何处也，天哪！怎么的覆盆不照太阳晖。"为了免使婆婆受刑，她屈招了"药死公公"。

在这一折中，窦娥的善良、刚烈、不肯苟且的性格得到了展示，她在与命运抗争的过程中逐渐觉醒。这一折是为第三折对天地鬼神、社会现实提出抗议，做了性格完成上的准备。

这一折中的〔感皇恩〕〔采茶歌〕等委婉而催人泪下的曲文，非常富于感染力，让观剧者、读者都不能不同情这个少妇在短短的生命途程中，经受的苦难太多：失母、被卖、丧夫，最后还要身首异处，背负着罪名。如果窦娥死在公堂上桃杌的棍子下，这可能还是一个一般的悲剧；然而窦娥是为了免使婆婆受苦，才情愿一个人领受开刀问斩的极刑，这就使窦娥的性格以善良、刚烈和牺牲精神昭示于人，这些都不是什么"贞"和"孝"所能概括的。

这就是在七百年后的今天，尽管这个剧作仍然引起毁誉和争议，尽管它存在着无可弥补的缺憾，但仍然引起读者的共鸣、观众的倾倒的原因。

二、关汉卿《单刀会》第四折

古代戏曲代代相沿,流传至今的不少,但像关汉卿的《单刀会》第四折这样,直至今天还居然在昆曲中保存了几乎原作唱词的,却不多见。《单刀会》故事极其简单:鲁肃为索取荆州,约请关羽过江赴会,并设下三条计策,有意加害关羽。届时,关羽带了周仓等几个随从,驾一叶小舟前来赴会,以他的过人智谋和英雄气概,震慑征服了鲁肃,安然返回。

在艺术处理上,《单刀会》是独具匠心的。第一、二折中,关羽并未出场,全以侧面烘托来反复铺垫,刻意渲染,由乔玄和司马徽向鲁肃介绍关羽的外貌、为人、性格,讲述他在赤壁之战的英雄业绩和所向披靡的声威。乔玄这样劝鲁肃:"你若和他厮杀呵。你则索多披上几副甲,剩穿上几层袍。便有百万军,当不住他不刺刺千里追风骑,你便有千员将,闪不过明明偃月三停刀。"司马徽又如此警告鲁肃:"他若是玉山低趄,你安排着走。他若是宝剑离匣,准备着头。枉送了你那八十一座军州。"

从事理上看,这二折实在有许多漏洞:其一,鲁肃是东吴重臣、赤壁之战的参加者,理当深知关羽其人,何劳乔玄和司马徽饶舌?其二,鲁肃请乔玄、司马徽议事原无必要,何况他们的回答又处处是长他人志气,灭自家威风。

实际上，这两个呼之即来、挥之即去的人物却是不可或缺的，他们的重要在于为关羽出场预施笔墨，使关羽的英雄形象深入人心。作者为了突出、美化这个英雄人物，借以展现作家的英雄理想，对事理和逻辑的尊重就降到了次要地位。

关羽正式出场在第三折，而直到第四折，才正面表现他与鲁肃的冲突。

第四折一开始，关羽就已经驾轻舟、带侍从，行进在长江中流。脚下是波涛万顷、吞吐日月的长江，身后是周仓提刀侍立，这开阔壮伟的景色，构成了壮志凌云英雄形象的背景，而"大江东去浪千叠"的豪迈曲文，又展示了关羽开阔落拓的胸襟和英勇无畏的精神。

〔驻马听〕一曲，并非普通的怀古抚昔，化用苏东坡〔念奴娇〕词，不仅用得贴切，而且平添了几分豪壮和苍凉：水涌山叠，江景依旧，雄姿英发的周郎和老英雄黄盖都已不在。想到古往今来成功地创立勋业的豪杰，都不免要销声匿迹，日月迅疾，逝者如斯，悲凉的心境也就油然而生了。这种悲凉，可能包含有对人生短暂的感叹，对英雄事业不能永存的遗憾，但是，"这也不是江水，二十年流不尽的英雄血"的主要内涵，却宣示了一种进取精神，这两支诗意浓厚的抒情曲词，奇迹般地创造出一种令人心驰神往的境界，同时，也勾画出了关羽内在的神韵。大江东去的江景、英武无畏的英雄，以及作者对英雄的高度崇敬，于此已融于一体。

关羽与鲁肃的正面交锋，表现了一种临危不惧、足智多谋和难以抵御的气势。这种气势，既产生于他磊落精神、博大胸襟的情感力量，也来源于他坚执自己的信念所产生的逻辑力量。本来，久借荆州不还，失信于人，原是蜀汉一方理亏。鲁肃也以关羽"仁义礼智俱足，惜乎只少个信字"相激，关羽却不睬鲁肃"当日孔明亲言：破曹之后，荆州即还江东，鲁肃亲为代保，不思旧日之恩，今日恩变为仇"的质问，攀今揽古、细分枝叶，道是："想着俺汉高皇图王霸业，汉光武秉正除邪，汉献帝将董卓诛，汉皇叔把温侯灭，俺哥哥合情受汉家基业。则你这东吴国的孙权，和俺刘家却是甚枝叶？请你个不克己先生自说。"这段答非所问然而词锋雄辩、锐利的回答，竟然使一直认为自己理直气壮的鲁肃目瞪舌结。汉家基业既然当属刘备，那么荆州的归属还有什么必要讨论呢？关羽以"汉家"正统作为无可辩驳的原则，表现出一种"真理在手"的确信。他不仅具有辩士的才能，而且使自己的行动，包括拒还荆州和维护汉家基业，都具有了一种理论和道义上的基础。

关羽凭着他手中的无情剑和慑人的神威，挫败了鲁肃精心设计的三条计策，在"晚天凉风冷芦花谢，……昏惨惨晚霞收，冷飕飕江风起，急飚飚云帆扯"的肃杀景色中，吩咐解缆开船,鲁肃和他的兵将,眼睁睁地看着关羽飘然而去。临了,关羽留下了两句掷地有声的言语:"说与你两件事先生记着:百忙里趁不了老兄心,急切里倒不了俺汉家节。"如果认为这是剧作者通过对历史上的英雄关羽维护汉家基业的歌颂,流露了自己追慕前朝旧事,怀念故国江山的民族感情,是并不过分的。

元杂剧中不乏善辩之才和勇武之士。关羽的辩才不及苏秦、蒯通,勇武不过尉迟恭、薛仁贵。然而,关羽却是一个盖世英雄的形象。何以唯独关羽的睿智和勇力具有独特的艺术魅力呢?除了关羽形象非常传神,《单刀会》具有诗化的意境等原因之外,古往今来崇拜英雄的普遍民族心理(特别是在异族统治下,对英雄更加殷切地渴念)和"裔不谋夏,夷不乱华"(《左传》)的正统观念与由此而生发的民族感情,大概也对作者和读者起了一种潜在的作用吧。

三、白朴《梧桐雨》第四折

若想准确地把握《梧桐雨》的第四折,首先需要对这一折在全剧中的地位有所了解。

按照元人杂剧一本四折分别敷演故事的发生、发展、高潮、收束的一般规律,《梧桐雨》的高潮是第三折。如果说楔子和第一、二折写李隆基对失律边将安禄山的处理、写他和杨玉环长生殿乞巧和舞霓裳的欢歌盛宴场面,目的是在表现李隆基昏聩的同时,竭力渲染这个贵为至尊的君主在权力上,在耳目声色的享受上达到了顶点。那么,到了第三折,戏剧矛盾就发生了重大转折。这位风流天子咎由自取,受到惩罚,杨国忠误国,安禄山叛乱,不得不逃难蜀中,进发中途军士哗变,迫使他同意处死杨玉环。虽然他一再想要保护自己心爱的妃子,但在自己的安全和杨玉环的生命之间,他终于选择了前者,演出了马嵬坡生离死别的惨剧。不过,读过全剧之后,又不得不承认,《梧桐雨》真正的情感高潮,是第四折。

这一看法,是基于对《梧桐雨》的艺术特征和主题思想的认识。关于这个剧的主旨,多年来研究者曾有不同的归纳,其中,以"歌颂爱情"说和"政治讽喻"说最为重要。这些看法,自然都能在具体描述中找到依据,但也会遇到阐释上的一些困难。认为《梧桐雨》意在歌颂李、杨真挚爱情者,对作品并不隐讳杨玉环与安禄山的"秽事"感到困惑;而认为此剧为讥评政治得失而作者,则又为剧中表现李隆基失政部分不够充分而遗憾。

其实,如果从作品的艺术特征出发,对它的整体倾向进行考察,《梧桐雨》更主要的是在表现一种情绪,一种沧桑之叹,一种在美好的东西失去以后无法复得的哀伤和追忆,一种极盛之后的零落和盛衰无法逆料的幻灭感。这些集中表现在第四折。

从情节发展的角度来看,第四折并没有矛盾的进展,最多只能说是马嵬坡悲剧的余波,是第三折末尾已经开始点出的"黄埃散漫悲风飒,碧云暗淡斜阳下。一程程水绿山青,一步步剑岭巴峡"悲凉情绪的进一步延伸,然而,它却无可争议地构成了一种意境和情绪上的高潮。

这样,在分析《梧桐雨》时,或许可以运用"感情结构"的概念来代替"情节结构"。以第三折作为转折,全剧的前后两大部分的色调处于对比之中,出现了强烈的反差,从九五至尊到谢位辞朝,从"日日醉霞觞,夜夜宿银屏"到夜深人不寐,"孤辰限难熬";富有四海的帝王做了亡命之君,倾城倾国的贵妃成了兵乱的祭品;富贵烟消,情爱云散……这一切剧变所激发起来的感情波澜,就是第四折所要表现的内容。

第四折的开头,通过高力士的说白,交代了李隆基退居西宫养老的失意背景。之后,接连用二十三支曲子,分四个层次来绘写李隆基的心理活动。

前五支曲子,写李隆基面对贵妃的画像产生的伤感。从回忆避兵幸蜀的坎坷,到对杨玉环无法忘怀的忆念,其中透露出他愁闷、痛苦的根由——他过去钟爱的妃子永无相见之日,往日视为寻常的筵宴、管弦均成旧梦,他在神明鉴察之下的"长如一双钿盒盛,休似两股金钗另"的誓约没有履行，他已谢位辞朝，不再有支配一切的权力，连修一座庙宇以纪念杨妃这样的事也无法办到……这其中有忆旧，有伤逝，有思念，有愧悔，而中心则是对包括杨玉环在内的，已经失去而不可复得的一切美好东西的怀念。鬓添白发，愁如病沉的描写，表现了李隆基愁闷的长久和不可解脱，而"放声高叫""雨泪嚎啕"又是极言其痛苦之深，配合这部分曲词的表演应当是激烈而夸张的，把观众一下子就带入了李隆基痛苦的世界。

第六至第十支曲子，进一步写李隆基对杨玉环的思念，写法与上一层不同。上面写李隆基在西宫内面对杨玉环的画像，倾泻他的愁闷与悲痛。这里是写他从殿宇走出来，触景伤情，如泣如诉。因为他的良辰美景都是与杨玉环一起度过的，所以，亭园中处处都留有对贵妃的记忆，景物依旧，人事全非。看到芙蓉花，他想起杨玉环的美丽容颜，遇到杨柳，又使他忆起杨妃苗条的身材。眼前幻化出昔日"追欢取乐"的情景。新秋天气，夏景初残，贤王玉笛，花奴羯鼓，花容玉貌的杨贵妃舞姿翩翩……然而，曾几何时，"翠盘中荒草满，芳树下暗香消"，只留下惆怅和令人心碎的回忆。在殿中，贵妃的画像让他"越看越添伤感"，在花园又处处有触目伤怀的景物。他既不堪独对杨玉环的画像，又惧怕闲行时寻愁觅恨，于是怏怏归来，谁知道"回到这寝殿中，一弄儿助人愁也"，更加无法摆脱愁烦的心境。

从第十一支曲子开始，是描写李隆基回寝殿后夜不能寐的凄凉景况。串烟朦胧、银灯昏暗、玉漏迢迢、秋虫鸣叫，凄凉而静寂。因为李隆基是在"滴溜溜绕闲阶败叶飘，疏剌剌刷落叶被西风扫，忽鲁鲁风闪得银灯爆。厮琅琅鸣殿铎，扑簌簌动朱箔，吉丁当玉马儿向檐间闹"的气氛中，怀念他曾经爱恋过的死者，因此，这些景物就都染上了一种幽清、飘忽、迷离的梦幻色彩。当李隆基昏昏睡去时，杨玉环翩然入梦，并请他到长生殿赴宴，往日的柔情蜜意和荣华繁盛刚刚浮现在他的眼前，立刻又消失于瞬间，梦醒之后，更觉尘世幽冥永为异路。失望之余，孤独之感就更加强烈了。于是，李隆基的一腔怨气都撒向搅人好梦的梧桐夜雨。

从第十六支曲子开始，唱词几乎脱离了具体的人和事，进入对自然界的描绘。全从人的听觉出发，描写时大时小、时紧时慢、引人烦恼的秋雨声……创造了阴冷悲凄的环境，以表现人物特定的心理内容和感情状态。

以夜雨梧桐写愁思，当然并非白朴首创，如唐人温庭筠〔更漏子〕就有"梧桐树，三更雨，不道离情正苦。一叶叶，一声声，空阶滴到明"。温词写离情别绪，雨夜不能入睡。白朴用以写一梦初醒的人失望和烦恼的心情，就更显得凄怆、缠绵和曲折。"这雨一阵阵打梧桐叶凋，一点点滴人心碎了"，愁人因雨声而心碎，人的心绪借雨声得以传达,情和景的交融达到一种和谐的结合。

《梧桐雨》的主人公在这二十三支曲文中所传达、抒发的悲痛是长久而不可解脱的,既深入骨髓,又难以抑制,这种过分而强烈的伤感,产生于主人公对于人世的盛衰升消、激烈更替的无法接受。他企望着繁华盛世的永驻、美好往昔的无限延伸,他不愿承认社会和生命历程中这种无法逃避的更迭和转化,他因此只好生活在梦幻追忆和痛苦之中。于是,《梧桐雨》的第四折所揭示的情感,就表现了人物的双重悲剧,命运的转折和由于对这种转折不能认识和把握而陷入感情困境的悲剧。从这个角度来说,这些缠绵的曲词,不仅能给我们以情绪上的感染,而且还能使我们多少获得一点对社会和人生的启示。

四、白朴散曲《天净沙》赏析

〔越调·天净沙〕春

春山暖日和风,阑干楼阁帘栊,杨柳秋千院中。啼莺舞燕,小桥流水飞红。

白朴今存的散曲作品中,有〔越调·天净沙〕小令共八首,分别以"春""夏""秋""冬"为题,共计二组。

在诗、词、散曲作品中,描写四时景物的佳作不少,由于作者观察和感受的角度不同，因此，同是春天，在不同作者笔下会表现不一。即使同出白朴笔下的两首以"春"为题的小令，也情趣各异。

白朴的这首《春》采用了绘画的技法，从不同的空间层次来描写眼前景物。开首一句就先将远景春日、春山绘入图中，构成这幅画面的背景。三、四、五句则是中景，描写庭院中的喧闹，这也是最引人注目的部分。第二句"阑干楼阁帘栊"是为近景。

从具体描写来看，全曲可以说是句句不离春天的特征。比如第一句：山是"春山"，日是"暖日"，风是和煦的春风。寥寥六字，就勾画出春天的大环境。至于写到庭院里的春景，则有柳枝袅娜，秋千轻悬；小桥流水，落英缤纷；其中最忙碌的要算莺和燕了，它们啼声不断，翻飞于柳叶花丛之间。这是一幅充满生机，春意盎然的画面：春日和风有温暖流动之感，院中秋千使人联想到摇荡的欢快，流水飞红透出勃勃生机；何况还有自由飞舞的莺燕穿插其间，这就更为大好春光增添了活力。

白朴另有一首以"春"为题的小令："暖风迟日春天，朱颜绿鬓芳年，挈榼携童跨蹇。溪山佳处，好将春事留连。"这一首小令与前面分析的一首，可以算是一对。但这一首分明是属于一位朱颜绿鬓、风华正茂的少年的春天，这春天的自然内容——"暖风迟日春天"，与前一首中的

"春山暖日和风"几乎是相同的。然而,少年的春天却是那么宽阔:他可以带着酒器、家童,骑着毛驴去寻春,在溪山佳处流连忘返,尽情领略大自然的风光。那么,回到第一首小令中,那没有出现的"主人公",就俨然是一位少女了。她站在楼阁之上,栏杆之旁,帘栊之下,"窥探"着春天的景致,最多就是可以在院中荡荡秋千。她的"春天"也许并不那么"开阔",却同样是美好的。这里,具体的景色描写,不仅把大自然之美呈现在我们眼前,而且暗示出不同身份的人观察和感受自然美的不同角度,揭示出人的情感中更加细致的层次,这也许正是这些作品艺术成就的所在吧。

这两首写"春"的小令,一个细腻而稍显委婉;一个清隽而略呈开阔。风格不同,却都可以算是曲中佳品。

〔越调·天净沙〕夏

云收雨过波添,楼高水冷瓜甜,绿树阴垂画檐。纱厨藤簟,玉人罗扇轻缣。

借景言情,是中国古典诗词表情达意的手法,四时景物经常在作品中出现。这样,不同的节令、风景便逐渐被创作者和接受者赋予了一些约定俗成的含义。春天的万物复萌、花开花谢,或被用来表达生活中微妙的憧憬,或被借以寄托人生短促的叹喟。而秋日的草木凋零，则易于惹动游子凄凉的感怀，寥廓天宇，萧萧落木，可因肃杀而使人低沉，也可因高远而令人振奋……

只要稍加注意就会发现，诗词曲家对春和秋有着明显的偏爱。他们刻意描画，阐发新意，写到夏日的似乎就不多了。白朴的〔越调·天净沙〕是以四时为题材的一组作品，"夏"自然不可缺少。比较起来，白朴对夏的抒写，虽比春、秋略有逊色，仍可算是一首具有特色的小令。

作者选取了一个别致的角度，用静物写生的手法，勾画出一幅宁静的夏日图景。前三句是第一层次：云收雨霁，流水添波，雨过天晴，空气也觉得清新凉爽，显得分外高的楼前，绿树树荫一直垂到画檐。后两句是第二层次，画面上出现了人物：碧纱橱中的藤簟上，有一个身着轻绢夏衣、手执罗扇的妙龄女子，静静地消受着宜人的时光。整首小令中都没有我们熟悉的夏天燥热、喧闹的特征，却描绘了一个静谧、清爽的情境，使人油然产生神清气爽的感觉。

这一特殊境界的创造，得力于作者艺术上的功力。它的特征首先是洗净铅华，全用白描，简洁、清晰得如同线体画。小令中写到的碧纱橱、藤簟、罗扇、绢衣，都是一个闺阁女子的香艳、富于色彩的事物，然而，白朴却有意忽略色彩上的涂染，似乎这些东西都是素净的，不着颜色的。其次,作者特意选择雨后的片刻,将夏日躁动的特征化为静态:云收雨过,已无雷声和雨脚;水中添波,却未见急湍流动;绿荫低垂,并无微风掠过;罗扇在"玉人"手中,似乎也不必摇动;那"玉人"就更给人一种静态的清爽感觉。繁复、喧闹的声音与动态,总是与燥热相连,反之,素朴宁静会构成凉爽的氛围,这正是这首小令的基调。最后,与白朴的《春》一样,这首小令也可以看作是从楼上女子的角度来描写的。不过,在《春》中,作者着重突出的是作品中"人物"的视觉和听觉,女子注意的是"啼莺舞燕""流水飞红",表现了一种欢快、兴致和向往;而《夏》中突出的是一种情绪体验,"楼高水冷瓜甜",正是这一具体情景的独特的感受——一种清爽、恬静、悠闲的感受。

〔越调·天净沙〕秋

孤村落日残霞,轻烟老树寒鸦,一点飞鸿影下。青山绿水,白草红叶黄花。

白朴这首题为"秋"的小令与马致远的〔天净沙〕《秋思》,无论写法还是构成的意境都有相似之处。有了被称为"秋思之祖"的马致远的《秋思》,似乎已不必再言及其他。但以〔天净沙〕写景,在元代似乎成为一时的风气。如元人盛如梓《庶斋老学丛谈》载："无名氏有作〔天净沙〕者，其一云：'瘦藤老树昏鸦，小桥流水平沙，古道西风瘦马。夕阳西下，断桥人在天涯。'其二云：'平沙细草斑斑，曲溪流水潺潺，塞上清秋早寒。一声新雁，黄云红叶青山。'"可见这一类型作品不止于白朴和马致远所作，而且艺术上也互有高下。至于无名氏〔天净沙〕与马致远的"秋思之祖"之间的关系以及马致远是否受到年辈长于他的白朴的〔天净沙〕《秋》的启迪，这里就只能存疑不论了。

散曲是元代新兴的文学样式，本来属于"俗谣俚曲"，到了文人手中以后，便受到诗、词的影响。在出现以白描、质朴为特点的"本色派"的同时，也出现了重词采、重意境、讲蕴藉的"文采派"。白朴散曲常用本色的、直抒胸臆的写法来直接表现自己的情感，却用一些文采斐然的曲子咏物写景，追求含蓄的意境。

这首小令的突出特点是意象的构成和语言的运用。作者把一组由自然景物构成的意象并置：落日、残霞笼照着孤村，老树寒鸦之间缥缈着轻烟，这些既有丰富情感内涵，又有鲜明可感的形态的景物，构成了一幅富于特征的画面。特别是作者在景物描写的词语选择上，更显出独特的匠心："落日残霞"，不仅点出时间为傍晚，而且与"孤村"相配，立即透出一种萧瑟与凄清；"老树寒鸦"，原已带有暮寒意味，加以"轻烟"环绕，就更有一种惆怅和扑朔迷离的情思。不管是孤村、老树,还是落日、残霞,都是静物,给人缺乏生命的冷寂之感。在这个画面中,"一点飞鸿"是唯一活动的生命,然而,它却又是依稀难辨的影子,这就更增强了寂寥和难以把握的意绪。最后以"青山绿水,白草红叶黄花"作为结句,远景一下子变成近景,朦胧马上变为清晰,缥缈、迷蒙的色彩也变得鲜明,蜃楼式的景物,为眼前明朗的山水花草所取替,情感上也显出转折:似乎惆怅失落得到了某种安慰和补偿。

词、曲有雅、俗之别,一般来说,词尚妩媚、含蓄,而曲贵尖新、直率。白朴的这首小令读来却有词的意境。曲中虽无"断肠人在天涯"之类的句子,但抒情主人公却时隐时现,在烟霞朦胧之中,传达出一种地老天荒式的寂寥和淡淡的哀愁。

元代文人画讲究"逸笔草草,不求形似,聊以自娱",以笔情墨趣传达艺术家的心绪、观念,若以这样的审美观点理解白朴的这首小令,可能有助于捕捉作者的主观情绪。

〔越调·天净沙〕冬

一声画角谯门,半庭新月黄昏,雪里山前水滨。竹篱茅舍,淡烟衰草孤村。

这首小令是〔天净沙〕的最后一首,它与前一首《秋》

在写法上很相近。其一,都是字字写景,全未直接抒发、陈述作者的情感。作品所要表现的情绪意蕴,是在对景物的描述中透露、折射出来的。其二,也都是通过一组自然景物的意象组合,来构成一幅富于特征的画面。另外,这支曲子所表现的情感,也不是一时一地有特定具体内容的情感,它所传达的,是一种情调,一种意绪,一种内心状态。

这首小令运用诗歌创作的传统手法,构成了诗的意境。王夫之(1619—1692)的《姜斋诗话》云:"情、景名为二,而实不可离。神于诗者,妙合无垠。"白朴的这首小令,在情、景之间,正追求着"妙合无垠"的臻境。

作者选择了一个黄昏的城郊作为描绘冬景的具体环境。"一声画角谯门。"画角:古代军中用以昏晓报警的号角;谯门:建有望楼的城门,古代为防盗和御敌,京城和州郡皆在城门建有望楼。开篇首句,就把读者带进了一个气氛苍凉的环境之中:在暮色中显出轮廓的谯门,萦绕在谯门内外悠远而哀婉的角声,这是画面的一侧。接着作者将视线转向四方:随着黄昏夜幕的降临,新月冉冉升起,月光斜照着半个庭院;山坡上覆盖着白雪,山前溪流蜿蜒。水边有着竹篱茅舍的孤村,升起几缕淡烟,在衰草暮霭中弥漫着,扩散着。冷月、黄昏、雪山、水滨,已令人情寒冽凛;淡烟、衰草、茅舍、孤村,又显得寂寥凄迷;而谯门的画角声声,虽然打破了这冬季黄昏的寂静,却又于凄清中平添了一种肃杀森严的气氛。

试与白朴同一组曲中的那首《秋》相比:从景物上看,秋天尚有红叶黄花略有生机,而今草木色彩已经褪尽,更呈现出荒漠的境况。从时序上说,《秋》写了落日残霞,而《冬》写的是落日已隐没山后,新月已现于天际。从"秋"到"冬",从"情"到"景",都是从寥落、凄清而进一步发展为悲凉和无望的孤寂。人们或许可以把〔天净沙〕的四首《春》《夏》《秋》《冬》,不仅理解为对季节更替的描绘,而且进一步理解为对情感和人生的体验——从欢快、明净到寥落、孤寂之间的发展。这样,这四支曲子所构成的便是有内部情感联系的整体了。

也许,这种荒凉、寥落的心境,在白朴来说,是事出有因的。白朴生于动乱之年,长于亡国之邦,于龆龀之龄就经历了家国破亡之变,在兵乱中逃难,于流离中失母。父亲白华先仕于金,后降于宋,最终归顺于元……心情经历的复杂可想而知。变乱的时代和自身的经历,影响了白朴对人生道路的选择:他并非没有可能,但终身没有出仕。在他留下的《天籁集》词和杂剧作品中,常有对人生寂寥的感慨和沧桑之叹。如果说他的散曲中显示的寂寥和寒冷是他的心境的写照,或许并非全无根据吧?!

出版说明

"大家小书"多是一代大家的经典著作,在还属于手抄的著述年代里,每个字都是经过作者精琢细磨之后所拣选的。为尊重作者写作习惯和遣词风格、尊重语言文字自身发展流变的规律,为读者提供一个可靠的版本,"大家小书"对于已经经典化的作品不进行现代汉语的规范化处理。

提请读者特别注意。

文津出版社